北狩人間：少年遊

劉偉聰　著／羅沛然　編

www.cosmosbooks.com.hk

書　　名　北狩人間：少年遊
作　　者　劉偉聰
編　　者　羅沛然
責任編輯　王穎嫻
美術編輯　楊曉林
出　　版　天地圖書有限公司
香港黃竹坑道46號
新興工業大廈11樓（總寫字樓）
電話：2528 3671 傳真：2865 2609
香港灣仔莊士敦道30號地庫／1樓（門市部）
電話：2865 0708 傳真：2861 1541
印　　刷　亨泰印刷有限公司
香港柴灣利眾街德景工業大廈10字樓
電話：2896 3687 傳真：2558 1902
發　　行　香港聯合書刊物流有限公司
香港新界大埔汀麗路36號中華商務印刷大廈3字樓
電話：2150 2100 傳真：2407 3062
出版日期　2020年6月 初版・香港

ISBN：978-988-8548-81-1

編者序

劉偉聰文章結集第三篇，取名「少年遊」。

原因有兩：第一、本書文章編年跨度凡十四年，寫少年事、青年事，到中（兇）年事。第二、著者、編者皆不認老，只道剛過仲春令月，反對台灣某雜誌那「熟成」之齡的異端。

少年遊是詞牌，是流行曲，更是浪蕩光影。這裏有文有戲有樂，有倫敦柏林東京青海台北長安真臘，有Janice Man有Guinness。

附帶一提，不要以為劉偉聰是某「本地文化大業」的代言人，或本書擬間接宣傳該作坊。劉生只是一個常常輪不到特別版的常客而已。

第三次感謝「天地」各位，特別是編輯Hannah王穎嫺小姐和她的同事們。

羅沛然

二〇二〇年一月三十日

自序

獨步天下《少年遊》，想必是《清真詞》中的那一闋：

「并刀如水，吳鹽勝雪，纖手破新橙。錦幄初溫，獸煙不斷，相對坐調笙。　低聲問向誰行宿，城上已三更。馬滑霜濃，不如休去，直是少人行。」

高眉友人高興，為我取了這個書題，一堂清貴，一派清真。這闋詞，少年十五十六時已然讀過唸過，俞平伯《清真詞釋》上卷云：「此詞醒快，說之則陋。」但俞老隨即嘩啦嘩啦的說了好半天，可我還是獨愛其說：「過片以下，絮話家常，喁喁爾汝，一字字出自朱唇皓齒間。」是少年夢話，紅袖溫幄夜來深，也是人老了沒有憑據的一廂情願，一翦回憶。

如今，既是「游妓散，獨自繞回堤。」也是「人散後，一鈎新月天如水。」

高眉友人此番擬題自有一番心事，我倆不再年少，方留戀處，東風不來，三月的柳絮不飛。最壞的是，清真《少年遊》果與「北狩」有關連，謂當年道君皇帝北狩之前，常幸名妓李師師家，一夕，清真先在焉，聞皇帝至，即匿於師師牀下，時皇帝攜江南新

進橙一顆，與師師狹浪共享之，清真一一聞悉，明朝遂成《少年遊》以紀其少年孟浪事云云。故事見諸張端義《貴耳集》，兒女奇情，更彷彿道君皇帝一晌貪歡，終招他日北狩之禍，噫！

然而，靜安先生早在《清真先生遺事》中考出，清真作此詞之際，年已六十有一，少年個屁，damn!

劉偉聰

識於庚子元月瘟疫蔓延時

目錄

曙光兮黃昏兮

馬國明，曙光書店主人，人稱馬老闆，我嫌「老闆」一名有下海味道，還是稱他馬先生。馬先生辦書店，寫文章，還有專著論衡班雅明，故亦有人稱他為民間學者，但他當然不會對着上庠學人嘴藐藐，一則馬先生在大學裏兼課，二則他的曙光書店裏一直滿滿堆着大路小路的英文學術書——直到今年六月底摺埋為止。

我算是書緣不淺，十七八年下來在曙光搜得好書無數，瞄瞄眼前書架，便見少年時傾家蕩產自馬先生處掠來的《柏拉圖對話錄英譯全集》、《普林斯頓縮印本亞里士多德全集》、恪不思同神甫的九卷本《西方哲學史》、林毓生《中國意識的危機》英文原著，三卷本《劍橋插圖中古史》、芝加哥大學版《希臘悲劇英譯全集》，廿多三十冊的《劍橋哲學家伴讀》，亮麗的多卷本《耶魯藝術史》，還有集人文學科大成的劍橋 Canto 系列……從來見佳籍便如見佳人，滿臉歡顏，乖乖的刷卡付鈔，渾忘了古人明訓：「莫典春衣又買書」。更糟的是馬先生記性好，總不忘閣下的智性口味，常給你推薦或寫心或難啃的書，他便這樣給我介紹過班雅明，詹明信和 Timothy Garton Ash 等等——還有一本令人莞爾的《A Gentle Madness》（姑譯作《書癡世説》，作者Nicholas Basbanes）。獨有一回馬先生搞亂了，跟我説：「年前入了三套五冊本法文英譯《A History of Women》，一套賣了給丘世文，前些時走了；一套賣給了某人，好像也不在人間，還有一套不知賣了給誰。」我惟有冷汗涔涔地自首：「好似係我！」

曙光一去，頓成黃昏。想想「曙光」這書店的大號也不無弔詭，英文招牌是Twilight。華格納的小半截《指環》，英譯《The Twilight of the Gods》，中文作《諸神的黃昏》，而尼采調侃華格納的小書，英譯《Twilight of the Idols》，來到中文世界變成《偶像的微光》。明珠台當年的深宵節目《Twilight Zone》，是《迷離境界》。黃昏兮，微光兮，幽幽怨怨，似夢迷離，雖然無限好，但總少了曙光的興奮開揚。

不知道馬先生在取名之際，有否深意存焉，暗示在香港地賣學術書，頂多只見太陽在地平線邊漏出的溫柔光線（牛津字典將Twilight解作the soft glowing light from the sky when the sun is below the horizon），永不會如日方中，吐氣如虹。「曙光」云乎，許是馬先生的良好願望，而Twilight也者，倒點出書店主人於現實艱難並非一無了解。

香港是使世人氣為之奪（breath-taking呀！）的亞洲國際城市，勢將坐擁各類世界級的文化設施，但我們不必追求甚麼世界級的書店，書店從來都是本土的才有意思，我們有洗衣街上的新亞南山，西洋菜街一眾二樓以至十幾樓書店，灣仔的青文曙光。就算沒有看過《摘星奇緣》，也能領略小書店如何塑造出一地的精神面貌，反之，連一爿小店也容不下去的城市，其情不必哀，然而其貌卻必然好鬼難看。

我視曙光書店為香港的「景點」，每逢有喜歡讀書的老外問我此地可有別致書店，我必領他到曙光。一天，我領着一位在英國念分子物理的印度友人上曙光去，他邊翻書眼睛邊閃亮，聽到軒尼詩道上的電車叮叮響，他忽然對我拋下一句很玄的話：With the train's ding ding sound, with the twilight, it's very Cairo. 我沒有追問他話中的 twilight 是大寫還是小寫，但我想他心中的開羅必然是個很文化的城市。

《信報 • 北狩錄》二〇〇六年六月二十日

孔去關又來

我國電影去年送走了孔子，目下迎來了關雲長，此豈屬偶然？兩位長者，一文一武，甚至允文允武。《論語》上說：「子釣而不綱，弋不射宿。」可見夫子閒來亦遊獵一番，有所獲之餘尚不忘可持續發展，不會一網兜盡，尚會箭下留情。而關雲長義薄雲天之際，千里送嫂途中，夜裏依然「左手綽髯，於燈下憑几看書。」毛宗崗點評曰：「寫得如畫！」果然後世常見關公夜讀春秋的畫像，所看之書更是漢末所未曾有的線裝書——有點像孫中山先生夜看 iPad2 吧！總之，二君俱已昇華至中華文化的代言人，亦賢亦聖，超凡而入聖。

可是正史《三國志》上的關雲長並非如此。試看陳壽的評價：「剛而自矜……以短取敗，理數之常也。」換成香港語，即是：「寸寸貢，大支嘢，抵×佢死啦。」《三國志》作者筆下的關雲長，如何蛻化成《三國演義》裏的大英雄，實堪玩味。在《演義》裏，關雲長已是受捧的人物，毛宗崗評〈美髯公千里走單騎，漢壽侯五關斬六將〉便劈頭說：「自廿五回至此，皆為雲長立傳！」不只力捧，還可能是獨家力捧，所以魯迅在月旦羅貫中時便忍不住說：「至於寫人，亦頗有失，以致欲顯劉備之長厚而似偽，諸葛之多智而近妖；惟關羽，特多好語，義勇之概，時時如見矣。」偏心晒啦羅貫中！

然而，偏心的不止羅貫中，還有能人將關雲長寫成下凡之神（國版《雷神奇俠》乎？）《演義》的祖本《三國志平話》便特將關雲長寫成死後龍神升天：「關公父子多忠義，把守南天也至今。萬古香煙今不絕，春秋二祭不曾停。」據日人大塚秀高考證，清代刊有《關聖帝君聖跡圖志全集》，集中竟言之鑿鑿，說：「漢桓帝延熹三年庚子六月廿四日，有烏龍見於村，旋繞於道遠公之居，遂生聖帝。異哉！猶之二龍繞室，五老降庭生孔子也。」其言也詳，時地俱在，僅略於奧巴馬週前所披露之夏威夷出生證書。看官留意，此處已將孔關二聖並論，其降生同異於凡人也。

小說家胡言亂語，今人信他才怪，有趣的是為甚麼要將關雲長神化？有啥用處？清代趙翼在〈陔餘叢考〉卷三十五上慨嘆：「鬼神之享血食，其盛衰久暫，亦若有運數而不可意料者。凡人沒而為神，大概初歿之數百年，則靈着顯赫，久則漸替。獨關壯繆（雲長諡壯繆侯）在三國、六朝、唐、宋皆未有禋祀。」原來關公在死後數百年未受追捧，北宋末始封忠惠公，武安王，至元代又封顯靈威勇武安英濟王，至明萬曆年間又勒封三界伏魔大帝神威遠鎮天尊關聖帝君，其妻其子亦獲厚封，真係關公自己都記唔晒，還是簡單而隆重地尊稱「關公」為妙。

那麼關公為何死後唔紅，卻越舊越紅？京都大學金文京有一猜想，他說關羽成神，跟他的行事品行無關，而是跟他的出生地山西解州有關。解州有自古以來最大的鹽湖解池，彌足珍貴，在解州販鹽以至整個山西的晉商，把持鹽業及其他商務，匯通全國，打造白銀帝國；而私販黑鹽又催生了秘密會社，黑金相濟，明暗互通，左右中國軍事政治和經濟。金氏遂認為解州中最有名的是關公，晉人遂在全國捧紅關公，奉若神明。金氏此說饒富想像力，但卻不無牽強，試想自宋以下，誰個賜封關公，成聖成帝，移入廟堂？還不是歷朝皇家建制？晉商一端僅順水推舟而已。

關公之於建制，必有其妙用。復旦大學朱維錚指《演義》是滿清文盲權貴的政治教科書，看的是滿文譯本，學的是漢人逐鹿中原的手段，而傳說努爾哈赤便供奉關公像，只不知有否早晚禮拜，滿人遂入主中原，代漢而興。朱氏看不過眼，笑謂：「這位關聖帝君可能由於成了神的緣故，再也沒有當年掛金封印的義氣，出了關便崇滿媚外，專門顯靈護祐後金。」

其實「義氣」和「仁義」到底抽象得很，例如「義氣」之「義」是 Brotherhood，到了「仁義」之「義」便幻作 Righteousness，向孔子祈求仁義長存，關公義氣填膺，若要有求必應，只能各取其義，不要儍着眼臆信有其客觀真義。電影《古惑仔》裏的大歹角嘅坤（吳鎮宇飾）説文解字，將「義」拆成上「羊」下「我」，即「我係羔羊，儍仔！」雖然古惑仔不經意地曲解了許慎的原意（《説文》上説：「義，己之威儀也。從我羊。」），但卻是滿有創造性的新解。

孔關二聖是抽象的文化符號，當然受得起新解，故今天的孔子可以是周公潤發，關公欣然自是丹爺甄子丹——可幸丹爺不忠於原著，除了喝醉和看着孫儷之時，從來不曾臉如重棗，讓我還看到王小龍和葉問的內斂面孔！嘻！

《蘋果日報》二〇一一年五月八日

3G肉蒲團

沒有錯攪，不是3D卻是3G，要說的不是三維礙眼的立體，而是追溯三代（3-Generations）的譜兒。

蕭翁父子炮製的《肉蒲團》自是這一代的事。蕭公子自家廿年前掀起慾海波瀾的那部是居中的一代。（那部其實叫「玉」蒲團），祖本自推晚明李漁，庶為三代之祖。

雖然望遍電影三維，好像不見蕭翁父子欣謝李漁，但戲中人物既有未央生、權老實、玉香、艷芳和瑞珠，情節更有斷鞭接腎的外科手術，縱然不計談禪念佛的幌子，李漁原著亦眼前歷歷。倒教人不解的是，新一代的本子既添了冶艷的極樂老人（雌雄同體的雷凱欣），為何不存原著中妙趣橫生的大盜賽崑崙（上一代的版本倒有此腳色，由武打猛星羅烈飾演）？少了賽崑崙，未央生便少了針鋒相對的伴兒，少了自己的 alter ego，少了一雙閱陽物無數的眼睛，解釋不了為啥未央生會狠下決心為其陽物進行擴建工程。

此擴建工程，在三維電影院中惹來轟笑連場，在原著中只靠文字亦叫人絕倒。話說未央生央求賽崑崙幫忙漁色，留意標致婦人，賽崑崙擔心未央生得妹無所用，遂問他本錢（書中陽物的委婉語）有多大，未央生胡謅一番後，為釋疑慮，便說：「長兄不消過慮。小弟前日買得有絕好的春方在那邊。」誰知賽崑崙不以為然，卻道：「若是本錢粗大的，用了春方，就像有才學的舉子，到臨考時節，吃些人參補藥。那本錢微細的，用了春方，猶如腹內空虛的秀才，到臨考時節，就把人參補藥論斤吃下去，也只是做不出（文章）。」好個賽崑崙，居然膽敢將男女之歡比作秀才應試，還將春藥比作應試前的大補，道理是：中榜成事，還看閣下腹內胯下的大本錢！最妙的是未央生拗他不過，逕示胯下本錢，賽崑崙沉吟半晌，正色道：「這件東西是劣兄常見之物，多便不曾有，一二千根是見過的。只怕也再沒有第二根像尊具這般雅致的了。」原來嘴上損人竟可語言如斯雅致！

三維電影裏沒了如斯雅致的一段，卻添了許許多多以髒語為引子的笑話，許是晚明與後九七特區之別吧？莞爾無分素葷，好笑便好，所以我還是認為三維電影版忠於李漁的原著——最少是原著的喜劇精神。是以網上高登把打齊聲喊打喊殺，藉潮文發爛，大嘆電影唔夠激，唔夠性，唔夠喉，可能是誤解（或不解）了原著。也合該如此，試問坊間哪來可靠的原著本子？人家要捧來一讀亦難矣哉，此前整理過的《肉蒲團》排印本，好便只見於九一年浙江古籍的多卷本《李漁全集》中，倒是認真的《肉蒲團》英譯本還可輕易覓得，且譯者是大名鼎鼎的哈佛教授韓南（Patrick Hanan），題作《The Carnal Prayer Mat》。

無論《肉蒲團》或《The Carnal Prayer Mat》俱不好解。怎麼會有肉的蒲團？Prayer Mat 又為何忽地 Carnal 起來？李漁也沒多説，只有書上第二和第十九回中，借孤峰大師之口道：「這道理（大概是色慾報應的道理）口説無憑，教從肉蒲團上參悟出來，方見明白。」我從未坐過（其實見都未見過）此類蒲團，故未能「方見明白」，猜想是個譬喻，指涉的是「試過先知」的神奇情慾經驗，既有陣陣肉香，卻又能使人撫心自省（如坐在蒲團上凝神默想）！如所猜不謬，韓南的譯法便所見不相同，蓋蒲團不必只為 Prayer 而設，而 Carnal 世者亦有靈性墮落之嘆，何如 Sensuous 的春光明媚。

韓南還對未央生的名字愛護有加，不圖方便就手的 Wei Yang Sheng，卻撚手的譯作 Vesperus——黑夜之神！在其專著《The Invention of Li Yu》（國內漢譯本莫名其妙的譯作《創造李漁》），稱道李漁在《肉蒲團》中既擅寫色，復別賦幽默，合該是作賦色的喜劇高手（Comic Erotiker）。韓南更將未央生比作十八世紀意大利才子 Giacomo Casanova，兩位兄台同是文章炳煥，風流自賞，喜逐聲色。Casanova 晚年寫下十二大卷的自傳，英譯作《History of My life》，舍下的一套是 Johns Hopkins 大學出版的六冊本，將六冊書脊攏在一起，即合成一幅春意盎然的裸睡維納斯，妙哉！

可是書太豐厚，我只偶然挑來賞味，倒認為 Casanova 未必如未央生般好色，例如《肉蒲團》第十回說艷芳欲偷未央生，便先派鄰家的醜婦先行探路，考考未央生的本錢功夫，未央生通過考核後便跟艷芳夜夜開放。醜婦臨退時跟未央生說：「我的容貌雖醜，也是你的功臣。後來若有閒空的工夫，也還得用我睡睡，不要十份寡情。」後來果然醜婦隔一兩夜過來一遭，「未央生不好拒絕她，也時常點綴點綴。」

未央生跟醜婦點綴點綴，彷彿高風亮節，有情有義。Casanova 卻眼高一點，有一回跟友人 Steffano 神父（風流公子總愛結交高僧道人！）上路，在 Collefiorite 途中，宿於孤村荒店中，碰着店中兩個三四十歲的醜女，飯飽夜黑，二君睡在高高的禾稈之上，不消一刻鐘，神父對 Casanova 說：「有婦人竟睡在我側。」Casanova 回道：「我都有！」二君知是醜女施暴，放聲高叫：「殺死人啦！」一醜女對 Casanova 說：「你乖乖的，我便快快完事！」一邊召來惡犬立於 Casanova 及神父之間，獒視眈眈。Casanova 卻慌中不亂，暗道：「大哲 Erasmus 有言 Sublata lucerna nullum discrimen inter mulieres（漢譯：「剝晒衫，息晒燈，邊個都一樣！」），但無愛而有性真箇不消魂。」寫到這裏，想到年前電影《Casanova》的主角正是星年早逝的 Heath Ledger——記得新版電影《蝙蝠俠》裏的小丑嗎？

李漁說《肉蒲團》是一部棗肉裏裹着香橄欖的書，意即外邊是甜甜的風月包裝，內裏是甘口回味的道德教訓。大概再過一代，我們或會有4D《肉蒲團》，多了的一啲是味道——橄欖香！

《蘋果日報》二〇一一年六月十二日

Copie Conforme——黃大癡兩山水長卷之真偽

文首副題恭錄自徐復觀先生當年的一本小書書名，題內的黃大癡兩山水長卷自是名震藝海的《富春山居圖》的兩個本子——《無用師卷》和《子明卷》。此二卷之真偽傳説，沸沸盪盪，聚訟數百年，藝名大，傳奇更大，不絕如縷，於今未曾稍減，且近日更有復熾之勢。何以故？近日兩岸言笑晏晏，台北故宮博物院跟浙江博物館巧手撮合，讓台北故宮深藏的《無用師卷》，跟浙館所收的《剩山圖》破卷重圓。箇中故事説繁不繁，撮述如下。清人惲南田《南田畫跋》上説：「吳問卿生平所愛玩者有二卷，一為智永千文真跡，一為《富春圖》，將以為殉。彌留，為文祭二卷。先一日，焚千文真跡，自臨以目其燼。詰朝焚《富春圖》……其從子吳靜安急趨焚所，起紅爐而出之，焚其起手一端。」是時為順治七年。其後清人王廷賓約於康熙八年得《剩山圖》，即當年吳問卿遽燼劫餘之本，故云：「此圖已不能復為全璧，題之曰剩山，悲夫。」

吳問卿焚《富春山居圖》，燼餘剩山的故事，奇則奇矣，但傒後流衍轉手，枝節迭出，在各家的記載中互有出入，雖未至言人人殊，但誠然人多口雜，越演越奇。徐復觀先生視之為「中國畫史上的最大疑案」。疑在哪裏？

吳問卿辣手摧畫後，剩下人間的是哪本或哪幾本？兩本《富春山居圖》，各有黃大癡的款識跋語，其一云「子明隱君，將歸錢塘，需畫山居景，圖此贈別。」故稱《子明卷》；另一跋云：「至正七年僕歸富春山居，無用師偕往。」故名《無用師卷》。二本俱爭作燼餘之物，歷劫猶存之寶。而《剩山圖》更是燼餘之餘，僅尺五六寸之幅，乃從燒焦的一截剝下來的剩山殘水。

在這一傳說的譜系中，大癡的《富春山居圖》乃天壤大寶，吳問卿情深一往，溺愛不忍遺，付火殉己，幸或不幸，為其子姪火中取出，大寶餘燼中斷成二截，大截的是《無用師卷》或《子明卷》，小截則為尺五六寸的《剩山圖》。此二截數百年未曾圓聚，參商暌違，自是傳奇。今兩岸攜手，傳奇夢圓，自然嘖嘖海內。

兩岸的定讞是《無用師卷》為真，《子明卷》則偽。但此二卷同在乾隆之世先後入藏故宮，乾隆皇帝鍾情《子明卷》，斷為大癡真跡，滿滿密密的在畫上鈐押御璽御識，故《無用師卷》得存乾淨。至近世書畫鑑賞名家，自潘天壽、吳湖帆及徐邦達則老跟皇帝老兒過不去，倒轉過來，指《無用師卷》為真，《子明卷》為偽。

香港蕞爾小島（香港利氏北山堂卻藏有沈顥仿本！）於七十年代竟亦曾有此卷真偽

論辯。首揭其端者為徐先生，發憤而就〈中國畫史上最大的疑案〉一文，刊於上世紀風華正茂的《明報月刊》（你大概不能想像今世《明月》會有如許香火斯文！），也曾激起漣漣漪漪，跟饒宗頤在《明月》上互質爭鋒。饒先生斷定《無用師卷》及《剩山圖》俱為真跡，而徐先生不單指《無用師卷》為偽，《剩山圖》亦為偽作，甚至整套吳問卿付火傳說俱為子虛烏有，即畫偽，傳奇亦偽！倒是《子明卷》屬真，但畫的不是富春山水，而是大癡胸中丘壑。徐先生火氣盛，文字猛，考據文章依然好看得叫人喝采，間有可議處，我亦欣然領受。徐先生的翻案原由不止一端，但若除去其大癡筆墨印象，文獻上的互勘外，所持即為常情常理：「以常情推測，將畫卷投火，要便是起手一段全部焚毀，要便是搶得很快，起手一段烤焦，斷無恰恰焚成兩截之理。」常情簡扼漂亮，徐先生火猛之餘，幽他一默，謂吳問卿付火故事可比電影《The Sting》——《老千計狀元才》也（保羅紐曼配羅拔烈福）！徐先生笑罵的自是作偽者之鬼主意，而我則看到 Copie Conforme 的影子。

《Copie Conforme》是法國名旦 Juliette Binoche 的新戲，英譯《Certified Copy》，港人懶惰譯作《似是有緣人》（懶得可以不理！）詢諸曾在法蘭西窮風流經年的好友，彼曰：Certified Copy 略嫌不到家，因 Conforme 跟 Certified 詞性不同，英譯還是該作

Perfect Copy！

其實 copy 也可以是 real perfection，例如乾隆皇帝在《富春山居圖》上的御識便說：「（無用師卷）為贋鼎無疑，惟畫格秀潤可喜，亦如雙鈎下真跡一筆，不妨並存。」乾隆老兒的「不妨並存」倒是很 liberal 的賞玩本色（Jonathan Spence 最近在《紐約書評》上說乾隆是一位 considerable connoisseur!），因書畫鑑別上的「真」只是 authenticity——即黃大癡有否畫過眼前此卷而已，其「偽」不損其俏其妙。柏拉圖早在《理想國》中宣之於世：人間的藝術莫不是 Eidos（通行英譯作 idea）的回響重現，故我們除 copy 外，尚有 mimesis, imitation, representation, replica 等等等等，不一而足，亦無一可恥。大癡的真跡和他人的摹本莫不是自然或胸中丘壑的再現，委實不妨並存。

Binoche 在戲裏初遇男主角 William Shimell 時，Shimell 正在主持自己的新書發佈會，新書正正題作《Certified Copy》，席上三言兩語為觀眾撮述西方 Mimesis 的理論，其後台下的 Binoche 戰戰兢兢，小雲雀般約好了 Shimell，二人亦步亦車，在 Tuscany 小鎮間冶遊，在意大利的天光雲影下蕩着春心，二人邊走邊談，走入咖啡小館中，Binoche 失陪一刻，Shimell 獨坐其間，店主走過來有一句沒一句的搭起話來，將 Shimell 當作 Binoche 的丈夫。Binoche 回座，跟 Shimell 共語，但表情調子忽地轉了，二人夫妻起來，且是十五年的綿綿情分，幽情復幽怨，時雨復時晴，我不禁訝然，暗叫導演狡猾，彷彿上了他當。轉念一想，這本戲既叫《Copie Conforme》，男主角又寫了一本叫《Certified Copy》的書，咖啡店前後主角依然，只是關係有異，裏裏外外，不妨視作一件又一件的 perfect copy：電影是故事的 copy；男主角大作的書名是戲名的 copy；初識的男女主角是十五載夫妻的 copy——沒有 copied 的是雙方的關係！

持此觀之，如《無用師卷》是《子明卷》的 copy（反之亦然），則筆底山居依舊，但複製不了的是吳問卿死前付火的傳奇。真的一本成了 the vehicle of legend，而如此傳奇如此車輿之間的卻是一種複製不來的關係。大概如此，我們才愛傳奇。

《紅樓夢》第一回上的太虛幻境前有一對子，世人耳熟能詳：「真作假時假亦真。」真假之辨彷彿頓然模糊。David Hawkes 倒清醒，翻作：「Truth becomes fiction when the fiction's true」。其實《版權條例》下的翻譯亦是一種 copy。

假如付火傳奇可愛的話，我們也不妨視作「The legend becomes truth when the truth's legendary.」

《蘋果日報》二〇一一年八月七日

向達先生的兩幀照像

週前初履敦煌，雖未曾慕道，卻從來心嚮往焉。路上帶書兩卷，一卷是從香港機場蒐來的枯男恩物：《Bubble 女優寫真月刊一週年紀念號》，卷中款款如曹衣出水，暗契莫高窟上一眾飛天的婉姿。另一卷是向達《唐代長安與西域文明》，好將書上文字跟地上風景湊合，盼與古人遊焉。

向達一九四二年率中研院西北史地考察團往敦煌，筆下的莫高窟如許若斯：「敦煌莫高窟，在敦煌城東南四十里……窟在鳴沙山東端，峭壁削成，高達十丈，南北綿亘三里許……窟前白楊成行，拔地參天，盛夏濃陰四合……余居莫高窟凡七閱月……神遊藝苑，心與古會。」

我心懷此勝景而抵莫高窟，卻見遊人喧鬧，川流如鯽，另外處處商肆幡幔，絕難見塞外風月慘淡。我頓然若有所失，都只怪自己糊塗錯置，竟將一九四二年抗戰凋零中所見，硬對上大國崛起二〇一二年的風景。其實這是由蕭索而入春溫，合該歡喜才是，頑固的人是自尋短見了。

向達在敦煌行前，曾於一九三六、三七年間遠赴倫敦巴黎觀書，後成《倫敦所藏敦煌卷子經眼目錄》、《記倫敦所藏敦煌俗文學》及《記巴黎藏本王宗載四夾館考》等名篇。據說向達在倫敦看敦煌卷子時屢遭大英圖書館的洋人刁難而憤慨，後在敦煌鈔新發現的經卷時，又因常書鴻恆守在一旁而不悅出走，俱可見其取經寫經的一心虔敬。惟是如此，我想向達才有敦煌苦行。我曾見舒新城一九二四年在上海為向達拍的一幀照，眼鏡無框，衣冠楚楚，一派 Don 的模樣。另見一幀是抵敦煌後跟夏鼐在院子前的合照，灰撲撲的，蕭然肅然，那是由春溫入蕭索了。

民國那代學人好像來自另一星系，有學問有詩情，出入倫敦巴黎東京之間，既是翩翩風雅遺少，復能剛猛若獅子，歸國傳道，甘於庶民的匱乏。此中轉折，必然各有故事。如常書鴻自述於三十年代在巴黎學畫，一日偶於冷攤上見伯希和所編《敦煌圖錄》六冊，倏如五雷轟頂，之後便收拾裝束歸國，輾轉艱苦敦煌，下半生聽到的盡是莫高窟九層樓上檐角的鐵馬響叮噹了。我想人生能遇上半件這樣的 Life Changer 合是前生修來的福報。

向達在敦煌待了數月後，給友人王重民寫信略陳近況，信末說：「書至此，時已午夜，偶來風，弟唯聞鈴鐸交響，益增岑寂。」向先生未說佛卻佛意盎然。

《信報‧北狩錄》二〇一二年九月十日

茂陵劉郎

無證無據無膽攀附漢朝皇帝一眾劉氏，硬要人家認做我的本家，但同姓總有三分親吧。自敦煌返，道經咸陽，古之長安，我們一眾嘩啦嘩啦地往謁漢武帝劉徹的茂陵。可是茂陵已給維穩，丘下已團團圍上木柵欄，不許親近，只容庶民厚着面皮地貼着車窗玻璃望眼欲穿。

更不該的是時為九月，業已立秋，卻依然一天艷陽，最慘係風都冇一滴！哪何來「茂陵劉郎秋風客」？

沒有鬼氣森森的秋風，日光白白自然見不到茂陵上漢武帝的幽幽鬼魂，念不成李長吉的《金銅仙人辭漢歌》：

茂陵劉郎秋風客，夜聞馬嘶曉無跡。
畫欄桂樹懸秋香，三十六宮土花碧。
魏官牽車指千里，東關酸風射眸子。

空將漢月出宮門，憶君清淚如鉛水。
衰蘭送客咸陽道，天若有情天亦老。
攜盤獨出月荒涼，渭城已遠波聲小。

李賀這詩是篇鬼故事，既有孤獨的漢武幽靈，復有非人卻知仁的捧着承露盤的金銅仙人像。話説魏承漢祚，魏明帝下旨將長安的金銅仙人像移往洛陽。銅人原是漢武帝所造，上有承露盤，以承雲表之露，再將露水和玉屑同服，便可得道成仙云云。

許是魏明帝也是求仙心切，故將銅人遷置於自家前殿。銅人被遷，不捨茂陵，不捨漢武，臨行時乃潸然淚下。漢武幽魂夜出曉沒，彷彿是《哈姆雷特》裏城頭上忽然飄至的先王陰魂，戲中守城武將 Horatio 遇見先王鬼魂，火速向王子稟報所見：

「It lifted up its head and did address Itself to motion like as it would speak But even then the morning cock crew loud And at the sound it shrunk in haste away And vanished from our sight.」這明明是「夜聞馬嘶曉無？」！

武帝晦夜巡遊，宛然猶在，但眼看着含淚而別的銅人，莫可奈何。我倒愛跟歷代評家抬槓，總疑心「憶君清淚如鉛水」的既是金銅仙人，也是武帝本人。銅人雖仙難言，武帝已鬼不能言，潸然淚下總可以吧？當年澳洲國立大學的傅樂山（Frodsham）將「鉛水」譯作 molten lead，讀之令人灼熱，在想像的秋風裏分外酸心刺骨。我在烈日下做了半晌茂陵劉郎，但遇不上半個含淚的銅人，倒暗合了李賀《還自會稽歌》的兩句：「台城應教人，秋衾夢銅輦。」唉！茂陵日頭太猛，人給曬傻了。

《信報・北狩錄》二〇一二年九月十一日

瞧！幽靈

吸血仔、萬人迷 Robert Pattinson 最近演的不再是不死為情迷的新世紀殭屍 Edward，而是一心躲在蜈蚣轎車裏觀世的財經金童子 Eric。電影《Cosmopolis》寫的是 Eric 一天的旅程，其實不過是由紐約市城西到城東，路上因總統出巡、名人出殯而巷陌膠結，一寸一難移，還要遇上九十九對一之類的騷動，中途更有諸色人物走上轎車，跟 Eric 有一搭沒一搭的説起金融資本主義的種切，故事不無魔幻，彷彿將喬哀斯筆下的尤里西斯從都柏林空運到紐約市。

電影原著是 Don DeLillo 寫於二〇〇三年的小説，故事設定於公元二〇〇〇，但無論當年今年，金融資本主義的世界裏總有種種惱人不公事，恆令庶民不服。小説裏 Eric 遇上一眾幪面示威者，大叫：A specter is haunting the world！這是人盡皆知的《共產黨宣言》猛然起首第一句，下一句是：The specter of Communism！時為一八四八年，這是馬克思恩格斯的激情恫嚇，嚷着共產主義已給老歐洲帶來如鬼似魅的困擾，因此才有往下的一句：「All the powers of old Europe have entered into a holy alliance to exorcise this specter.」電影版《Cosmopolis》換了調兒，將「A specter is haunting the world」一句投在紐約市的霓虹大屏幕上，然後附上大號字體「Capitalism」！真是物換星移，今天如鬼似魅地困擾我們的已不是共產主義，而是資本主義！電影好像不欲多言，讓觀眾散場後各思其是，倒是小説版嘮叨多點，讓Eric跟大家告誡，謂馬克思説資本主義物極必反，自然體內會滋生掘其墳墓的反對者，own gravedigger是也，但在當代的金融資本主義裏，連掘墓人，例如幪面的示威者，也是市場的產物！Eric平淡地説：「These people are a fantasy generated by the market. They don't exist outside the market.」我未必明白Eric的説話，但覺得他的雄辯絕不亞於一八四八年的《共產黨宣言》。據説中國第一個《共產黨宣言》漢譯本是一九二〇年陳望道的本子，他主要根據日譯本移譯，首三句譯成：「有一個怪物，在歐洲徘徊着，這怪物就是共產主義。」後來第一位翻譯《宣言》的中共黨員華崗在一九三〇年亦師承陳譯，及至一九三八年成仿吾卻譯成「巨影」。若以《宣言》英文本為藍，上述各位全都不信不雅不達。倒是一九四三年博古在聖地延安出版的譯本作：「一個幽靈在歐羅巴躑躅着——共產主義底幽靈。」我以為這漢譯才配得上另一位 Eric——老牌左派史學大家 Eric Hobsbawm 所稱善者：「The Communist Manifesto as political rhetoric has an almost biblical force.」

《信報 • 北狩錄》二〇一二年九月二十六日

億萬之裙

九月杪，米蘭，Miuccia Prada，雛菊，和服。沒有圖片讓閣下開開眼，我又沒有曹雪芹的能耐，能將甚麼嬌滴滴滾邊繡花張目巨莽紫紗玲瓏水紡袖雪蓮裙細筆描下來，惟有請閣下閉上黏着 mascara 的妙目，想想 Prada 這系列億萬之裙。

九月二十一日《衛報》的醒目標題是：Daisies and kimonos? Prada turns distinctly Japanese，報道 Prada 在米蘭時裝週新一季度的作品，既有柔道緞帶，跌膊雛菊圖案和服外套和皮製小腳人字拖襪仔（tabi socks），一片東瀛花海。據説今年上半年 Prada 在日本的生意已鋭升百分之三十四點二，新季日風只會為銷售數字喜上加喜，那還不是億萬之裙？

又據説上世紀一九九五年 Uma Thurman 在奧斯卡上穿了一襲 Prada 的 Lavender 裙子，Prada 這老意大利名門從此便打進荷里活的陽關大道，這襲 Lavender 裙子才是原祖的億萬之裙。當年在鎂光燈下紅地氈上 Thurman 的裙子是一道 Liquid lavender silk，滑不留痕，在旁的 Sigourney Weaver 忍不住寸了 Thurman 一下：「I didn't know Prada made evening dresses.」Thurman 回過頭來，淡淡地說：「They don't. They just made this one.」英版 Vogue 記者 Bronwyn Cosgrave 年前在她的書裏記了這段小事，書名是《Made for Each Other》！

最近我在黃偉文作品演唱會的唱片裏重溫他的一段「億萬之裙」的故事。他先以 Thurman 那襲億萬之裙為引子，回過來說自己的那一道：同是一九九五年的《你沒有好結果》。這襲《你沒有好結果》為 Wyman 打開了一線填詞人的陽關大道，也把主唱這首歌的李蕙敏小姐帶到下一站天后的上一站月台。演唱會上李蕙敏一臉一身黑紗，絕對 funeral feel，徐徐升起，也不多話，便狠狠地沙沙地吐出：「傷了的女人別走這樣近，被人拋棄的女人殘忍……」我心多，總疑心昨天的歌詞總懷有小姐今天的自況。當年那襲億萬之裙為詞人推開了一扇一扇門，直搗紅館，今天更有眾星拱之。李小姐的列車最後未有開往下一站，令人不解。年前小姐以 A. Lee 之名重新出發，或打算重新出發，但好像也不幸沒有走遠。

《你沒有好結果》說的好像不只於受傷的女人如何向負心人報復，還要提點世上所有不得志不得意的人，既然命運「也摧毀你一生，如同沒半點惻隱」，你我只有狠心地

「相信有場好戲命中已注定等你」。我和我的命運made for each other。

那夜我坐得遠，沒看清李小姐如何款款步下舞台。

《信報‧北狩錄》二〇一二年十月八日

羅賓死了

《蝙蝠俠．夜神起義》剛預告了 Robin 出場，沒理由一下子便讓他死了。這裏的 Robin 是知更鳥，在美國中西部及新英倫一帶冬去春來，愛停在榆樹上挺着橙紅胸脯以歌聲報春，名實相副的 song bird。

上世紀五十年代，忽地不知何故，春天依然，Rachel Carson 這樣起筆：「Over increasingly large areas of the United States, spring now comes unheralded by the return of birds, and the early mornings are strangely silent where once they were filled with the beauty of bird songs.」由此 Carson 女士一路寫下來，點出榆樹如何生病，人類如何大灑殺蟲藥，蟲蟻蚯蚓如何飽吃 DDT，知更鳥一天到晚如何啄食有毒的蚯蚓，最終毒發倒在樹下河邊，從此春天一片瘖然——Silent Spring，這亦是 Carson 女士一九六二年出版的新書書名。

五十年前 Silent Spring 的出版是樁大事，連甘迺迪總統也不敢掉以輕心。據説當年夏天甘迺迪在國務院舉行了一個僅僅四十秒的記者會，説完將會跟赫魯曉夫會面後，記者問他：科學家擔心廣泛使用DDT和其他殺蟲藥，農業部衛生部會否跟進？

甘迺迪不慌不忙應道：「I know that they already are. I think, particularly, of course, since Miss Carson's book...」不要以為總統金口助瀾，《Silent Spring》便能silent美國悠悠眾口。雖然書甫出版即掀起一片綠色關注，例如一九六三年英倫版的序言由Lord Shackleton執筆，序中提到英倫死了的不是知更鳥，卻是peregrine死了，貓頭鷹死了，最後狐狸也死了，害得英倫紳士狩獵的福地變天，嚷得國會也緊急開會，嚴禁若干化學蟲藥。可是，事涉農業化工業界巨利，一切豈容有失？就在總統一語甫畢之際，聯邦調查局即對Carson女士深入調查，看看她跟共產黨有啥牽連，甚至調查《Silent Spring》的出版跟古巴當時的導彈部署是否忽然巧合。

農業部長Orville Freeman更為農請命，立刻籌組文宣小組撰文反擊Carson女士的小書。這一切俱使Carson這位溫婉的海洋生物學家透不過氣來。一天Carson寫信給友人，幽幽地道：「I'm just beginning to find out how much I wanted sleep.」這些風雨幽蘭的故事，當年我看《Silent Spring》時毫不曉得，近翻William Souder的《On a Farther Shore: The Life and Legacy of Rachel Carson》方知就裏。

《Silent Spring》出版兩年後，Carson女士長睡不起，DDT後來亦給禁絕，知更鳥應該回來了吧？上週《時代雜誌》Bryan Walsh 寫了一篇《春之頌》，寫《Silent Spring》出版五十年後的今天，美國右翼組織還保有 RachelWasWrong.org 這個網址，依然撻伐 Carson，說她的「extreme rhetoric」掀起俗世恐慌。

《信報 • 北狩錄》二〇一二年十月十日

萬能老倌

BBC 燙手，聰明人避之惟恐不及，但亦有異人能人火中取栗，不必喝他十斤黃酒便逕往虎山行。昨天 BBC 眾裏尋她，覓得 Lord Hall 上任 Director General。Lord Hall 少不了要收拾不大看《衛報》的 George Entwistle 留下來的劫後廢園，他從前也是 BBC 中人，但近十年來他經營的是另一座風姿綽約的芳園，Royal Opera House。ROH 矗立於 Covent Garden，前門對着賣藝人眾聲喧嘩的廣場，後門對着專司引渡案件的 Bow Street Magistracy。由 ROH 前門入，走過禮品店和售票大堂，自後門穿出，那是一段由喧鬧，經歷風雅，繼而直面沉鬱的片刻之旅。當年回學院上課，我每愛走這條路，感覺總有點神奇，有點 awed。

書上說，從前 ROH 的正門只供富人貴人和他們的 marriageable daughters 出入，還有禮服侍人（flunkey）恭迎恭送，我輩小民只能由側門閃入，或被其他小民擠擁而入。所說的從前當然從前得緊，最少是一九四五年之前吧。一九四五年戰後 ROH 由私有變成國產，她不能不與時並進，順應一點 vox populi，因此我才有幸如此自在地前門入，後門出，還要身穿 jeans，腳踏 New Balance——雖然我愛穿的是在 Cumbria 縫製的英版，以存一點歷久不衰的 Englishness。然而說 ROH 已成舊時王謝台前燕卻是昧於事理了，ROH 依然芳華絕代，依然是高眉得叫人仰視的英倫建制，甚至袖裾之間滿懷 cosmopolitanism 的風采，跟紐約大都會、意大利 La Scala 和維也納等聯綴成歌劇芭蕾世界的世界模楷，叫人傾倒也叫人膜拜，懂得看的看道兒，不懂看的便看熱鬧，曾為 ROH 寫傳的樂評人 Norman Lebrecht 如是說：「Opera, the most inverted of arts, was forever invoking ancient gods, whose names usefully separated the true devotee from the cultural tourist.」我其實並不了解 Lebrecht 所說的「inverted」，但我不是劉偉霖，只是個看熱鬧看得夠高興的 occasional 罷了。世紀初 ROH 歷兩載翻新後重開，我初來乍到，恰有飛來的票子看 Puccini 的 Tosca，我慌忙告訴友人：「我冇 black tie 喎！」對方咳了咳，笑了笑：「穿長褲可以了。」那晚的票子三十五鎊，當年十算，也四百塊啦，但坐的是 ROH 山頂的山頂，瞇着眼睛看，台上的眾生也雌雄莫辨，惟有憑着 subtitles 追隨故事。最後一場 Tosca 小姐以為騙得歹人放過心上人 Cavaradossi，但歹人也騙 Tosca，訛稱行刑的是 mock execution，但其實上膛的是真槍實彈。

Lord Hall 未上場怕已面對四方八面的 live ammunition 吧？

《信報 • 北狩錄》二〇一二年十一月二十六日

性相近．習相遠

今年明哥出櫃，阿詩又走出來，頗不熱鬧，主教不無警覺，在聖誕賀詞中敬告信眾，謂婚姻乃一男一女至誠之契合，彼此傾盡所有，不離不棄，莫失莫忘！主教說的自然遠勝旺角金都商場江若琳婚紗照上的金句，但我以為時機有點不巧——聖誕！不讀經書的也曉得約瑟是瑪莉亞的丈夫，但瑪莉亞所懷的骨肉卻非約瑟的哲嗣，當然那是 virginal conception 的神奇恩典，斷不會損及夫妻情分。然而牛津猶太史大家 Geza Vermes 不忘告訴世人，希伯來文《聖經》上所用字眼只是 almah，即芳華女性而已，沒有明言暗示人家懂不懂人事，「處子」之名要待希臘文《聖經》方始出台面世。

處子與否，也許無關宏旨，瑪莉亞約瑟婚姻之間總多了一個他者（聖誕前夕《金融時報》的社論鬼馬地說約瑟乃 the most understanding husband！），跟主教說的 ideal type 並不和諧。但這 ideal type 真的歷來如此嗎？明尼蘇達州大學的中古史家 Ruth Mazo Karras 今年寫了本令我大開眼界的《Unmarriages》，開宗明義點出，若以為西洋史上只有一種形式的婚姻，那是一種 inherent illogic！例如 Karras 說中古時日耳曼人嫁女分成兩種：Muntehe和Friedelehe，M女由家人授予男方，男方得付費買新娘，但從此男方完全擁有女方及其所有（真有點荷包跌落兜肚的味兒！）；F女則保留自我，不合則去，但男方的好處是不必付鈔。M&F的並存可能源於男女雙方的社經地位之懸殊，窮女盛女若要高攀，可能M是理想之選；掉轉頭來無米新郎若求脱離寡人之列，惟有將就F了。

有M有F，而據説F還有多種變相，可容納多於一男一女，頗目不暇給。説穿了不同形式的結合方便的是各人的財產分配和子嗣繼承，委實自求多福。算來中古時代也不盡然是黑暗時代，所謂「婚姻」還未定於一尊，神聖不可輕侮。一切要待後來教廷介入，藉政教之權威，才畫下了一條非黑即白的界線。其實大家未必介意非黑即白，怕的是給畫成黑的一邊，因此同志們亦在努力重畫婚姻的黑與白，讓civic union昇華至same gender marriage，原因恐怕是他們也愛婚姻的光環吧。

每週六《南華早報》愛在City版鋪敍金童玉女的童話故事，splendid but superfluous，將來加埋same gender marriage，恐怕永恆過六福金鑽了。

《信報 • 北狩錄》二〇一二年十二月三十一日

香港有個血滴子

路過大路平民服裝連鎖店，見有勁型仔電影劇照，余文樂、阮經天、黃曉明及李宇春一字排開，呈四十五度角的高高手模樣，看着叫人冬日熱血！店裏飄揚着「血滴子」系列的新裝，多屬 hoodies 之類，我滿心希望 hoodie 頭罩作血滴子模樣，自然賽過木村先生的 Bathing Ape 鯊魚頭了，但店方居然隨手放個還未脱角的金錢鹿，只敢影影綽綽的在前襟後幅印個殺手人形及電影的英文譯名——咪就係法國大革命名醫 Joseph Guillotine 的名作 Guillotine 囉！Guillotine 醫生其實只是主張乾脆斷頭，未嘗參與設計斷頭台，將這項發明撥歸其下，侵犯 patent 事小，寃枉事大。此刻硬要這項法蘭西傑作（據説設計者其實是德國工程師 Tobias Schmidt）背負雍正大內殺手見不得光的罪名，着實太過中國特色，就算不叫 the Chinese Killing Drones，最少也應叫作 the Flying Guillotine 吧！

畢竟由邵氏陳觀泰年代直落今朝阮經天的血滴子 2.0 都是百步之外取人首級的陰鷙暗器，當作 hoodie 頭罩罩在天靈蓋上，真係大吉利是咩，避之便惟恐不及了。

可是使我殊為訝異的是電影《血滴子》的政治信念分分明明，竟不曾稍稍退避！今版《血滴子》追捕的黃曉明已不是一心反清復明的志士，雖然他暗示自己是莊廷龍《明史》案中的遺孤，但他散髮留鬚，身穿粗布麻cloak，在曠野上帶領族人走出滿人暴政，在不為人知處暗訪桃花源，路上不忘赤手撫治天花症病人，一邊還說：我是來救你的！戲院裏有得意小女孩俏聲喃喃：佢係咪耶穌？

黃曉明的靚仔耶穌獻上自家首級前向阮經天這血滴子首領說：我不在反清復明，我只求眾生平等，滿漢不相殘，只有我的血才能終止這場殺戮——那已是the Passion的漢文版了。更出位的是阮將黃的首級拿到乾隆御前，文章演的乾隆帝說：為了朕的盛世，此事不可免。阮居然問：甚麼是盛世？

尚有人穿不暖吃不飽四處流離的也是盛世？文章斂起《失戀一百天》裏的調皮，眼中閃着淚光，嘴角抿着恨意，沒有回應。

導演劉偉強從來不以政治寓意聞於世，卻永遠是第一流的說故事高手，《血滴子》片尾播的是《古惑仔》主題曲《友情歲月》國語版，《古惑仔》英譯是《Young and Dangerous》，此中尚有故事乎？

《信報 • 北狩錄》二〇一三年一月二日

2D大上海

發哥回歸港產片（嘛，我知係合拍片），真叫我輩鼓舞飛揚！發哥神級地位不只在聲光票房而在歷史吧！準確點說，他神在某一輩人的私歷史裏，Mark哥英雄本色，高秋龍虎風雲，小高喋血雙雄，高俊賭神，砵仔糕縱橫四海，跟上海一起興衰不敗神話不滅的許文強，在我輩心中是屢屢掀起波瀾的人與神。嘛呀，寧可提《精裝追女仔》及《安娜與國王》，我死也不會提《血仍未冷》，《滿城盡帶黃金甲》和《魔盜王3》裏的國際巨星周潤發。巨星是人不是神級的人！人犯錯不足惜，神不會錯，神級的人會犯錯但His wrongs have to be accommodated！那是一以貫之的偏心了。

這部不叫上海灘的上海灘戲，發哥不叫許文強，叫成大器，但永遠身履白西裝白長褂，閒庭信步，紙扇輕搖，那是隔了三十年死不去而成人成器的許文強，電視《上海灘》跟電影《大上海》隔世聯袂綴成了許文強的Bildungsroman。當然今回年輕版的成大器也讓今世年輕版的許文強黃曉明來演，我們遂有兩個成Daiqi，讓電影安分來個2D故事，不勞觀眾帶眼鏡識人了。

許文強沒有在大世界舞廳前遇襲或遇襲而不死，約三十年後的今世便遇上日軍侵華，上海倉皇，危城孤島。許文強的名字不僅在大上海變了，他熟悉的遊戲規則也在那時代變了，此無他，regime change 來了。電影怕觀眾抓得不切實，多番在銀幕邊道出時間進程，例如一九三七年淞滬之戰，使大家錯不了，預見我們的發哥行將快有大時代中才配有的生死抉擇。

娛樂電影裏的生死抉擇往往非黑即白，在個多兩小時的黑暗光影世界中難見灰色地帶。意大利鋭筆 Primo Levi 在 The Drowned and the Saved 裏深邃深情的觀察 Auschwitz 中灰色地帶裏的生存方式，那彷彿存在於年輕的熱血和世故的狡詐之間：雖不無軟弱妥協，但亦不無尊嚴和道德勇氣。發哥在戲中如何選擇，大橋不難猜，扭橋處有勞閣下去戲院看好了。

我輩一九八〇年看許文強，今年看成大器，都是發哥，都是一起走了三十三年，也曾經歷 regime change，不同的是我輩欠了燦爛的生死抉擇。

片尾張學友唱的是一曲《定風波》，蘇軾也有一闋《定風波》，說的也像是發哥：

萬里歸來年愈少，微笑，笑時猶帶嶺梅香。

《信報・北狩錄》二〇一三年一月八日

《蝙蝠公子》

書桌上供着兩尊 Batman 人偶，通稱六比一，高約十二吋，那血肉真身便六尺昂藏，本地文化大業 Hot Toys 神級之作，一尊彫的是一九八九年 Tim Burton 版的 Michael Keaton，凝目抿嘴不會説話，藏身軟皮緇衣，陰鬱守護葛咸市，滿有中年心事。另一尊剛剛到埗，彫的是 Christopher Nolan 版的 Christian Bale，眉目深沉，甲冑鏗然，將心事和傷痕細細縫在滿有東瀛細節的裏子裏。

Michael Keaton 的 Batman 還是個 caped crusader，那時還未有 Frank Miller 寫的 graphic novel「Dark Knight Returns」，若不是蝙蝠漫畫迷或文化評論達人，絕難明白 the caped crusader 如何演化成 the Dark Knight，其背後交錯糾纏的譜系，在漫畫、電視和電影間織成一幅巨大 matrix，天網恢恢！我們的《古惑仔》跟《古惑仔：江湖新秩序》、鄭伊健跟羅仲謙的關係便爽朗無塵得多了。唔……Nolan 的 Dark Knight 一天誤墮 Wachowski 姊弟的 Matrix 裏，那該有多好玩！

好玩的還有「夜神」這名號，「Dark Knight」在國內和台灣好像直譯作「黑夜武士」，又是不越雷池半步的忠誠，我們的「夜神」不僅 rises，還要起來起義，真夠爺們！但叫夜神還原的話，我想起的倒是雪萊「To Night」裏提到的 Spirit of Night。當年詩人穆旦將 Spirit of Night 譯作「黑夜之精靈」，舶來味太重，不及周作人的「夜神」了，他做過一篇〈關於夜神〉，收在《談龍集》裏，裏邊還提到雪萊詩中描寫夜神的兩句：「Wrap thy form in a mantle grey/ Star-inwrought」，知堂洒家的譯作「唯爾星填，緇衣是纏」。譯文是詩經體，古奧得很，神遠得交關，夜神穿的是黑衣，卻綴滿明星，讓心事多的人傾慕，詩中便有如此一句：「Come, long-sought!」Batman 在葛咸城的夜裏也如夜神般令人期待，可是知堂說，希臘神話裏夜神是睡眠與夢的母親，是一個女人呀！那大大不妙，讓 Batman 穿成夜神的明星裝掠過夜空，警惡不成 camp 事小，給人誤會 gender-switched 事大喎。如何是好？

我常想 Dark Knight 之為神，不在 Bruce Wayne 的凡人肉體包裹任何超人因子，卻是因為他父母給他留下韋氏企業，讓凡人走上神壇。Bruce 是日間的公子，夜了才是蝙蝠，Dark Knight 最好叫蝙蝠公子，不只 gender-sensitive，還要 pedigree-sensitive。

我少時愛看的一位蝙蝠公子叫原隨雲，生在古龍《楚留香傳奇》裏，無爭山莊少主，文武全材，是搖扇的公子，夜了卻會變身，那是 Batman Matrix 裏少有提及的一章了。

《信報 • 北狩錄》二〇一三年一月二十三日

Laurence Anyways

未看 Xavier Dolan 的電影新作，當然不敢妄議，要說的不是電影角色，卻是血肉真人，也叫 Laurence 的一位，活在幕後，卻也耀目於台前。

曾說及 Matrix 背後靈魂人物 Wachowskis，我稿上寫的是 Wachowski 兄弟，為我繕稿的老友乃視聽達人，勞神為我斧正：Wachowski 姊弟！我忙翻遍舍下有關 Matrix 的諸般典籍，明明見到二〇〇四年英國影藝學院出版的 BFI Modern Classics 系列小冊子上說的是 Andy and Larry Wachowski，哪有個女的？遂嚴辭質諸友人：「喂，作死，人家大兄變性了麼？」友人回敬我謂：「現在時興說 gender reassignment 了，不是一覺醒來的 metamorphosis，倒是個 deliberate and delicate 的旅程。」我頓然語塞，人家兄長已不叫 Laurence，叫 Lana，在心思應該成熟的年華裏為自己的性別知所抉擇——葉問老婆張永成女士給我們說過：「四十歲的人只應該做有把握的事。」Lana 做事當然有把握——喔！當時有把握的應是 Laurence 吧？

Lana 跟弟弟 Andy 最新的作品是《Cloud Atlas》，六段綴在一起的故事，David

Mitchell 原著小說是 Russian dolls 的敍事，一個套着一個，電影卻是 mosaic 的花樣，在你眼前繁花聚散，說的不只是輪迴不滅，還有眾生相連，就如 Laurence 跟 Lana 般血肉相連，但我以為這一段現世相連要比電影的 motif 更饒有趣味。依小說作者所說，《雲圖》裏的眾生俱是 transmigrating souls，各自活在不同時不同地，卻同在自己的 karmic journey 上，隨生隨滅，亦滅亦生。然而 Laurence 的 transition 卻是個自家肉痛的選擇，跟 Lana 還是在此時此地同一段路程上，承先啟後，Laurence 自然預見 Lana 之生，Lana 亦不可能忘卻 Laurence 過去的徬徨困惑剛毅猛勇。去年美國 Human Rights Campaign 便頒了個獎給 Lana，叫 Visibility Award，為啥叫 Visibility？《雲圖》裏的美貌合成人 Sonmi-451（裴斗娜飾）剛巧有此一段話：「If I had remained invisible, the truth would have remained hidden and I couldn't allow that!」Lana 亦在頒獎禮上的致謝詞裏將此話再說一遍，嘻嘻地說 HRC 是獎勵她的「kind of being herself!」Lana 在大庭廣眾裏以女身真身亮相，還要一頭火紅怒髮，好不 visible，好不耀目！她的 truth 在哪？這一小段吧：「Invisibility is indivisible from visibility; for the transgender this is not simply a philosophical conundrum - it can be the difference between life and death!」人喪於無道，道喪於不明。

我想 Laurence 和 Lana 是同一個 visible truth，事關美女 Sonmi-451 也說過：「Truth is singular. Its versions are mistruths」。

《信報 • 北狩錄》二〇一三年一月二十八日

西遊文章

看《西遊》的預告片海報，只覺不忍卒睹，周秀娜怎會這麼醜？還要印上「一萬年太久，只爭朝夕」；「皇者一出，全無敵！」前兩句來自五十年前一月九日毛澤東寫的《滿江紅．和郭沫若同志》，後兩句化自同一首詞的收尾：「要掃除一切害人蟲，全無敵。」既是跟郭沫若同志唱和，郭同志的原詞自然是鬆毛鬆翼的誦毛，上半闋云：「滄海橫流，方顯出英雄本色，人六億，加強團結，堅持原則。天垮下來擎得起，世披靡矣抉之真。」大概怕讀者不夠通透，郭還在下闋點出：「有雄文四卷，為民立極！」那個在滄海橫流中顯出英雄本色的必然是毛氏無疑。毛如此本色，自要「掃除一切害人蟲」了，還用細說？電影大亨周先生如此化毛詞以自況，自也英雄本色。我輩念茲在茲的那位周先生倒無賴得多，從不英雄，時而貪心縮骨，時而花心漁色，一忽兒叫零零柒，一忽兒叫零零發，會樣衰地躲在國際學校裏逃學威龍，也會小貪不成卻上京為孤寡告御狀的白面包大人，他才是會七十二變的悟空。

《西遊記》是部寓言書，宗教的，政治的，看你偏心哪邊便哪邊。毛很捧孫悟空，曾有七律如是說：「金猴奮起千鈞棒，玉宇澄清萬里埃。今日歡呼孫大聖，只緣妖霧又重來。」看來是自喻了，詔告天下說：老子就是不守規矩，不依律令的人民大救星——奈何人民便成了說部裏不無怯懦，任妖魚肉的唐三藏！上世紀五十年代內地學人聞歌絃知雅意，紛紛以馬克思及蘇俄辯證法附會《西遊記》上的政治寓意，不巧四十多年後內地知識人亦愛以王家衛的眼光來評劉鎮偉的兩部西遊電影，讓戲中金句「愛你一萬年」日後成為《重慶森林》裏金城武的覆台密語及更多男男女女的腹中劍、口中蜜。百轉千迴後折返，周大亨的西遊便提醒未入場的你我一萬年太久，一切不比從前。

電視電影的西遊，我常覺跟書上的頗不相同，應是太熱鬧太童話了，欠了詭異怖畏。例如書中第九十八回上三藏師徒過淩仙渡，將登佛駕所在的靈鷲山取經，三藏便在無底船上驚見水下漂來死屍，悟空笑道：「師父莫怕，那個原來是你。」今回影畫裏的師父，原來是文章！

《信報 • 北狩錄》二〇一三年一月二十九日

格林雙煞

格林兄弟的童話早已供在 public domain 裏，予取予攜，任你改寫改編得如何相見不相識也沒關係，還可痛快地做面鏡子，趁機看看鏡子裏人面全非之餘的當下世界。

看電影《Hansel & Gretel: Witch Hunters》原先只為看演妹妹 Gretel 的 Gemma Arterton，她從前演過《鐵金剛之量子殺機》裏的善良邦女郎，雖然也是 MI6 中人，卻是個俏文員，當然也少不了為邦先生失身和捨身。今回穿上貼身黑皮衣縱橫廝殺，更可謂是 Kate Beckinsale 和 Milla Jovovich 一系靚得殺死人的好姊妹。

可是在戲院中魂不守舍，望着哥哥 Hansel，自然認得是 Jeremy Renner，然後想到的不是他在《復仇者聯盟》裏演的 Hawkeye，卻是《拆彈雄心》裏的輕鬆拆彈人，由此一念到彼一念，念頭跳到《拆彈》的女豪傑導演 Kathryn Bigelow，繼而又跳到她的新作《Zero Dark Thirty》，即我們坦蕩譯作《獵殺拉登》的一套。好了，獵殺拉登如獵巫，我便終於回到眼前銀幕上型哥索妹的新世紀！這一圈遊園戲夢興許見證了童話世界的故事新編如何是個 authoritarian socialization 的過程。

從前的 Hansel and Gretel 已是智勝盲眼女巫的小兄妹，哥哥懂得以死人骨頭裝成瘦到未食得的衰樣，妹妹又曉得賺騙盲巫示範燒水，好一腳伸佢落火爐。今回電影的哥哥妹妹索性是身懷異能武藝超凡的殺手，專門接受禮聘獵巫。在追逐極黑女巫過程中，為解開終極陰謀，對小小巫不惜嚴刑逼供，大巴大巴地煎，仲要係鐵鏈吊起嚟打嗰隻。在黑白分明的格林世界裏，暴力和拷問變成合法合理的手段，事關惡巫頻頻為了異端邪教的黑祭禮拐殺細路，非誅不可。Bigelow 在新戲裏放大的亦是 CIA 如何憑其 coercive interrogation regime 成功抽出拉登的藏身所在，惟以類似 journalism 的手法道來，不比3D童話，便惹來政要如 John McCain 的呵斥。

專研童話底蘊的 Jack Zipes 曾有一篇文章叫〈Who's Afraid of the Brothers Grimm?〉，提到十九世紀以前德國人喜歡重重改動格林故事，為的是將不同年代的主流價值注入童話，方便小孩沉浸其中。我看戲如此胡思亂想，大概是沉浸不了，不再小孩。

《信報 • 北狩錄》二〇一三年一月三十日

陳浩南的聊齋

演慣上一代電影版陳浩南的男生長髮吻感，從來沒有蠱惑氣味，倒是一派不在乎的自若泰然，彷彿只是銀幕下沒喝檸檬茶的陽光男孩換上皮衣，便款步走進銀幕上的銅鑼灣黑夜，長髮自也不必紅橙黃綠青藍紫了。

那已是上世紀九十年代，不變的是男生依然長髮，近日竟已成婚，連伏羲氏也不好意思相認的八卦雜誌喜得材料敷陳故事，着眼的無非女事主如何殺出七年之困，降服素來自在的男事主，晉身為某太，當然也少不了探詢男事主兩位前度玉人的大方回應。圍繞前度今度三位女士的眼光不外是成王敗犬，一紙婚約自是一世幸福，還要附上擊敗敗犬的獎座一尊，以豐妝奩！男的一邊嘛，觀眾自也欣然稱道由弱冠而成人的躍進，夠情夠義夠責任，為世間盛女增添大作戰的憧憬。男女兩邊如許的主流論述維持了感情世界的安定繁榮，那世界若有全民普選，選出來的也必然是一男一女願結癡心的永恆維穩國度。怎麼啦？原來凡間的明星也是恁地的——悶！

且莫說脫穎而出的女事主從來也難稱眾望所歸，我的妹妹性情中人，便為此而牙癢癢終日。

陳浩南漫畫戲中人（雖然也是九龍公園裏高一點八米的彩繪雕像！），好像只鍾情口吃的細細粒，可惜未曾有緣甘去為她蹈火海之前，伊人已然消失天與地，未有圓婚的一幕。其實虛幻的人與事最好長留故事中，讓浩南娶妻生子未必是現實觀眾樂見的結局，反正現實已無奈沉悶如斯，何勞買票入場？

《聊齋誌異》便長年虛幻，載的不是解語的如花，便是狎夜的香玉，每從園中書上走下來，實現無聊枯讀的書生不為人知不願人知的慾欲。書裏彷彿除了〈畫皮〉那暴裂生腹的獰鬼外，人狐鬼妖竟是一派安然，比格林童話窩心多啦！如〈玉香〉一篇，寫園中耐冬一株，牡丹一株，各為花妖，素衣紅裳，遂名玉香絳朱，艷麗雙絕，先後陪侍書生，中有波折，間有離恨，卻盡歡愉，後牡丹已長大如臂，書生謂：「我他日寄魂於此，當生卿之左。」兩女笑曰：「君勿忘之。」十年後書生得病臨死，卻笑曰：「此我生期，非死期也。」何其幻樂？

若陳浩南離開虛幻，即生期耶？死期耶？

《信報・北狩錄》二〇一三年二月六日

K先生的愛情回信

有緣自得其樂的未必叫李維斯，但叫奇洛李維斯的K先生想必開懷自得其樂，有鬚冇鬚，長鬚短鬚，斯文乾淨，浪蕩樂與怒，總之英俊，總之漂亮，還好像少了哥哥的憂鬱心事，難怪薛凱琪小姐念念有黃偉文的詞，一心要等K先生寫的回信。

K先生最近真的回了信，但對不起薛小姐了，他的信寫給的是電影，還不是某套電影，卻是電影 as an art, as a history and as an industry！回信也不形諸紙墨，卻是造了一部電影，叫《Side by Side》，中文譯名是高高手的《奇洛李維斯給電影的情書》！

情書上沒一粒 love 字，憑的是流露其間的濃濃 passion 和郁郁 passionate；叫 Side by Side 則是提點我們看戲靠的是 side by side 的一雙玲瓏眼睛，也預示了情書裏說的是電影人中的菲林派和數碼派，兩派雖未必水火不容，卻還是 side by side 的企好企定，各言其是。電影叫 film，天生便跟菲林血肉相連，菲林不獨是載體，還根本便是電影的肉身真身——the Being！惟是之故，由菲林換成數碼 pixel，電影便不獨換了皮囊，也換了身世，回頭看菲林竟見那是身前舊事，昨日之怒。數碼改變了敘事，節奏，用鏡，攝影機的dynamic range，還拿走了隔夜才印好的daily，甚至重整過整套觀賞美學：如何看？看甚麼？數碼更重新分配了電影世界中的權力：現在隨手抓起一部Canon 7D便可躍躍做個導演新鮮人，翻起新浪潮，be creative and independent——最少可以自家這麼理想！

可是我心儀的David Lynch便在戲裏聳聳肩，一邊讚嘆數碼拍攝玉成了電影宇宙裏的democratization，一邊卻不無狡獪地問K先生：「Keanu，很久以前各人便已有紙有筆有墨，隨手便可寫下自己的故事，可不見得人人也是小說家吧？」Lynch咽在喉裏恐怕是Mass renders trivial！

無獨有偶，影評人David Thomson去年也為電影寫了一部情書《The Big Screen》，篇末有如此一句：「How many funerals have there been for the death of cinema?」後事如何，還看未演的劇情。

我在戲院裏迷情於戲裏的K先生，居然忘了細察這封情書是菲林寫的還是數碼寫的——大概讀情書的人只會計較那是誰寫的情話。

《信報 • 北狩錄》二〇一三年二月十八日

林肯 @Zero Dark Thirty

Daniel Day-Lewis 演的角色多見 solemn，銀幕上說個笑話也要觀眾提防笑中有否微言大義。《布拉格之戀》裏的 Thomas 嬉笑風流中已然暗藏對新朝的不敬；《因父之名》裏的他由無知怯懦經冤獄慘案而修成剛烈激揚；《紐約風雲》裏的 Bill the Butcher 持刀不持刀也 terrifying；目下的林肯更是憂心國事之餘，神經兮兮的林太更絕不讓他好過！這一大串 solemn 角色讓《時代週刊》去年送他 the World's Greatest Actor 的桂冠！我最喜歡卻是 Nine 裏他演的風流賞花意大利導演，不叫 Fellini，卻叫 Contini 的一位！可惜影評人卻偏說 Nine 是 Day-Lewis 極罕有的 misfire！那年他又真的罕有地未獲金人仔提名，賴我口味小眾寡緣吧。

據說，Day-Lewis 看到普立茲得主 Doris Kearns Goodwin 大作《Team of Rivals》的新版封面竟換成自己劇中玉照時，大吃一驚。更可吃驚的是電影上畫後，書名更一夜改成戲名《Lincoln》，tie-in 居然成了 named-after！電影的關鍵情節來自書中第二十五章：A Sacred Effort，寫林肯如何努力修憲，結束 slavery and involuntary servitude，結束南北戰爭；也寫林太如何努力阻止次子 Robert 重蹈兄長為國捐軀的覆轍，弄得總統先生情溢乎辭地寫信給戰地主帥 General Grant，務要 Robert 獲個不會損手的閒差：「Please read and answer this letter as though I was not President, but only a friend!」但戲中沒有讓此信憂鬱登場，倒自創總統在艱難時刻裏沒來由地為電報員傳授 Euclid 的幾何學：「Things which are equal to the same thing are equal to each other」，好像那樣便輕易解釋了為甚麼要有行將名垂千古的 Thirteenth Amendment，締造種族平等，這恐怕只是史匹堡和編劇 Terry Kushner 的便宜計算。

電影《林肯》說的只是總統先生一八六五年頭的一段，可說得沒頭也好像沒腦，沒啥 drama，倒不時有不屬當年的壯語：「We're stepped upon the world's stage now with the fate of human dignity in our hands. Blood's been spilled to afford us this moment!」語氣措辭竟酷肖當代美國政府在「九一一」國難後追兇的 solemnity。其中 human dignity 一詞更像是二十世紀的發明，耶魯的 David Bromwich 便忍不住在《紐約書評》上幽他一默：a familiar phrase in two words that Lincoln never actually paired。

我以為戲中的 Lincoln 最宜 pair up 的是 Zero Dark Thirty 的女主角 Maya，他們一心一意只在完成一項使命，但當事人椎心泣血的使命由來卻好像未曾隨戲附送。

《信報 • 北狩錄》二〇一三年二月二十五日

一代宗師有 Lincoln

未敢邯鄲學步，鋪寫像港鐵路軌一樣長的宗師系列，只是昨天小文好像為 Doris Kearns Goodwin 抱點不平，卻竟是自厚臉皮的表錯情！人家跟史提芬史匹堡和編劇 Terry Kushner 晨早攬頭攬髻，彈冠相慶啦！我後知後覺，昨讀 Kushner 的劇本時，才發現寫序之人便是 Goodwin，她在序中一陣自報家門後，便喟然嘆曰：「No writer was better （than Kushner） suited for the task！」但我依然要笑人家電影沒啥 drama，取捨欠分寸，總之不見 Day-Lewis 的 reedy voice 下的總統百年心事。可不是嗎？戲中一場白宮早會，群賢畢集，商量如何先取 Wilmington，後取 Richmond，好了結南北之戰，內政部長 John Usher 忽然問，既然勝券已握，為甚麼還要硬推 the Thirteenth Amendment 這般 unwarranted intrusion of the Executive into Legislative Prerogatives？此時總統先生便來了一段五分鐘的 soliloquy，細說他早前簽下的《解放宣言》只是戰時霹靂手段（a war measure），戰後未必管用，然後戰意昂揚地說：Might those people I freed be ordered back into slavery？會上當然冇人睬佢！這場戲很假很悶，假在內閣群賢好像從來不知就裏，第一日識林肯咁款；悶在 soliloquy 中沒有風風火火的文采，還要 breathless 的一念到底，辯論總結時如此發言是合該扣分的，縱然是 Day-Lewis，縱然是林肯。當然那是編劇苦心為牛皮觀眾設計的歷史五分鐘課。謝啦，但依然不是 drama。

片末臨近國會生死投票之際，總統先生火了，向內閣群賢爆了如下兩句：「I am the President of the United State of America, clothed in immense power! You will procure me these votes!」這是戲中我唯一想到的 drama，還可能只是 insider's drama，只屬於偏執情迷《一代宗師》的你我。這一段話，分明是蛇羹鍋傍丁連山拿手的兩句話：「面子請人抽一根煙，裏子便得殺一個人。」Kushner 剛巧用上「clothed」這動詞，意象上跟丁連山的話便契合無縫。可惜戲裏的裏子殊無趣，他們是國務卿 William Seward 僱來的三個 political operatives，邋邋遢遢，據說要上天下地為林肯找來對家民主黨的反骨仔票，行事其間零散蕪雜，有時跟本搞不清誰在 operate，遑論能有 dramatic operations，彷彿比《一代宗師》剪去更多的起承轉合。

近日偶檢卞僧慧《陳寅恪先生年譜長編》，見有如下一段：「世人每稱先生為一宗師，誠當之無愧，從先生可以見世界萬象，從世界萬象亦可以見先生。」誠魯殿靈光。

《信報・北狩錄》二〇一三年二月二十六日

Tina・秀娜

這些年不順心意，便帶笑回望那些年，當然那些年又真的比這些年 Vintage 多啦。例如興發街時代的 Esprit 對照眼下淨蝕四億六的思捷，說是受貶凡間的天使已是心存厚道，入肉點說應是淪落風塵，不再佳人，九十後的小朋友斷難想像那傳說中的風華。那傳說不獨繫於一爿名店，那傳說傳得更是整個當年，年來香港三聯出版的一系靚書，便或有心或無意地為九十前後的大小朋友重溫香港八九十年代酷的傳奇，流金歲月，為今世滿街低俗艷劇的特區香港喚回一個不俏的前生，先有 boxset 的《號外三十》，還要有十款封面任揀（我挑了張曼玉！），接着是黎堅惠小姐的《時裝時刻》、鄧小宇的《吃羅宋餐的日子》及鄧先生化名錢瑪莉寫的《穿 Kenzo 的女人》，最新的一卷是《原來天蘭》。正是看劉小姐的書，方才醒起她是興發街時代 Esprit 的形象總監，管的不是衣服，而是 Esprit 在凡間的天使面孔，那些年的年輕人眉間心上恐怕受益匪淺，據 Wyman 的高帽說法：「如果從來沒有劉天蘭，今日的香港可能仍然好『薯』！」我說這是高帽，因為就是有劉小姐在，也阻不了香港今天回鍋到薯裏薯氣——請問興發街時代的 Esprit，有人知道會叫思捷嗎？請埋 Gisele Bundchen 這位巴西超模也只是超渡了吧！分別在於那些年要緊的不是誰穿起這些衣衫穿得似 model，卻在由睇衫買衫到着衫的 aesthetic experience，修煉包埋感激門口大 locker 的寬容！

劉小姐的書剛看完，自傳般的書，但作者謙稱何德何能有光環寫自傳，因此我還是尊稱「自傳般」為妙，況且來日方長，小姐要演下去的戲還多着，倒是她有幸走過的時代，遇過的酷事兒將來還會再世輪迴讓八九十、二千後的小朋友碰上嗎？不好說吧？我見廣東道近十年的品味傳承便心寒了。

大家爛熟了的張愛玲說：「成名趁早！」今世寫自傳或自傳般的書也要趁早，劉小姐已然忍手，卻說我喜歡看的周秀娜吧，才二十多歲的粉雕人兒，便來一本自述兼回憶《夢．她．處》，書名玩諧音，Montage 才點題，說的便是小姐區區數午的銀色短途，書中看不到時代，少了惆悵，玉砌的相片倒目不暇給。

《信報 • 北狩錄》二〇一三年三月四日

艾未未・食飯未？

差點忘了未被失蹤前的艾未未也曾廁身主流，最少北京鳥巢是他跟 Herzog 的四手聯彈，巍巍然已不只他山之石。後來才有艾對汶川地震的悼念與詰難，形形色色的不敬與不恭，艾便倒過來成了異端的主流。

艾目下好像還不許出國，但拜當代科技及藝術代理人行業之賜，他的作品展《According to What?》正在北美如火如荼，上星期剛在華盛頓 Hirshhorn Museum & Sculpture Garden 落幕，下月便移師 Indianapolis Museum of Art，八月加拿大 Ontario，年尾 Florida 的 Perez Art Museum，明年回到艾年輕時試劍之所：紐紐約約。

說到紐約的一段，曾有人問艾為甚麼八十年代遠涉彼邦，他的回答挺爽：「那個時候出國，理由太多了，就是不想在中國待了。」又被問到作品在美國獲垂青嗎？艾有點不好氣：「沒有任何人認可我的作品，不然怎叫混了十幾年？」畢竟那時艾只是當代藝術汪洋裏一尾年輕的小魚。

「只要是年輕人，他們都有出眾的地方，也都有很不出眾的地方。」聽口氣疑似魯迅，可卻是艾未未。

我僻處此地，少有遨遊，惟有退而求諸紙上，臥遊其側。此刻正翻看艾的展覽圖錄，舒卷着舶來的墨香紙香，但艾的作品實難囿於書框之中，圖錄便展不出他的錄像如So Sorry、Never Sorry，何況他滋生的事端？如二〇〇七年他赴德參展的作品叫《童話》，其實是策動鄉間一千零一人出門的壯舉。可是圖錄可錄到的裝置作品卻不見得很牛，儘管西方得很，也透出陣陣Marcel Duchamp和Andy Warhol的前塵身影，卻未必能惹來囂嘩。例如年前艾在Tate Modern展出的Sunflower Seeds，以成千上萬景德鎮製作的粒粒瓷花籽聚在一處，形似的裝置展覽我倒在那兒的Turbine Hall看過不少，艾未必賽過天下餘子。頂有勁兒的倒是艾的artistic activism，根本是以身犯險的行為藝術，他在多年來的博客文章、評論和訪問中已一再打扁藝術、政治和人生之間的壁壘，其道甚一以貫之。去年杪艾的老友Larry Warsh為他編了一本標致黑皮小書叫Weiweiisms，語多險峻，或可採來作不少作品的caption，我想在所有艾的展覽中，俱可引用如下一條：「My work has always been political, because the choice of being an artist is political in China.」只懂齜牙咧嘴的岳敏君公仔大底只敢問：「你食飯未？」

《信報 • 北狩錄》二〇一三年三月五日

不戴帝冠的女皇

林肯比希治閣要偉大，事關少時只聽人説林肯是偉人總統，未聞有偉人導演，還要是陰惻惻故弄懸疑的一位。瞎説呢！蘋果怎比草莓偉大，最多健康正氣點兒，你隨味蕾喜好挑吧。好，我來挑！

電影《林肯》在奧斯卡中鎩羽而歸是宇宙間合該發生的事情，倒是《希治閣》未獲一絲青睞便為世人多添一樁不公允事。《林肯》是故作 epic 的 biopic，在巨大歷史面子背後寫裏子的風雲，其意不壞，壞在乏才。《希治閣》取材庶幾，但才大多啦，也拿一段銀色歷史作秀——the making of Psycho！

電影 Psycho 成了面子，裏子是希翁如何一意孤行，自行其是，拖住希太 Alma 一撐到底，最終贏得觀眾的觸目驚呼，算是 fiction based on true events 吧，總之不圖 biopic，但絕不放過可能有趣的點子，例如戲裏安排希翁跟現實連環兇手 Ed Gein（在 Psycho 中便成了 Norman Bates）的幽魂同場對話，抖出希翁對 Alma 的猜疑，影影綽綽的是佛洛伊德（還是 Lacan ？）詮釋。據説情迷希翁作品的 aficionados 在他的每部電影中都能看出不可告人的細節，即如甚麼也可 philosophize 一餐的 Slavoj Zizek 便謂 Psycho 裏 Norman Bates 的家連地牢共三層，應驗了佛洛伊德的三層自我說，地牢是 id，因此正藏着 Norman 母親衣履尚鮮的屍身，嘩！Zizek 編過一本奇書，叫《Everything You Always Wanted to Know about Lacan: But Were Afraid to Ask Hitchcock》，我由初版翻到修訂版，中間隔着十八年，離奇地還未翻完。

戴着 Zizek 的眼鏡，我們或可看出《希治閣》中極吃重的女角 Helen Mirren，她演的 Alma 也是一枚象徵，象徵希翁對金髮尤物癡迷的抑壓。當希翁深情注視 Scarlett Johansson 的 Janet Leigh 時，Alma 別過臉離去，鏡頭也跟着 Alma 擺脫了加在 object of desire 上的凝視；又當希翁驀地怒吼，要找 Grace Kelly 來演 Psycho 時，Alma 便怒斥：「She is now a princess! She is unattainable!」Alma 便榮任了希翁的 superego，還要頂着希翁頭上可能塌下來的天，正合心理分析X女性主義的解讀吧？

但我想 Mirren 會說：不必了！事緣最近倫敦 TimeOut 訪問 Mirren，說她慣演女皇，會否自視（sign up）為女性主義者？Mirren 答曰：「For me feminism is just fxxking obvious. It is not an ideological or a political thing. We're half the population!」

Mirren話中的F字猶帶Her Majesty的端嚴，無他，目下她在Gielgud Theatre演出The Audience，演的當然是跟量化寬鬆無關的QE II！

《信報・北狩錄》二〇一三年三月六日

公主（們）復仇記

「Vengeance is better served cold！」電影《Crime d'amour》和她的英語肉身Passion的女主角同樣說過，但說時容易做時難，烈女轟然復仇，魂斷魂摧魂繫，折煞幾許鬚眉。低俗cliché是戲如人生，我鍾情的彭導演早年便有一部《公主復仇記》，寫阿嬌藉艷照誅賤男，亦幻亦真。史上自有藍血公主快意復仇，《資治通鑑》上記北周千金公主嘗請其夫突厥可汗沙鉢略攻隋，以復宇文氏之仇，但是時隋文帝已統一宇內，開皇天下，旋公主便「兵敗於外，眾離於內，乃請為隋主女。」隋文帝肯之，卻封伊人為大義公主。胡三省的註上揭其端倪：「非嘉名也，取『大義滅親』云爾。」即隋文帝不無陰損，千金公主既屬過戶而來的親人，則宇文氏自是搭單親戚，隋室滅了親戚自成大義了。公主最終復國復仇不成，魂斷突厥，還要給人家佔了芳名上的便宜。

白賴恩狄龐馬略呈老氣的Passion，海報上雙妹一前一後，前的一位茫然無措，後的一位手持血領巾下手在即，不怕未入場的觀眾洞悉同性間的愛恨暗湧，有仇必報，畢竟誰勝誰虧，還只是雙妹嘜中的一位蝕底，男人樂觀其成。倒是上週發生於七十七層上的豪宅斷頭血案要叫男人好好心驚，雖然是非未明，但大小報已細心推斷出不必求證的內情：男的有了錢財便招了桃花，女的不堪不甘，便圖個覆血難收的了斷，浴血的細節自有壹仔圖文並茂，但其實兵不血刃的故事更教人心寒。

月初倫敦一宗妨礙司法公正案沒沾一滴血，兩位被告曾是夫妻，屬政壇之星，男的叫 Chris Huhne，官至內閣能源大臣，女的叫 Vicky Pryce，財政部首席經濟顧問，二人目下已慘成階下之囚，為的只是一張十年前的超速告票。當年 Huhne 已貴為國會議員，在路邊給影了快相，回家叫妻子 Pryce 代罪，一宿無話！兩年前 Huhne 大選又連任，與團隊的公關大將快樂搞上，便回家跟老妻攤牌。婚離了，但前妻即向傳媒抖出秘藏的瓜代快車手物語，Huhne 見大勢已去，自承控罪，但 Pryce 則你死我偏獨活下去，以 marital coercion 抗辯，堅稱是受害小女人，但如此精心報復，誰信你是受屈牌羔羊？法官便指 Pryce 品性「controlling, manipulative and devious」，一切來自她的 implacable desire for revenge，仇壑難填！

《信報 • 北狩錄》二〇一三年三月二十七日

七子去，六子還

戲院門前偶遇鄰家女孩，也是看《忠烈楊家將》，我說我為看鄭伊健，她抿嘴說她鍾情鄭少秋！我忙說也為了看看如何「七子去，六子還」。女孩說：「吓，咩話？」家母跟她的同代人一般，苦幹有餘，讀書不多，卻情迷電影戲曲，戲中成語套語脱口說來，渾然天成。一天電視上播着楊家將的粵語長片，家母幽幽地說：「七子去，六子還，為人母者，哀莫過此。」我聽在耳裏，斷句都斷唔切，家母續道：「佘太君當初還不知曲折，以為六子歸來，僅一子送命，卻原來只係得第六個仔平安返嚟咋。」她說得動容，我聽得心折，時念小學，剛懂 six 和 the sixth 的分辨，暗揣我國文字曲徑通幽，正合迴廊沉吟，驀然尋夢。及長讀 William Empson（漢名燕卜遜）的《Seven Types of Ambiguity》，便覺「六子還」正是燕氏筆下的第二種朦朧：「...two or more meanings are resolved into one. They are alternatives even in the mind of the author but an ordinary good reading can extract one resultant from them.」這番朦朧其實是稍賺觀眾的點子，讓不容改變的悲壯結局化成預料之外的忠烈圖——雖然略悉小說戲曲之道的，怎會預計不到吉凶？否則哪來日後的楊門女將、十二寡婦征西的古典女性主義？

楊家將故事自有所本，鄰家女孩喜歡的鄭少秋演楊令公，她沒説不喜歡的吳尊演的是胸肌楊六郎，父子二人俱於《宋史》上有傳，但正史枯燥，傳奇不張。率先考證楊家將故事源流的許是余嘉錫，他於一九四五年寫成〈楊家將故事考信錄〉，謂宋元時華夏為番夷所欺，國民「恨胡虜之亂華，痛國恥之不復」，亟思靖邊之猛將，遂於評話雜劇中憑正史之一端，踵事增華，敷演鋪陳楊家將故事，暗傳恢復之志。宋元評話已不可見，惟元雜劇中今存五本寫楊家故事，我遍檢家中藏懋循《元曲選》及徐樹森之《外編》，不見「六子還」之讖。刊於萬曆年間的《楊家將演義》情節最豐，雖有「令公狼牙谷死節」一回，卻無有「七子去」的故事。想「七子去，六子還」之妙着必然定案更晚，彷彿于仁泰電影裏無中生有，讓一臉于思的周渝民化成三郎，隱在風吹草低的蘆葦蕩裏彎弓搭箭，百步穿楊，直是聽風辨迹的 Hawkeyes！

《信報 • 北狩錄》二〇一三年四月十五日

金文外的金針

我城文化大業 Hot Toys 不只人偶手工出神入化，行銷之策亦在神魔之間。甘心獻金的老中頑童近日不僅要排隊輪候恩賜，還要輪候「輪候証」，那是借光金融市場的 option to buy 了！To buy 的恩物是 Ironman Mark VII 的「戰損版」，我後知後覺，想不到 Avengers 裏的甲胄竟會趁電影《Ironman 3》山雨欲來的前夕摸黑推出，遂入手不及，回頭太難，望着一屋子 Mark I 至 Mark VI 而興嘆，卻還要癡看圖錄，見居然用上 Die Cast 一詞，那是冶金學上的模鑄壓鑄，將熔燙的金屬或塑料傾入模子裏，待冷卻而凝形，故 die-cast 亦喻木已成舟，前度不巧嫁了別人！

Die cast 使我想起的不是已為人妻的 Ironman Mark VII，倒是三代吉金青銅器。事緣初識 die cast 應當不在濠江賭場 cast the die，倒是在夏含夷早年的 Sources of Western Zhou History 上見有略誌鼎彝鑄造之法，中有 lost-wax casting 和 piece-mold casting 二款，俱為 die-casting 之屬，惜其文太略，難悉其詳，後來讀李學勤的書，方知二者即「失蠟法」和「合範法」，但說來一樣簡潔，可供想像而已，想是史家考古家留神的是金文辭意，鬼斧神工的始終是考匠的 metallurgy 吧。我想起翡冷翠城內 Piazza della Signoria 上的 Perseus 青銅像，造像者是文藝復興時代人品藝品俱不比尋常的 Cellini——勞力士表廠叫他切利尼！雕的是希臘神話英雄 Perseus，手握 Mercury 送他的彎刀，將蛇髮女妖 Medusa 梟首，遊人在下只能目仰心仰。那年盛夏，我在翡冷翠小待，每天晨昏總會走到階前拜倒，暗想「隔世相知或有緣」。Cellini 的自傳上說，當年的翡冷翠大公邀約他造一座 Perseus 像，Cellini 先造了一尊高若臂膊的人偶讓大公過目，大公見之大樂，立刻要 Cellini 將之建成巨像，樹於 Piazza 之上，跟廣場上 Donatello 的 Judith and Holofernes 和 Michelangelo 的 David 一同不朽！我可想見大公大樂的樣子，活脫便是我們見到新款一比六人偶的瞇眼表情，還要嚷着：「有冇一比一？」但 Cellini 不是 Hot Toys 的市務總監，留神的是造像中遇上的模鑄技術問題，如材料的考量，骨架的計算，面相參考哪位大人的相貌，還有竣工的期限，中間如何取信取悅於大公及大公夫人，雖未至巨細無遺，但可窺見他 Goldsmith 的踏實心眼，留有或可渡予人的金針，那是兩周金文以外的美事了。

歐陽脩《集古錄目序》上說：「物常聚於所好，而常得於有力之彊。」我今排隊力有不彊啦。

《信報 • 北狩錄》二〇一三年四月十六日

奇俠不可殺

放心，這不會是惱人的「劇透」（the film spoiler），除非你一心念茲在茲的竟是《Iron Man 3》裏的王學圻和范冰冰——可是，唉呀，咱們一國兩制，港版的一齣只有王學圻的驚鴻一瞥，而冰冰的冰肌玉骨更是無影無尋，空餘想像中的幽香一縷，倒是 Mandarin 能貫徹始終，由頭見到落尾，那是 Tony Stark 的心魔宿敵，中文字幕敬稱的滿大人，不叫「普通話」的一位。想來也是，小民普通話的英文是 Putonghua，大人官話才是 Mandarin，而 mandarin duck 是嬉水的鴛鴦，mandarin orange 是皺皮的柑仔，俱非壞人壞事，惟有滿大人不是好東西，還好今回讓 Ben Kingsley 演來，深沉陰鷙，一口 King's English，不似 Marvel 漫畫裏原來的獐目鼠鬚碧綠長袍的怪模樣，那活脫是想當年《福爾摩斯大戰傅滿州》裏 Dr Fu Manchu 的隔世孖生兄弟。電影裏的滿大人從相貌、舉止、談吐以至敢跟天下第一強國為敵，在在沒有和平崛起的祖國睦鄰影子，逼他叫 Mandarin 或滿大人，總有點蠻逼入籍之嫌，誠 bullshit 吧。

許是今世 bullshit 橫行，哲學家 Harry Frankfurt 便好心將 bullshit 哲學化，考究

the structure of its concept。Frankfurt 多年前寫了篇妙文 On Bullshit，收在論文集 The Importance of what we care most 裏，年前普林斯頓大學出版社居然將之抽出，印成精美硬皮巴掌小書，竟一紙風行，裏邊提到 Wittgenstein 的一段小故事，話說 Wittgenstein 的友人 Fania Pascal 到醫院割扁桃腺，一臉愁苦，向他撒嬌：「I feel just like a dog that has been run over!」Wittgenstein 不是解溫柔的解語花，冷冷地說：「You don't know what a dog that has been run over feels like!」Frankfurt 說 bullshit 精粹盡在於斯，即說的話不是謊話，但說話人根本不在意於話中的對錯——子非狗，安知狗之慘耶？既然如此，Pascal 怎會有意說謊？她的話既是女孩子的浮花嬌嗔，自不在乎是否真確描述其所感受——it's not for real! Frankfurt 好像更關心更擔心的是這種 antirealist 的趨向，使人渾忘對錯是非，但電光幻影裏的 Ironman 不必亦不應為 Frankfurt 分憂，電影合該是 not for real，合該是 bullshit！那麼我們還是不要毀了滿大人這位反派奇士才好，當年龔自珍讀了屈大均這位前朝遺民的詩文集後，寫了如下兩句：「奇士不可殺，殺之成天神。」鐵甲奇俠更不可殺，殺了哪來許多 Hot Toys 人偶！

《信報 • 北狩錄》二〇一三年四月二十九日

說No！之後

甲：向政府說不，唔該。

乙：No?

甲：No!

乙：幾點？幾多張飛？

甲：一張即場。

乙：向政府說不，即場一張，請點收。

甲：係，唔該，向政府說不！

近日最反政府的地方該是戲院售票處吧？終日「向政府說不」之聲不絕如縷。

電影《No!》的故事和結局已給智利當代史劇透，沒有懸念，Pinochet 將軍在自家製的公投中敗在反對派的說不運動之下，一九八九年怏怏下台，沒有流血，箇中原由電影沒有時間說下去，實情是 Pinochet 晨早老謀深算，在一九八〇年版的憲法上已寫定他下台後可繼續主政 National Security Council，予聞一切國安維穩之事，還可依法欽點三分一的 Senate，盡享國家元首不獲起訴的 immunity and impunity，不必為其總統任內一切殘殺虐行負上刑責，逍逍遙遙，直至將軍先生於一九九八年十月幽居倫敦 Harley Street 才忽然變生腋肘，居然給蘇格蘭場警方拘捕，要將這位剛過氣的國家元首引渡至西班牙受審，罪名是他任內曾下旨綁架、虐待、謀殺等一眾 crimes against humanity，受害人中有西班牙國民，故由馬德里的一位 investigating magistrate Baltasar Garzon 以西班牙政府名義出面，向英國申請引渡！當時《衛報》大聲疾呼：A Murderer among Us! 緊接而來的是連串風起雲湧的 legal drama，直抵最高法院 House of Lords，而詭異的是 House of Lords 也先後審了不止一回！

Pinochet 當然反對引渡，先端出國際法上久已有之的 sovereign immunity ——人權法高高手 Geoffrey Robertson QC 譏之為 impregnable armour ——即一國元首或一國政府任內之事，包括滔天罪行，豈容他國置喙？高院的三位大人亦真的接納這古老原則，其間 Justice Collins 謂：「History shows that it has indeed on occasions been state policy to exterminate or oppress particular groups!」遂向西班牙政府及受害人家屬說不，不允所請。

今天看似不能諒解的固執，當天看來卻可能是天經地義的堅持。剛去世的 Maggie，從來痛恨左派，且於福克蘭一役中因 Pinochet 提供軍事情報和支援，遂與將軍友善，曾無悔地說：「The precise responsibility for what happened could only, however, be judged in Chile, not in Britain!」不以言廢人，說不還需勇氣。

Maggie 的話，其實是老派主權論的一往深情版，我們從家事到國事聽過也不只一回：你住隔籬的，請拜託不要管我家事，我也不來管你便成。那是一書沒有寫在紙上的互惠 tacit agreement，實 realpolitik，沒啥不倒（infallible）的道理，尤是事涉個人尊嚴和性命的 Crimes against humanity！

但 Maggie 是 Iron Lady，不比甲冑一日爛到黑的 Ironman，無視 House of Lords 兩度的裁決，上邊為 Pinochet 抱不平的話見於塵埃已然落定的二〇〇二年，那年她寫了 Statecraft 一書（甫出爐我便乖乖地在 Piccadilly 上的 Hatchards 書店排隊買書攞簽名）！裏邊還提到將軍敗訴後，其座駕專機待在跑道上蓄勢待歸智利之際，Maggie 遣人送上一件優雅銀器 Armada dish，內附一箋云：Your detention in Britain was a great injustice which should never have taken place!

將軍的飛機為甚麼去的是智利而不是西班牙？House of Lords 明明已然二度判定事涉 Crimes against humanity 大事，國家元首亦絕無免死金牌，因人權公義實普世應有之義，Pinochet 須受引渡至西班牙應訊，亦為往下赫赫公審 Milosevic、Charles Taylor、盧旺達和赤柬群兇奠下百年基石！然而，Pinochet 當年已是八旬老人，稱病最得宜，智利政府遣群醫仔細端詳，發現老人果然虛弱兼失憶，不宜應訊！這當兒英國政府正是難難難！

House of Lords 雖然判西班牙政府得值，但要將 Pinochet 從英倫國土交付西班牙，靠的是英國內政部的 the Authority to Proceed，時內政大臣是 New Labour 老將 Jack Straw，他去年出版了回憶錄 Last Man Standing，裏邊起伏有致地說了一遍他一邊的故事，非常緊湊好看！首先是首相 Tony Blair 的壓力，話說 Tony 於此事上表現 twitchy，既受 Maggie 二度來書責難（愛讀《衛報》漫畫的朋友必然曉得，在 Tony 主政其間，他常給畫成男扮女裝的 Maggie）！又試圖央求 the Vatican 出手出面打救，但 Straw 不為所動，說這宗案子乃「a matter for determination in this life, not the next」！遂拒絕 Tony 插手，逕委派四位英倫名醫為將軍會診，看看是否扮嘢，始料不及的是四位大夫一致認為老人太病，不宜應訊！Straw 無奈，最後眼睜睜地讓將軍飛機揚長而去，那天 Straw 煩悶，總覺得「the plane seemed to spend an age parked on the runway」，非常眼冤。

Tony年前也寫了回憶錄A Journey，悶得多啦，還要緘口不提Pinochet！病將軍飛抵故國後，忙從輪椅上躍起，向歡呼群眾一展V字手勢，無論那是victory還是vendetta，都在向公義說不！

《信報・北狩錄》二〇一三年五月八及十三日

款款韓妹

朝鮮人民勞動黨的大軍沒敢踩過板門店南下，網上卻驚叫首爾赫然有盈千累萬的identikit clones列陣亮相，享受聲光與歡呼——原來狠心挖苦的對象竟是位位玉人的韓國小姐選美，謂南韓cosmetic surgery太發達，刀下雕的美人又多又省鏡，但偏偏萬法歸宗、千人一面地超級靚！《南華早報》的Andrew Salmon心憂寫道：這些無瑕娃娃的uncanny similarity會否「homogenised South Korea's sense of aesthetics」？將選美艷事提上美學的議程，誠大哉問！

我沒想得那麼遠，只想那麼近地認清「少女時代」組合裏哪個是鄭秀妍，哪個是崔秀榮，哪個是Tiffany，但每次看她們的MV總迷失於長腿與勁歌之間，無法圓夢，但還是看得開心起勁，從沒過問太一樣的美麗會否不夠美麗？問來作甚？九張粉臉加十八條修足還不是二十七倍的賞心悅目，甜在心頭？我眼中的beauty便是心上的pleasure，率直爽快，雖然比不上〈創世記〉第六章直截了當：「上帝的兒子們看見人的女子美貌，就隨意挑選，娶來為妻。」這是和合本的譯文，馮象的新譯卻作：「紛紛娶她們為妻」，少了「隨意挑選」的率性，卻多了眾數「她們」的挑逗，加減之間，數不清是禍是福。

更數不清的是歷代大儒如何說美談美之學，很多年前的一個流汗夏天，翻過看過朱光潛先生寫給青年人看的數本小書後，便試看先生所譯黑格爾大書《美學》，卻失望地難以下咽，隨便挑兩三句看便見端倪：「概念直接沉沒在客觀存在裏，以致見不出主體的觀念性統一……」後來看 T.M. Knox 的英譯也不見得快樂許多，倒是維多利亞時代 Bernard Bosanquet 所譯的《黑格爾美學序論》輕巧一點，給牛津大家 Michael Inwood 說成「can be read casually and enjoyably」！我聽過就算，那敢認真 casual 看黑格爾？理論兼創作雙翼齊飛的 Umberto Eco 年前寫的 On Beauty 圖冊，倒可讀得 casually and enjoyably，裏邊亦圖亦史，且談且論，終章說到我們這個娛樂世代的 beauty 時謂，媒體繽紛，已不再提供單一的美或 single ideal of Beauty，旁邊的插圖展覽的是黑珍珠 Naomi Campbell 和嶙峋骨感的 Kate Moss，以坐實他的 Polytheisms of Beauty，可是此卷成書於九年之前，Eco 自是無緣得觀今天「少女時代」的完美統一。

許是我們貪心，要美麗款款不同，還是偏見以為一樣的美便難有脫穎而出？偏偏「And beauty, as a term signifying an indisputable excellence」，Susan Sontag 死前不久如是說。

《信報 • 北狩錄》二〇一三年五月十四日

豈有朝花可夕拾

美人趙薇演而優則導的新作好像有兩個名字：《致青春》，《致我們終將逝去的青春》，前者寫給過來人看，後者便將青春喚作現在進行式了。戲中左一句「青春不朽」，右一句「青春只合拿來回憶」，過來人如我者便聽得人也老了，當然那是聽者心虛，橫豎已沒有可賣的青春，最慘是回憶裏的青春也不見得何曾可歌可泣，動地驚天，還不是孜孜矻矻，誠惶誠恐，怕一厘米的差誤也會弄塌那一生只可建一回的大廈？我回憶中的青春只餘炎夏裏的陣陣汗臭和種種不合時宜的波鞋款式，雖盼夕拾，卻何來朝花？可憐記憶也不屑哄騙自己，好讓我也可以投書致青春一番。還是魯迅幸福，他在《朝花夕拾》裏的小引說過，從前故鄉吃的蔬果極其鮮美可口，但久別後再嚐，卻不過爾爾，因此「唯獨在記憶上，還有舊來的意味留存。他們也許要哄騙我一生，使我時時反顧。」因為美味，所以時時反顧，青春也成了一首常唱的歌。

電影開場時，楊子姍演的鄭薇雙手挽着行李，在火車站月台上靜待「他」的到來，結果「他」沒有來，「他」叫林靜。我無論如何也要想起楊沫的《青春之歌》，小說開首的女學生雙手挽着一包袱樂器，在寂寥的北戴河車站上看不見有接她的人，更不見她期待中的他，這幽幽的姑娘叫林道靜，不知編劇李檣寫這場戲時是否也浮想如我？

不朽的青春是生長在記憶中的哄騙，不然閣下惟有 to die young 好了。電影裏妞兒貼在學校宿舍櫃子上的海報偏是關錦鵬當年的大作《阮玲玉》，美目盼兮張曼玉演的阮玲玉正是紅顏早隕，在影史上永遠是供後人憑弔膜拜的不朽青春。還有，我總疑心，朝花夕拾的哼着那青春之歌，是否因為長大了飛黃騰達，青澀的慘綠才會是回甘的諫果？你看合伙賣青春的《中國合伙人》，何止渡盡劫波兄弟在，還要最終完美地在紐約交易所上市，姑勿論是否有現實中新東方英語的俞敏洪、徐小平和王強，電影寫的還是一種勢利的回顧。

此所以年長後的麥兜拒絕參加舊同學的聚舊。

《信報 • 北狩錄》二〇一三年六月五日

今天致青春

想起的不是趙薇《致青春》裏的儂情場景，倒是《中國合伙人》裏靈魂未創的孟饒俊手神俊朗地在圖書館讀書小班上，對尚未啟蒙的同學問：「怎樣形容我們這一代人？」然後自答：「改變！」那是八十年代的酷！那時的今天已成昨日，那時盼望的未來好像始終未有到來。《今天》是本同人雜誌，辛苦走來三十年，死而復生，詩般人物如斷鴻零雁，星散天涯，一襟 diaspora 的冷智慧與熱心腸，縫補補的小手工業，未必不朽，卻必然傳奇。

我不算是《今天》粉絲，多年來只隨興隨手抓來翻看，一百期中可能只翻過二十期上下，文字不算好讀恐是箇中因由，主打的當代詩歌也多嫌念起來不夠悅耳，後來想想許是北詩南讀的疙瘩？事關一回躑躂於又一城大學，碰上《今天》靈魂人物北島的詩歌朗誦會，居然在炎夏中聽到涼冰，中有一首〈明天．不〉：「這不是告別／因為我們並沒有相見／儘管影子和影子／曾在路上疊在一起／像一個孤零零的逃犯。」從前看過便讓她從眼角溜走，不比詩人在你眼前噓氣如蘭，今天的「不是告別」還是延續到明天，雖然詩的結尾如是云：「明天不在夜的那邊／誰期待，誰就是罪人」。是否沒有明天守候在夜的那邊，一切才是今天的故事？二〇〇八年時詩人給《南方都市報》訪問，曾將《今天》如此定位：「它是卡在權力與金錢合謀的全球化喉中的一根刺。」這款詩般的自期初聽好像不以國族為限，但詩人和他的同志現實中靈魂裏也是國族文化的流亡人，北島詩友宋琳便說：「流亡這個詞的份量有多重，鄉愁就有多重。」也因此《今天》二十五歲時，北島的說法是：「一個民族需要的是精神的天空，特別是在一個物質主義的時代。」我未能太愛讀《今天》，或許是我未能深愛這種流亡情懷。流亡其實不一定如此，Edward Said 說倒可能豁人心思：「Exile means that you are always going to be marginal, and that what you do as an intellectual has to be made up because you cannot follow a prescribed path」！「回來，我們重建家園」是否太 prescribed？

讀《今天》一百期，最動容的還是二十年間林道群先生的草莽艱難手作仔故事。

《信報‧北狩錄》二〇一三年六月二十五日

大S的希望

哎呀，要說的雖然跟胸脯有關，但跟美人徐熙媛大S沒啥關係，倒跟一位年屆七十五的精鋼先生胸前的衣履相連。二〇〇六年那次慘情強戰回歸後，換過人換過衫卸去了紅色外穿內褲後又一條鋼鐵好漢，未變的是心口上那堅挺符號S。

從前我們只當S是Superman的簡簽initial，今回他卻親口獻上新猷，謂那是故鄉Krypton星球上的希望符號，不再是英語人類口中喃喃的第十九個字母。電影裏沒有多為觀眾詳解Krypton符號學，總之說了算，雖然由型佬老竇Jor-El（今回是Russell Crowe，從前是馬龍白蘭度，但為甚麼不是Anthony Hopkins?）到叛將General Zod說的還是環球英語，但S的新義卻不只是環球化下的產物，還應是galaxization的優雅見證！可是那是怎樣的希望？電影還是語焉不詳，但Zack Snyder的希望倒清晰可聞，他在一回訪問上說：「You want to be fiscally responsible but being mythologically responsible is actually a lot more difficult!」我讀後忽爾想到超人不只是comics，也是極富宗教情懷的myth，電影裏不讓Clark Kent一下子從電話亭裏輕鬆由人變超人，倒要讓他經歷一番忍辱潦倒，隱姓隱名隱藏超人能力，每次匿名救人後還得飄泊他鄉，惟恐世人不能一下子接受人群中的神蹟，最後他還是被迫現身，但為的始終是地球的安危——這是一種宗教史上常見的神話歷史化 euhemerization! Euhemerus 是古希臘文士，於神話別有所見，彷彿疑古派，以為神是從史上英雄逐漸走來，為後人封奉方為神，其實我們熟悉的觀音菩薩便屬經典案例，《楞嚴經》裏的觀音化身三十二身，神蹟無疑，但卻是天外飛仙，莫知所自，但宋時已有好事文人將觀音繫上妙善公主傳説，首次暗示菩薩乃善心少女因犧牲雙目雙手以治父王頑疾，因捨身而得道，也好解釋觀音為甚麼多作千手千眼之象，後經歷代有心有德人士踵事增華，藉説唱文學如《香山寶卷》等而將觀音廣披以成今天的民間信仰，此中曲折甚繁其縝，多得牛津 Dudbridge 和哥大的于君方，我們才能初窺箇中秘辛。

我因 Man of Steel 而想到觀音菩薩，實偶緣於手上新得的一冊 Glen Weldon 的 Superman-the Unauthorised Biography，裏面寫到 Superman 的誕生不在一九三八年 DC Comics 出版的 Action Comics 1，而上溯至一九三三年兩位小宅男，姓氏也有個 S 的 Jerry Siegel 和 Joe Shuster 自製的科幻同人雜誌《Science Fiction》第三期上，但那個 Superman 竟是個歹人！他原是個三餐不繼的浪人，給瘋博士改造，一身異能卻一心孤憤，誓向人類復仇！這個 villain 原型好像比後來的超級英雄有趣一點，不群一點！這個小發現很可把玩：名字不變，情懷身份卻可變！我城的老男孩可還記得，我們卻曾給不變的 Superman 起過一變再變的名字？

小時候看的 Superman 電視片集，演的是個中佬 George Reeves，特技殊山寨，只見 Reeves 從熒幕邊跳出跳入，加埋「嗖」的一聲，便當作飛來飛去，太可愛了。無綫的譯名是「神行太保」，那是《水滸傳》裏天速星戴宗的諢號，標榜的是腳上神器，可日行八百里，以此來稱呼 Superman 彷彿應了唐時辯機語：「推而考之，恐乖實矣。」後來看的 Superman 動畫還未叫超人，卻叫萬能俠，跟 League of Justice 裏的蝙蝠蜘蛛聯手俠氣縱橫。第一位漢名超人的 Superman 當是另一位沒 S 的 Reeve ——基斯道化里夫！那是一九七八年的電影版，從此，他便是 Superman 的靈魂與肉身，尤是他不幸墮馬癱瘓後 Still Me 的氣魄更屬超人意志！為甚麼叫超人？為甚麼不叫超人？超人在近代中國早已如雷貫耳，振聾發聵，別惹玄思！

一九一九年一月十五日魯迅在《隨感錄．四十一》裏如是說：「尼采式的超人，雖然太覺渺茫，但就世界現有人種的事實看來，卻可以確信將來總有尤為高尚尤近圓滿的人類出現。」那是魯迅對中國因失望而來的希望，遙契《吶喊．自序》上的「因為希望是在於將來，決不能以我之必無的證明，來折服了他之所謂可有」。

其實尼采的超人，德文是Ubermensch，英美學界不譯作Superman，卻叫Overman，意指超越人類瑣屑、卑鄙、物質生活的境界，不是一飛沖天的超級英雄！不見鹹蛋，沒有幪面，更不是Hot Toys人偶！

《信報 • 北狩錄》二〇一三年七月二及三日

群鬼

我城奇熱，招不到半滴陰風，人與鬼也走投無路，連自家製的鬼電影也買少見少，原來羅蘭和龍婆已很久沒領我們上陰陽路了，彷彿連那條路也走不下去，可哀。因此一連兩集，取名《鬼魅系列》的六個靈異短篇上映前夕，雖未吹來陣陣陰風，卻也算為好鬼者添上山雨欲來。

我剛看了頭一夜的三個短篇，居然笑了，原來是聊齋，借鬼舌頭來說人話，又或借人口來宣鬼語，人鬼殊途而共存，一時你死我活，一時互訴艱難，各有不容易的苦衷，甚切我城現世，是以電影縱然沙石俱下，也盡當作迷離之思，奇幻之旅，不是一宿無話，而是長夜未央，倒教蒲松齡在〈聊齋自誌〉上謂：「人非化外，事或奇於斷髮之鄉；睫在眼前，怪有過於飛頭之國。遄飛逸興，狂固難辭；永託曠懷，癡且不諱。」既然癡頑，便不必隱諱，釋放開來，滿庭怨氣之餘，亦可博同有心事者一嘆一粲。此所以戲裏沒錢吃卡士蘭保健產品的華哥極盡潦倒，蒼臉苦顏灰于思，口裏啖着四塊半錢鷄尾包，嘴邊忍不住吐出幽幽地不忿：「起樓的冇樓住，斬叉燒的冇叉燒食！」夜深了，門邊來了一夥鬼，更潦倒的，求華哥好心收留，華哥蝸居中已然熱熬得一夜睡不來，爽地給群鬼回應：「我都係瞓棺材房咋！你哋有冇租交先？」真箇幽冥之錄倏地讀成孤憤之書？還是看戲如我者入場前做了太多功課，先入為主？鬼叫華哥在《東接觸》的訪問上大大聲說，拍鬼片為的是鬧鬼政府，誠 scathing pun！

當年也是讀了胡適〈易卜生主義〉才看易卜生劇作《群鬼》，而《群鬼》中竟然沒見一隻鬼，雖然戲中的虛偽花心梅毒鬼 Captain Alving 一早死了，眾人俱活在他的陰霾底下，但他卻從未如哈姆雷特的父魂般閃靈現身，真不知群鬼何來，我便為此嘀咕了許多年。

卻說政府鬧鬼，竟又比《群鬼》鬧得兇，鬧得猛了，頭一夜的電影結尾是個鵝頸橋下驚蟄打小人的怨靈故事，是人不是鬼的音音姐問一臉愁苦的鵬哥「有咩小人要打？」鵬哥答：「最近有條飲樣同我同名同姓嗰！」音音姐問：「先生貴姓名？」名字說出來後便滿院笑聲轟然，那是孤憤的集體 irony 了！

戲中音音姐聽過鵬哥自報姓名後，便手起高踭鞋落，在鵝頸橋下打其小人，且高聲呼道：「震嬰哥，蛇蟲鼠蟻好X多！」戲院裏又是一浪轟笑，讓靈魂暫且撫平，索性揚棄政治的諷喻，直截來個戲謔的開懷。

我徐徐想起知堂一首打油詩上有一聯云：「街頭終日聽談鬼，窗下通年學畫蛇。」——後來知堂在〈談鬼論〉上實則虛之，自註云：「所謂鬼者焉知不是鬼話，所謂蛇者或者乃是蛇足。」——其實那是故作狡獪矣的正話反說，事關他在另一篇〈說鬼〉上分明說過，愛說鬼的事情，為的是鬼裏邊的人，可讓他知道一點平常不易知的人情；也為了識透鬼伎倆，為的是人裏邊的鬼！人鬼根本同在一世界，如鏡中表裏，照人照鬼，是以鬼故事鬼電影甚惹文化研究的青睞與憐愛，尤是李碧華的故事。十多年前清水灣大學便在山上開過學人會議，主講者雖是東京大學名教授藤井省三，但論文結集成書後卻鮮明題作《文學香港與李碧華》，冷不防將流行作家推入上庠兩廡，邊受供瞻，邊受拆骨煎皮之痛。此中藤井氏對李小姐的一系小說／電影算是呵護有加，從 rouge 的《胭脂扣》、歷劫受淫的《潘金蓮之前世今生》、弱者強者的《霸王別姬》，到出走六月初四玄武門的《誘僧》中，漸次看到香港意識、我城歷史的回溯，甚至我們浮游於國族邊緣的身份猶豫，那一刻，李小姐貌俗心雅，亦雅亦俗；既是 consumption，也是 consummation；既見來時路，復見身後身。

如果順着藤井氏的高瓴思路摸下去，頭一夜的《迷離夜》檢視的應不是我城的夜迷離，而是在日夜也迷離的現實中我城人如何給鬼比了下去，該煨，即鬼也不如！首篇

〈贓物〉裏的華哥生時受盡窮困，死了化鬼方可教訓白眼凌厲的資本家；又如末篇〈驚蟄〉，陽間人已然疑心打小人之無效，也真的要待死去的倩女 DaDa 以敝履執法，歹人方才一一伏誅，以報血仇。藤井氏看到這裏，或會嘆息這是香港意識在不斷自疑間喪失了 retributive justice 的信心信任。可是無論雅俗，大概也難道出中篇〈放手〉的心意，我本想妄議如加蛇足，但蛇都冇條，蛇足便無落腳處。

《信報 • 北狩錄》二〇一三年七月十五及十六日

銀河唯一的香港

Snowden 目下還是出師未捷的隱形人球，任大小國私密交波，可我城已先贏一球，從此可自負國際自由之都，雖然你我甚至 Snowden 先生也未必能圓滿解釋為啥偏偏揀中我城！一波暫停，另一波欣然又起，時間一下子來到應已直選多年的二〇二幾，惜世界不和平，太平洋海底鑽出款款怪獸，似沙魚，似猩猩，似烏龜一眾鳥獸蟲魚，十足《山海經圖》古裏古怪的變奏，無他，當然是趕絕人類，霸佔地球。初，地球上各國尚齊心合力，研製無敵機械巨人殲敵，怪獸遂落荒而逃，但好景不常，怪獸如病毒般不斷進化，勝敗便風水輪流轉了，各國心灰，求其築長城以自保，但還有三五敗將率領有心人和殘餘機械巨人，退守天涯，為人類絕地反擊！天涯在哪？香港！這是電影 Pacific Rim 的動人橋段，當演慣英倫神探 Luther 的 Idris Elba 在戲裏以孤絕眼神吐出堅忍深沉的 Hong Kong 二字時，座中竟多有少年人「噗」的一聲怪笑，彷彿死都唔信有咁笋，比中年人更 cynical，而我則熱血上湧，終於盼到這天，怪獸不再歧視我們，一味兇襲東京，也來我城熱鬧熱鬧，而我城更是有備而戰！地球的希望，居然靠晒你啦，香港！

戲裏的我城影像撲朔又迷離，既有中銀地標，也有地上市區紅的士，更有亂髒髒的樓房街市，但看出來的又不會是我城實相，只是一種 imagined reference，甚至不如 Blade Runner 和《攻殼機動隊》裏的場景設定，我們委實說不清那未來是個 utopia 還是 dystopia，就是 Elba 在戲裏也索性不去交代人類最後希望為何會落在我城！

文化研究元祖 Raymond Williams 寫過一篇嘻哩呼嚕的〈Science Fiction and Utopia〉，裏邊鑄了個新詞 heuristic utopia，大意是科幻作家甚至空頭改革者喜歡將慾望投射到未來，只是宣教，不管行與不行：「The contrasting value of that more heuristic mode in which the substance of new values and relations is projected with comparatively little attention to institutions」！回頭看戲裏的我城，彷彿如斯，惟見拯救地球的豪英聚在海隅，自力更生，幾無帝力可言，故不見特區政府薄盡綿力，或倒行逆施，差不多是 anarchy！究其實當代政治哲學上的 anarchy 不是髒亂吵的 drunk and disorderly，倒在意於沒有 centralised coercive authority，譯作無政府主義是硬譯誤譯，若我城他朝若此，那才會是 Snowden 落腳的好地方。

《信報 • 北狩錄》二〇一三年七月二十九日

青海湖邊啜泡麵

那天我跟友人背着青海湖，呼嚕呼嚕地啜着泡麵，還要是康師傅酸辣葱末肉屑都冇粒嘓隻，不為甚麼，只為嘔氣！

少年時課本上有王昌齡〈從軍行七首〉中的兩首，感覺殊 alien。我在小城長大，頭上一片天空恁地狹小，哪能意會風風雲雲，蒼蒼茫茫的塞外？但無知者無畏，且最不高興不讓我讀滿七首，便逕往學校圖書館裏搜，那些年的搜尋器是一雙眼睛兩隻手，不必連線，我便在《全唐詩》卷一百四十三，中華標點本頁一四四四上尋得全相，旋抄在課本空白處補白，其四如是吟：

青海長雲暗雪山，孤城遙望玉門關。
黃沙百戰穿金甲，不破樓蘭終不還。

那時壓根兒不曉得青海、玉門關和樓蘭在地理上的牽繫，更惱人的是，後來才知還有anachronistic的時代錯置！原來早在漢元鳳四年樓蘭王已給漢王殺手在宮中賺而殺之，《漢書．西域傳》上說：「壯士二人從後刺殺之，貴人左右皆散走。」做瓜人仲要自稱「壯士」，誠victor's justice！殺人者還要宣佈「天子遣我誅王，當更立王弟。」明晒！之後，「漢方至，毋敢動，自令滅國矣！」滿有被自殺的無可奈何。樓蘭位廁漢與匈奴之間，不好做人，樓蘭王生前已遣一子質匈奴，一子質漢，喟然自嘆：「小國在大國間，不兩屬無以自安。」王昌齡在唐代為何還要悻悻然「不破樓蘭終不還」？其實唐人筆下每愛跟已亡的樓蘭過不去，於我最心有戚戚然的是岑嘉州一首寫給安西節度使封常清的幾句：「如公未四十，富貴能及時。直上排青雲，傍看疾若飛。前年斬樓蘭，去歲平月支。」我殊羨慕封大人排雲若飛，富貴及時，奈何不旋踵他便兵敗於安祿山，給皇帝及時斬了。但於我更玄的是詩上的青海指的是否目下青藏高原的好一邊？求教於文侶雷先生，承指點，謂漢唐間青海指今之青海湖，晃然，遂檢譚其驤《中國歷史地圖集》，悉唐時青海湖屬吐蕃境內，亦漢時稱西海者也。

友人到青海西寧開會，央我做玩伴，大樂——直到我們足履青海湖邊，微雨中，見有醜俗奧運巨福娃矗立岸上，萬千遊人忙嬉笑拍照送上微博。驀地友人在我耳邊說：「水中還有個西王母像呢！」

猛聽得西王母駕幸瑤池，忙不迭轉過頭去，見一尊兩層樓高的女像，未知何物所製，垂手抿嘴，瞑目含笑，挽一螺髻，素衣臨水，相貌尚不惡，料是尋常水月觀音的變容，卻恐遊人不識仙號，遂有奠座，上書「王母娘娘」！我心下訝然。

我跟王母娘娘不算稔熟，但也非毫不交心，最少我心目中娘娘的原始面貌甚可怖畏，蓋人獸之間，《山海經》上竟如是說：「如人豹尾，虎齒善嘯，蓬髮戴勝。」當然，到了後來的《穆天子傳》裏娘娘便化成盛女麗人：「視之可年三十許，修短得中，天姿掩靄，容顏絕世，真靈人也。」經美圖秀秀之後的西王母是美女神，當美女神跨進《漢武帝內傳》裏，更具不死之藥，指點武帝長生之術，且授以仙桃，預告了將來齊天大聖妙手空空的對象。各本俱說娘娘仙居於崑崙，而崑崙在哪？是否即青海湖？然而仙居之山，不會頓成弱水吧？研究神話如任性野貓子的蘇雪林女士民國三十四年寫過長文一篇〈崑崙之謎〉，所言非常繁細，所據亦不囿於我國故籍，倒憑〈創世紀〉而推證崑崙不在我國，卻在西亞，一貫伊人域外文化說，好看好看，但我不明白！

友人知我癡頑不明，忙低頭百度搜尋，搜出幾段帖子，大同小異，俱言之鑿鑿謂已有學者考出娘娘乃青海湖以西遊牧部族之女酋長，是人不是神，更可尊崇了，豎像湖中，不亦宜乎？帖子精靈，未有奉上考證餖飣，我也不便強說人家取巧來個 manufactured heritage，人家沒說娘娘像是物質文化遺產嗝！只是此刻事後追認先人——retroactive prefiguration！歷史管不着，我們也沒好氣，便靜待三分鐘過去，泡麵還未冒煙，原來水不夠沸！「怕是瑤池仙水！」友人抬頭嘻嘻說，我笑謂吃下肚子可會飛升崑崙，友人猾答曰：「是個崑崙醫院吧？」

回家檢出 Suzanne Cahill 研究娘娘的大作《Transcendence and Divine Passion》，裏邊說崑崙只是個 religious geography，人神之間的一道 primal link，如伊甸園，還說跟「混沌」字字壓韻，意含 primordial chaos，即天地初開未開間。我忽地想到今夏出水寫真的長腿曲奇楊愛瑾，多年前她純真演出的一部戲叫《王母娘娘呢？》

《信報・北狩錄》二〇一三年七月三十及三十一日

中年人與海

還未夠鐘老人與海，不如先來寒燭雅齋沏茶話中年，最好更來點商略黃昏雨，然而，那是中年有成者怡然安然的自我感覺良好，不會是每位滿有心事的中年人也能消費得起的高端下午茶。

中年而未有成者，最怕成了本地某鄉紳狗口中的廢人，斯文但妄自菲薄一點的也要提防誤中馬家輝嚕囌筆下的中年廢物，真箇如何是好？電影《激戰》裏的張家輝便教我們好心為自己做返件事，不必讓他人明白，只求自己熄燈前記得曾有過這麼一回事，好歹已過了幾十寒暑，沒甚麼可再輸，橫豎又已輸了那麼多、那麼久。張家輝選擇了冇鹽冇油冇脂肪的苦行歲月，練就一身叫盧覓雪也興奮的精鋼胸肌腹肌三頭肌，絕地反擊，自尋死路還是擂台上不倒？各位自行到戲院裏對號入座吧。

武人張家輝在台灣那一邊的知音應是文人楊照，一九六三年生，今年剛好知天命，嗜讀海明威，在誠品講堂上講的便是海明威，還新近繼祖師奶奶、余光中之後，譯好了《老人與海》！

為甚麼海明威？為甚麼《老人與海》？楊照給出的答案是：對決人生！據說，海明威喜歡拳擊，喜歡棒球，喜歡鬥牛，一切躁動死心眼的對決！楊照愛拳擊，愛棒球，愛對決，自揣比張愛玲余光中更近海老的心事。小說裏的老人 Santiago 便心無罣礙地跟大馬林魚對決，但 the Fish 不是敵人，卻是對手：「Fish, I love you and respect you very much. But I will kill you dead before this day ends」！

中年人也要找也愛找個好對手，好從淌血的對決者中見到聽到無聲的青春之歌。楊照的對決者是海明威，藉着跟文壇硬漢 wrestle 不懈，檢點五十平生剩餘下來的勇氣和希望——畢竟王國維絕望地說過：「五十之年，只欠一死！」而觀堂先生真的以身明志，未有光說不練！

中年人容易受傷淌血如老人，Santiago 狠狠拉魚絲釣索弄傷了手，carefully he washed his hand in the ocean and hold it there, submerged, for more than a minute watching the blood trailed away...

這一段眼睛看着的心事，張愛玲、余光中和楊照也沒譯好，差得老遠，我卻以為初版上 Charles Tunnicliffe 和 Raymond Sheppard 的木刻插畫以磊落線條鏤刻粼粼水波中的孤掌，最逝者如斯，猶帶血痕。

《信報 • 北狩錄》二〇一三年八月二十日

公子多情（少金）

友人能編能導能演，誠電影三級達人暨總角之交，忽有難題考於我，謂正苦心泣血編撰金雞唐代編，説及多情公子偏無錢，舞榭歌台間，巧逢玲瓏倩女有若魚玄機、李師師、柳如是者，情急人更急，惜阮囊羞澀，一宿雖無話，卻怕翌晨酒醒欠銀子。友人以當代語敷衍，意即：

公子：「幾銀一劑？有冇價講？」

倩女：「喂，咪×講價，唔該！」

遂囑我以非禮勿言之古文代行，對曰：「盡人事啦！」聊擬如左：

公子：「游妓散，獨自繞回堤。忽見玉人隨路轉，且住，何處不悽悽。」

倩女：「馬滑霜濃，路上人渺，不如休去！」

公子：「纖指適宜破新橙，一宿調笙情更永。」

倩女：「相公，調笙莫若撫琴好！」

公子：「撫琴好，敢問姐姐一宿要斷幾多絃？」

倩女：「一曲千絃，一絃一柱思華年，絃斷更情癡！」

公子：「癡情無價！」

倩女：「情無價，芳時有價，公子莫笑。」

公子：「姐姐要我！」

倩女：「玉人意，金釵鈿，字字俱有金字旁。天涯回首一魂宵，二十四橋歌舞地，玉簫金管。」

公子：「玉玲瓏，芳菲夢，有玉有花好吹簫，勸我淹留，共渡芳時，霜寒冷金管，絲竹情永。」

倩女：「簫管短，簫聲咽，一宵難永，相公請便！奴家阿娘正喚奴，失陪。」

公子：「恁情薄，恁情惡，好姐姐貞白不二，小生不敢更議，十之八九如何？」

倩女：「九淺徒有，一深莫問，何如？」

呈諸友人，彼捻鬚而笑：「好好好！但即係點解？」

且以當代語譯之如左：

公子：「講心好冇？」

倩女：「燈油火蠟，地產霸權，皮費重，咪講價啦。」

公子：「打個折嚟啦？」

倩女：「咁畀你喺門口啄幾嘢，要唔要？媽咪call我，快！」

正是：風流雲散，古語今情無限好；龍游鳳戲，擘釵分鈿有時窮！

《信報・北狩錄》二〇一三年八月二十六日

多情應笑我

有不識好歹的俄國人仔在G20會議中耳語，竟大言炎炎，謂聯合王國唯「蕞爾小小島，一無足觀」（a small island that no body pays any attention to）！我看得馬上猛火爆，想起新上畫的耆英特務片《RED 2-Retired but Extremely Dangerous》，誇的雖是CIA老而彌堅的寒武紀特工Bruce Willis和永不被玩謝的麥高維治，但最最royal窩心的是風騷快活任性行的英倫Helen Mirren，戲裏伊雖不演the Queen，但依然叫可人的Victoria，奉MI6之命隨意殺人，卻自選深入虎穴，倒轉槍頭孤身扮傻走進龍潭，救世人救Bruce Willis，裝瘋時還不忘嚷着：I am the King of England！多心者自會想起Alan Bennett編劇的The Madness of George III，戲裏瘋皇上緊繃着臉告訴御醫Dr. Willis: I am the King of England! 卿家爽口回答：No Sir, You are the Patient! Helen Mirren應當偷聽得明白，因伊是電影版裏George III的皇后Queen Charlotte！而伊竟又真的六十八年前出生於倫敦Queen Charlotte's Hospital，遂自出娘胎便跟royalty有緣有份，怪不得戲中雙手舞槍如粉蝶時，依然Dame gorgeous！

聽得小俄羅斯人如許妄語，首相 Cameron 也如我般扯火，卻又 royal 地拋下淡然的一句：「Yes, we are a small island, in fact a small group of islands!」那是一二一五年 Magna Carta 頒行以來，積八百年而有的民主風采，《金融時報》許之為 Churchillian rhetoric，一箭射落雙鵰，既上溯古羅馬元老院上的雄辯，又叫人不忘近代豪俠邱吉爾——一九五三年瑞典皇家學院授予邱翁諾貝爾文學獎，頒獎時主禮人深情高揚：「Churchill's mature oratory is swift, unerring in its aim, and moving in its grandeur. There is the power which forges the links of history!」當日邱翁在百慕達跟艾森豪威爾開會，不暇出席，由夫人代領，傳說回到家裏，邱翁竟咕噥：「唔係攞和平獎咩？」

首相先生今回不必咕噥吧，Churchillian rhetoric 應是 FT 永不輕予的禮讚，連我也替 Dave 高興得一樽還酹江月，彷佛故（宗主）國神遊。

記憶中 Dave 表演最神采的一趟是去年夏天，他身在阿美利堅，上另一 David——David Letterman 的節目，給問着每年倫敦音樂盛事 the Proms 終夜之曲 Rule Britannia 為誰所作，竟不懂回答，哭着臉：「That is bad. I have ended my career on your show tonight!」又是八百年的風采！Bravo！

《信報 • 北狩錄》二〇一三年九月十一日

在天願作冇腳鳥

有一些話注定因人而廢或因人而興，前者如「我愛你」，愛說給你聽的多是你不愛的人；後者必然是「沒有腳的小鳥」此一阿飛正典，任何人說都找死，只有哥哥說的才聽得入耳入心入靈魂。沒有腳的小鳥就算不再飛，還是不肯紆尊墮地，還是優游天上風中，讓凡人翹首。

我翹首了許多回，上一回已是多年前的深冬倫敦，跟從未看過此戲的友人躲到Institute of Contemporary Art的漆黑裏，靜待早已背誦如流的影像和對白：「我聽人講，有種雀仔淨嗰識飛……」從來很想知道這小鳥的由來，Stephen Teo在研究王家衛的書裏矇矇矓矓地說過，這小鳥叫人想起阿根廷Gorge Luis Borges的許多短篇，累我翻過幾回Borges的故事英譯集，卻淘不到相近的半篇，倒是Teo在註釋小字裏堅稱這小鳥或許來自魯迅，引的是先生〈華蓋集．題記〉上的兩句：「我幼時雖曾夢想飛空，但至今還在地上。」這聯想自屬wishful，可卻wishful得正合我意——還是一切不必死心眼地考證其來所自？一九七六年Borges禮訪密芝根大學，給主人家問起：你的故事多屬 allegories，哪兒來的？Borges 的回答是：Well, I don't think of them as being allegories... 哥哥也許也作如此想，飛走了，wondrous and fragile。

一起走了的還有那花樣年華——我心眼太偏，總疑心跟 Days of Being Wild 門當戶對的不應是《阿飛正傳》，也不該邀人想起更遙遠的占士甸，須知道占在《Rebel Without a Cause》裏雖然叼着香煙穿起紅色皮衣（彷彿是哥哥在《春光乍洩》裏穿過的那一襲），但愛回家大口大口喝潔白溫馴的鮮奶，還跟娟好的妮坦妮活卵翼愛護着孱弱的 Sal Mineo，築起不帶血脈的小家庭，怎麼會是哥哥的郁仔？

蘇麗珍：「你會唔會同我結婚？」郁仔：「唔會。」後來蘇麗珍學乖了，便油然在婚外 In the Mood for Love。

都十年了，風繼續吹，哥哥在天上不會下來。我家中地上倒長年供着一張鑲裱好的電影海報，畫面作 Triptych 狀，左上方是哥哥，Maggie 和張學友聚在一處的言笑晏晏，一道電影裏從沒有過的風景。如我人好字好，定會題識張伯駒《春遊詞》裏〈鷓鴣天〉的兩句：「自憐猶戀殘春夢，落盡梅花更弔君。」

寫於《向菲林致敬三十五天·阿飛正傳》觀後

《信報 • 北狩錄》二〇一三年十一月二十日

星星之火，可以燎原？

近有共和國貴人過港，一派指點江山，我城政治人物便努力盤算有否貴人緣，最好一起吃個尊貴午餐，恭聆領導訓誨。

然而貴人不是人人愛，《Hunger Games》第二部甫開卷，女主角 Katniss Everdeen 見 Panem 國總統 Snow 先生竟然光臨寒舍，蓬蓽未見生輝，倒心知非常不妙，大禍應該臨頭！果然，總統先生開門見山：「不如大家坦白，省點功夫！」小女孩 Katniss 已然魂飛魄散，但嘴巴還會翹：「我也如此想。」總統笑笑：「有人說你會跟我過不去，不會吧？」Katniss：「不會。」然後總統將一塊曲奇往茶裏一浸，輕嘗，讚妙，續道：「如果像你這樣的小姑娘也不聽話，卻又安然無恙，人家會怎樣想？如果他們站出來起義，怎辦？」Katniss：「我沒想過起義。」總統先生一字一字道：「It doesn't matter. You have provided a spark that, left unattended, may grow to an inferno that destroys Panem.」

那是「星星之火，可以燎原」！電影《Catching Fire》便索性中譯星火燎原，裏邊演深沉陰鷙總統的是Donald Sutherland，皺紋都有戲，好得沒話說，三兩句話便將演Katniss的金像小影后Jennifer Lawrence拋離到第二個星球去，還累我看戲不專心，想起共和國貴人心上會否也有個Katniss，所以才南下食塊曲奇？自然，貴人眉間心上都懂得「星星之火，可以燎原」的典故，那是毛氏一九三〇年給林彪寫的一封信，收入毛選第一卷時便起了這道文題。郭沫若當年為皇帝擦屁股，滿口稱誦「有雄文四卷，為民立極」，讀過此信的貴人高幹自在多數，熟悉毛氏註解：「這就是說，現在雖只有一點小小的力量，但是它的發展會是很快的。它在中國的環境裏不僅具備了發展的可能性，簡直是具備了發展的必然性。」當年毛氏口中的星星之火，說的是行將得天下的中國革命的主觀力量，說話時應是喜孜孜的，跟President Snow恨得牙癢癢的神態大異其趣！鬼咩，那時毛氏尚未登基，自己才是燎原之火，自己才是惹貴人憂慮的Katniss。我還未看Hunger Games第三部終結篇，真不知道Katniss姑娘會否有天也會變成President Snow先生，想來便夠詭異神經。Katniss的未來屬未知之數，眼前的任務卻是自保其身，因此小姑娘便向總統先生起誓：「我會convince天下人，信我不會作反！」總統又笑笑：

「Convince me!」

Katniss忽然嗅到一陣血腥。

What's the problem?

Helen Mirren 戴帝冠時是女皇，不戴帝冠時是《Prime Suspect》裏的女警司 Jane Tennison。我太多旁騖，不敢追劇追星，但偶爾一回下午打開小熒幕，看到女警司一晚乾盡了一瓶黑牌，原來翌日要應命到 rehab group 報到。又是那種傻兮兮，表現得開誠交心的陌生人集體自揭哀相的成人禮，主禮人禮問，誰有 drinks problem 的請舉手，女警司秀眉一蹙，雙手堅定靠着地心吸力往下垂，眾人自然側目，Mirren 怒道：「I don't have any drinks problem, I only have family problem, career problem and life problem!」主禮人笑笑，雙手一攤：「Welcome to the group. That's how we define drinks problem!」我深為動容，尤是那刻我手上也是一小杯十二年的 Macallan。

上週英倫大小報俱大幅追着咬着美女廚神 Nigella Lawson 不放，故事並不曲折，Nigella 手下兩名意大利姊妹助手偷偷碌主人卡碌了數十萬英鎊，給捉將官裏去，週前升堂開審，姊妹花說一切金錢都是 Nigella 允許的掩口費，好讓姊姊妹妹遮瞞 Nigella 的

drug problem! 待得 Nigella 上庭作供，好戲便在當頭，對家大狀自然七情上面，巨細無遺，審問毒品情事，Nigella 光火，回敬曰：「你有冇見人吸毒吸到我咁大碼？」又係嘅，Nigella 雖是美女，但從來穿大碼衣裳，在廚神節目中常一臉貪吃的頻試自家手勢，然後朱唇嬌滴滴地吮吮玉葱手指，甚具 flirting 瞄頭！Nigella 從來便甚具瞄頭，父親是從前英倫財相 Nigel Lawson，自己又牛津 Modern Languages 畢業，第一任先夫是 Guardian 才子 John Diamond，十年前罹患喉癌，Nigella 鶼鰈長伴夫旁直至天人永訣，盈盈好女，齊姜好婦。先夫歿後又嫁得當代英倫藝術 patron saint Saatchi 先生，雖然姻緣不永，但又怎會是個嗑昏了頭的道姑？可是 Nigella 終承認曾七度嗑藥，首度還是跟先夫病危減痛時一起嗑的，但伊咬着牙說：「I did not and do not have drug problem. I only have life problem!」那是 Mirren 唇間金句的隔世回響，我聽得依然動容。

差不多同一天，NHS 出了個報告，謂英倫中坑多患有因飲酒而起的諸般病痛，花了納稅人太多冤枉金錢，言語間毫不體恤，好像不知道中坑患的多是江闊雲低斷雁叫西風的 life problem。

《信報 • 北狩錄》二〇一三年十二月十六日

死了 Lawrence

文題自有寓意，懂我的朋友必然懂，不懂的更無傷大雅，反正跟下文無涉。

文侶雷先生不再窮風流，目下正在古巴雅賞那邊人間色相，我曾央他領我一同上路，雷先生只啐了一口：「你又不懂西班牙語，連 **Almodóvar** 也念不準！」

好了，我便傷心人別有懷抱，獨個兒流放倫敦。這陣子倫敦也真的傷心，報上沒報喜，幾天前大報頭條竟是繼曼德拉後的又一訃聞，今回死了羅倫斯，Lawrence of Arabia！當然 TE Lawrence 早在一九三五年便英魂作古，遺下一尊英烈頭像巍然鑄於聖保祿大教堂的地窖裏，遊人如你、遊人如我，總曾敬禮。

剛走了的是彼德奧圖，大衛連慧眼下銀幕光影上永遠的沙漠梟雄，他敷演的羅倫斯在世人眼裏早已取代了歷史上的那位，據說那位沒有六尺高，也沒有海水般憂藍的一雙眼睛。我只看過書上 TE Lawrence 的黑白照，不敢妄說，但從前在凱聲戲院看《沙漠梟雄》又真的覺得彼德眼睛深邃，碧藍迷人。《衛報》頭條上採的字眼是 mesmeric eyes，誠然洵然。訃聞版操刀的是重量級影評人 David Thomson，他從來不愛大衛連，嫌大衛連是 the prisoner of big picture，因此我讀得份外留神，看他有否厭屋及烏？滿滿一版 obituary 讀過，彼德星途上的起落升沉既人事亦天意，人奈何不了天，天也奈何不了人，例如《沙漠梟雄》選角，當日首選是馬龍白蘭度，他推了，下一個屬意的竟是亞爾拔芬尼（《大魚傳説》裏的老爸）！他又推掉了，角色才落在不見經傳的彼德身上。我不解天意，可人事也難領略，試問三位男星有啥相同？

從前在彼德的自傳第二卷《Loitering with Intent: The Apprentice》上看過，他跟亞爾拔芬尼是皇家戲劇學院 RADA 同屆同學，暱稱 Albie。RADA 在 Gower Street 上，從前上學常常路過，一回小妹飛來探我，跟我一起走過 RADA，她忽然咕噥：「哥，點解呢間 PRADA 少咗個字母？」童言真的無忌！彼德文字比童言花俏，憶述在 RADA 初遇 Albie 時，眾人正在排演莎劇 As You Like It，彼德一見 Albie，便覺得他身上流瀉的已是自然不過（untroubled）、己所不知（without perceiving it）的上帝禮物：天才！

David Thomson 對彼德的兩卷自傳青眼有加，但評語是：More atmospheric than factually helpful! 原來羅倫斯在自己筆下依舊有心浪遊。

叫羅倫斯的彼德是愛爾蘭裔英國人，生榮死榮，先是愛爾蘭總理 Higgins 説巨人走了，接着 Cameron 也説愛死了《沙漠梟雄》，俱盛情，俱禮讚。

二十年前倫敦另一位羅倫斯死了，其死至今依然令這裏的人長哀惜，長憤慨，沒緣禮讚。他是死時才十八歲的黑人青年 Stephen Lawrence，膚色就是政治，也是某時地的詛咒，只是想不到竟是九十年代的倫敦。一九九三年四月二十二日晚上十點多，羅倫斯跟友人回家途上，在巴士站旁無端給一夥白人惡少用刀亂刺，十餘秒後惡少一哄而散，羅倫斯勉力向前走了百餘碼，倒下，再沒站起來。

不旋踵已有居民向警方通風報訊五個惡少的名字，警方居然沒跟進，嘀噠嘀噠，十三天倏然過去，一位黑皮膚的先生出現了，他是曼德拉！曼德拉站在羅倫斯父母旁邊，一起開記者會，只道：Their tragedy is our tragedy！巧合地翌日警方便火速拘捕了名單上的五名惡少，但沒多久，因證據不足，全給放了——也不奇怪，十三天早夠一切 forensic evidence 化為烏有。

警方的畸怪怠忽使英倫黑人社區震動震怒，羅倫斯父母四方奔走，不果，直至改朝換代，一九九七年換上 New Labour 政府，才有內政大臣 Jack Straw 下令公開聆訊，檢討因羅倫斯之死而起的 racially motivated crimes 之調查檢控問題，矛頭直指警方的 institutional racism！此後便有一九九九年有名的 Lawrence Report。我素來愛讀英倫諸種聆訊報告，近有 Hutton Report 和 Butler Report，更新鮮熱辣的有 Levenson Report

和 Gibson Report，雖然只讀精華摘要，但已誠如高眉友人所語：「真係學嘢啦！」Lawrence Report 跟其他又有不同，冠名的是死者，不是主持聆訊的賢人，那是聆訊主席 William Macpherson 爵士堅執的己見，使這報告開卷處便滿有暖意。

暖意還來自聆訊的一位 Adviser（其職能真難介說！）Richard Stone 醫生。去年年初，終有兩名中年惡少給繩之於法，各判終身之刑，但 Stone 認為行兇者共五人，即尚有三人法外逍遙，而這不公不義實源於有權者的歪制度，Stone 從前未諳解，但聆訊後的十多年不斷思考，若有所悟，居然選擇不顧守口如瓶的規矩，今年寫了本《Hidden Stories of the Stephen Lawrence Inquiry》以吐其不甘不快。

書我剛看完，筆觸平靜，沒有驚人的揭密，但足可在倫敦臘月添暖。啊，今天已是二十四，Merry Christmas, Mr Lawrence!

《信報 • 北狩錄》二〇一三年十二月二十三及二十四日

我們愛說讀其書想其人，其實是八卦，八卦得想摟着其人來強拍個selfie。錢鍾書老早不耐煩地說過：「假如你吃了個雞蛋覺得不錯，何必認識那下蛋的母雞呢？」但世人依然貪嗔癡，既吃蛋，也捉雞。最近錢先生又給人抽了出來作母雞，有也姓錢的後輩愛探前輩平生，一探便是十二講，最壞是我一見便火速抓來看個開心，一心伸長脖子看真真假假、讀是是非非。其實多年前錢夫人楊絳便寫有《幹校六記》、《丙午丁未年紀事》，後來更有《記錢鍾書與圍城》和《我們仨》，早將母雞的種種心事行事人前曝光，就連在短短一篇〈錢鍾書集．代序〉上，也不忘提及錢先生自嘲一己是「一束矛盾」。楊先生倒不無矛盾，一邊說「我確也手癢，但以我的身份，容易寫成鍾書所謂『亡夫行述』之類的文章」。可最終還是寫了許多，但我們一邊讀得八卦，一邊又怎會不安好心地猜疑遺孀的迴護？

新近又再湧現的議題是錢先生當年為甚麼沒給打成右派？這議題也夠稀奇，好像給打成右派才天經地義，沒打成便得來個坦誠交代？吳宓女公子吳學昭寫有《聽楊絳談往事》，料跟楊先生親近，年前便寫有〈錢鍾書為甚麼沒有被劃成右派〉，似乎眾口尚悠悠，今回錢之俊在其《錢鍾書生平十二講》便有一講掇拾前人文字，另加己見，謂錢先生曾任《毛選》翻譯，且朝中權貴如胡喬木和喬冠華又是先生同學，故能免禍。是耶非耶？可是我以為在此事上説這道那，駸駸然已逸出八卦情懷，硬要文人兼演悲劇英雄的腳色了。錢先生早歲説過要寫一篇《記愧》，添在《幹校六記》之末，好「慚愧自己是懦怯鬼，覺得這裏面有冤屈，卻沒有膽氣出頭抗議，至多只敢對運動不很積極參加」。話説得很斯文很人情很「人的文學」。〈人的文學〉周作人寫過，剛享高壽去世的夏志清也寫過，駁的是知堂舊説，以為新文學的傳統是將社會和個人諸問題以文學紀錄研究，沒寫出的《記愧》應屬此類。

　　夏志清也寫過錢鍾書，時為一九七六年，中外不通，誤傳錢先生死訊，夏先生便寫了篇早了二十二年的悼念文章，裏邊提到曾借了錢先生的一本《丁尼生》，而錢也借了他的一本英譯《吠陀經》，後來世局紛紛，借的書便無由鳥倦知還，那才是我愛看的文人八卦。

　　文人八卦也不必盡是他人勉力縫的嫁衣裳，也有文人自家留下母雞的足跡，足邀後人索隱，如錢先生一九四八年那篇〈談藝錄．序〉，既屬書序亦屬亂世自序，我恒常愛誦，當年初看的還是不太易得的香港鴻光書店翻印本，開卷有云：「談藝錄一卷，雖賞析之作，而實憂患之書也……憂天將壓，避地無之，雖欲出門西向笑而不敢也。」通篇用典繁麗，亂世中依然不忘執着典雅，我多年後細讀陳子謙的箋釋，始獲通解，循此錢先生詩學便漸次迷糊成錢鍾書學了，有類《紅樓夢》研究由紅學衍蛻成曹學，我那年捧着馮其庸編的《曹雪芹家世紅樓夢圖錄》便曾躊躇了好一會，心想不只母雞，現在連公雞一家的弟兄姊妹也要登場了。

眼下燒得正旺的是陳學——由陳寅恪史學演成的陳寅恪學，由 intellectual 而聚焦至 personal 的種種切切，最合我的八卦癖嗜。跟錢先生沒劃成右派的政治問題一般，陳先生伉儷一九四九年的去留問題其焰亦歷年不息，近年因檔案多有所出，便見新猷。年前因中研院流出了一份一九四九年中研院致台灣省警務處的電報底稿和傅斯年當年五月寫給朱家驊的一封信，內容俱是辦理陳先生攜眷來台的入境手續，國內張會求力陳這是陳先生有意赴台的直接證據，收在他那本讓我頗愛不釋手的《陳寅恪叢考》卷首。我近讀另一位有心人郭長城的文章〈陳寅恪有無來台意願析論〉，更是拍案驚奇，其所憑證據更直接更窩心。話說郭先生八十年代任事於中研院，曾在舊書店中巧遇一批史語所流散出來的文物，中竟有陳先生的赴英護照、《隋唐制度淵源略論稿》底本、〈陶淵明之思想與清談之關係〉原稿、滿載眉批的《魏書》、乃父散原老人的墨跡、陳夫人先人銅墨盒、還有全家福合照！這些全是任誰一位學人生平和治學的命根，不可能隨便離身，若這批文物也隨史語所自大陸遷台，那是陳先生有意赴台的如山鐵證了。

陳先生曾有意赴台否比錢先生劃不成右派又多了一層 impersonal 的含意，那是有關知識人心中對共黨的艱難心事。有一幅陳先生一九二五年在柏林照的像，身披氅毛大衣，左手持傘柱地，右手輕捻帽簷，頗不像那輩人的乖乖 posture，倒似 personal 的輕輕一觸，有若絳雲書卷美人圖。

柏林是地名也是人名，Isaiah Berlin 是上世紀的大儒鴻儒，演說有名，言說有名，還在收音機上說浪漫主義思想史，又兼任皇家歌劇院的理事，大半生人在牛津，不是 All Souls 就是 Wolfson 學院，但名聲廣披四海，往來難有白丁，寫過一本小書叫《Personal Impressions》，裏邊的一串人名都是 illustrious dead，柏林全都或遠或近認識，好像還寒夜裏一起溫過酒，但一九四五年初秋，柏林在俄羅斯，那天普羅哥菲夫的分居太太 Lina 領着他乘火車往訪巴斯特納克，天空卻明媚溫暖，跟我常在心間的齊瓦哥醫生大異其趣，醫生亦詩人，每愛拂走桌上的一層薄雪，舒展稿紙靜夜寫詩。其實那時巴斯特納克還未寫成《齊瓦哥醫生》，只有開頭幾章初稿，還請柏林指點，囑他順便帶回牛津好給自己的姐妹看。柏林後來依言送稿，還將這段美事夾在 Personal Impressions 裏，還說這本小書的文章有類法文的 éloges，庶幾是天末懷李白吧？

柏林善寫人家，人家自也陸續寫起對他的 personal impressions 來，人事風流，一如我們也渴望有緣寫寫陳寅恪，寫寫錢鍾書。柏林高眉長袖，據說連 Queen Mom 也曾掩嘴笑說：He is such fun! 呵呵，我只見過英女皇，沒緣攀望皇太后，只在 Henry Hardy 編的那部《Personal Impressions of Isaiah Berlin》中讀到這段世說新語，封底還見有爵士的玉照，也像陳寅恪在柏林般西裝革履，左手持傘，只是手中多了一個 Boots 藥房購物袋，溫煦親民，沒人敢月旦如此鴻儒吧？卻又不然，當世另一大儒 Edward Said 在柏林辭世後寫過一篇〈An Afterthought〉，寫柏林只顧自身的 Jewishness 和其他的猶太人，沒曾當過巴勒斯坦人是人，語意激憤，語氣激昂：「Palestinians, for the worldly Berlin, do not constitute a people...」我才第一度讀到有人數柏林的不是，大驚小怪，趕忙跑去告知以柏林為論文題目的老友。他怎樣回應我已記不起來，只記得泰晤士河邊風大，他拉緊衣領問我：「食咗飯未？」

前一陣子我臥病床上，捧看 David Caute 新寫的《Issac & Isaiah》，說的竟是有關柏林的一個陰森森陰惻惻的故事。前邊的 Issac 是 Issac Deutscher，頂有名的左翼史家，著有托洛茨基傳三卷，原來柏林對他自有 personal impression，且 personal 得人前人後兩副嘴臉，殊不足為外人道，猶如倫敦孤獨臘月的朔風。

還是往 personal impressions 說下去，只是不敢寫成〈下下〉篇，怕人家錯看成我竟說柏林人品下下，畢竟知人實難，評騭人品便留給已成中古史的九品官人法好了。倫敦朔風吹來亦襲人亦警人，機靈靈打個冷顫後，又可凝神續說人家的故事。

那些年是二戰後的五十年代，冷戰伊始，英倫自不乏左翼文人學人，深深淺淺的同情嚮往蘇俄共產主義所象徵的平等世界，史學界尤多猛人，計有 Christopher Hill、EH Carr、EB Thompson、Eric Hobsbawn 和 Issac Deutscher，他們跟柏林在想法上自相逕庭，但多跟柏林一般雄踞上庠，例如 Hill 是牛津 Baillol 院長，正好跟柏林在 All Souls 相峙相望，然他深賞 Deutscher 的才情，便跟柏林毫不咬弦。Deutscher 是躲避納粹的猶太人，逃難至英倫，沒半張文憑，只有滿腹書卷，幸好那時代圓融開放，好像只在乎真材實學，Deutscher 尚可自由寫稿自由講學，從牛津到哈佛，深受禮遇。但 Deutscher 沒有教席在手，跟太太 Tamara 的生活難免奔波，一九六二年 Sussex 大學禮聘現代史高級講席，Deutscher 修書應徵，開首坦然道：「I hold no academic degree and have not held any academic post...」一個月後校方熱情回覆，還請 Deutscher 枉駕，到校園一遊，好跟同寅午餐兼聊聊。午餐後校方又趕快修書盛情稱謝 Deutscher 來訪，說校務委員會兩週內將開會定案，但結尾不忘明示校長 John Fulton（沙田大學師生必然深懂其人！）愛才，多希望羅致閣下為蘇俄研究正教授！

好事自然多磨，Sussex 大學學術諮詢委員會中坐着柏林，他旋給校長寫信謂：「該人（通篇不肯提 Deutscher 的名字！）是世上唯一使我在道德上難以容忍的學人……欲悉詳情，面談更議。」好像不願留下太多白紙黑字的 personal impressions，後人也真的找不到其他，只知翌年五月 Sussex 以他故婉謝了 Deutscher 的申請。這段故事的梗概十多年前我在 Michael Ignatieff 寫的《柏林傳》上看過但沒上心，今回看 David Caute 的書才分外分明，一來 Caute 是當事人，一九六三年三月曾在 All Souls 給柏林拉到房中一角細議如何不能讓 Deutscher 走進上庠，甚至 I will not dine at the same table as Deutscher！二來 Caute 抖出了一系列書信，中有一九六九年柏林致 Deutscher 遺孀 Tamara 的一封，有這麼一句：「我絕對沒有伸過一根小指頭阻礙尊夫之禮聘！」

這系列書信最近也收在《柏林書信集》第三卷中，按語平淡，無驚喜焉，不及 Caute 的一句：「柏林真的忘了嗎？」

《信報‧北狩錄》二〇一四年一月六至八及十三日

寂寞……十七歲

人家電影的法語原名只叫Jeune & Jolie，面子裏子都只是花樣年華，月前在倫敦Curzon Soho買票，還尋不着半個英文譯名，便厚着臉皮，模糊着嗓音牙牙學法語，吐出戲名，倒也無恙買得戲票。怎料來到我城，戲名忽爾變成鬼拍後尾枕的自吐心跡：《我要……十七歲》，累得我只敢人前人後Young and Beautiful一番。

十七歲那年未來特首劉德華參加了挑戰，戲內的佳人一到十七歲卻一心做了盛妝援交的麗人，貪的未必是金錢或包包，事關早上在學校裏佳人還在念法國詩人Arthur Rimbaud的詩，英譯是No one is serious in seventeen! Rimbaud的詩人命格彗星般電閃，生於一八五四，不滿二十已然擱筆，十七歲那年寫下後來受人傳誦的Le Bateau ivre，據説甚狂野時速，我不像文侶雷先生般能讀法語，只能死死氣地看英譯，想必丟失了無數稜角，變成了Drunken Boat，剩下了諸如「Flower-strewn foam rocked me adrift / And ineffable winds supplied me with wings.」一類的魂遊。饒是如此，你我還能一眼看出佳人一心尋尋覓覓的是那sexual awakening，尤是她不諱言最愛一把年紀的中老男士，但若說「我要……十七歲（的幼齒）」便捉錯了用神，事情剛好弔詭相反，該是「十七歲的我要……」主導者不是迷亂的中坑老坑，而是剛十七歲的伊人！因此當我看到《衛報》上 Peter Bradshaw 說此戲令他想起維斯康堤的經典《威尼斯之死》，我便老大不願苟同。威尼斯上死的雖也是老人兼作曲家 Aschenbach，但他是迷戀美少年終不可得而遺恨以歿，絕不比 Jeune & Jolie 裏老年 George 床上激昂死於牡丹花下，而伊人更從此心窩長戚戚，或許這才是我們更心儀的結局！

我想起白先勇的少作《寂寞的十七歲》，不是書裏那兩篇滿有〈威尼斯之死〉倒影的〈月夢〉和〈青春〉，而是 the titular piece，真的寫十七歲少年楊雲峰的那篇小說：「說來話長，我想還是從我去年剛搭上十七歲講起吧！十七歲，嘖嘖，我希望我根本沒有活過這一年。」開宗明義的討厭成長中的醜鬼樣幼蟲和終成廢物的蛹殼！那是 Young and Ugly 了，卻跟 Young and Beautiful 同樣寂寞。要不寂寞，或許只能求諸 Young and Dangerous——甚麼來？鄭伊健的《古惑仔》，噫！

《信報‧北狩錄》二〇一四年三月十九日

羽羽蒙蒙

美麗的倪妮今回不再化身張藝謀鏡遊下古典的金陵第十三釵，倒成了不滿共和國陸地上的傖寒，一心等風來便要高飛的小妮子。《等風來》裏倪妮叫程羽蒙，時裝現世的粉雕人兒卻起了個古典名字，一聽傾心，再聽傾城，但我老是想不起典故何來，好心的編劇旋即為我解疑，哎喲！原來那是《山海經》上的好仙人，恆居於不存在的國度羽民國。《山海經．海外南經》云：「羽民國在其東南，其為人長頭，身生羽。」如此「羽民」後來因「民」「蒙」音轉而成了「羽蒙」。再下來晉代郭璞慘然加註：「能飛不能遠。」噢！戲中人逕以「羽蒙」為芳名，便是暗自藏着「能飛不能遠」的自況——劍橋 Anne Birrell 好心腸譯了全本《山海經》，將郭註譯得爽快：「can fly, but not very far」，說的忽然又好像是 Icarus 的故事了。Icarus 背上的一對蠟翼讓他能飛不能遠，而他偏不聽話，矢志飛向太陽，終墜地而殞亡。《山海經》上的羽蒙便少了這份傻勁兒，《等風來》裏的羽蒙更給人家好心河蟹，苦口婆心叫小妮子勿要心急，等風來，自曉飛，到時「時來風送滕王閣」啊！我城人聽來是否熟口熟面？那還不是「循序漸進」的循環再用？我們乖乖應命，自知羽蒙難比「北溟有鳥，其名為鵾」，「怒而飛」的氣概便無個着落處。

我城是羽蒙，身有巨翼，能飛不能遠，可惜。會否更有一天，羽蒙折翼，竟還不配居於羽民之國？

近日我城最後一位總督Lord Patten重遊舊時地，卻朗聲道：「Even when you reported things about me suggesting that I was awful, I would always defend the right of the Hongkong press!」那許是心危羽蒙折翼前的警報？

飛，其翼若垂天之雲……背負蒼天而莫之夭閼者，那真的不大常見。

小時候讀徐詩人的〈想飛〉，哪會想到自己是羽蒙。

《信報‧北狩錄》二〇一四年三月二十四日

還有遠古的破牆

Beyond 的《長城》也已是二十多年前的老歌金曲，長城真老。八十九年前，即一九二五年五月十五日魯迅在《莽原》上刊出一篇百字短文《長城》，頗呈孤憤：「其實，從來不過徒然役死許多工人而已，胡人何嘗擋得住，現在不過一種古蹟了，但一時也不會滅盡，或者還要保存它。」

剛過去的五月十五日我跟友人在山西看明長城遺址，先經雁門關，後駐車於偏關，望長城內外，唯餘莽莽——傻啦，咪自作多情應笑我！所謂遺址，只是截截斷垣，沙泥俱下，早已隱於二十一世紀的苦貧黃土地上，跟無人認領的荒蕪糾結一處。友人伸手指點，在我眼前畫出一條看不見的風景線：「噫，那是長城！」我笑笑，虛與委蛇。

長城是地標，是古蹟，是物質文化遺產，更是 icon、metaphor、construct 和 obsession。君不聞每晚準時六點半電視台便心繫家園，敬禮播出：「把我們的血肉，築成我們新的長城！」田漢筆下的長城差不多就是共和國會飛的中國夢，較諸孫中山先生在《建國方略》裏稱嘆的「世界獨一之奇觀」猶有過之。魯迅今天聽了，必會再掀昨日之怒：「我總覺得周圍有長城圍繞。這長城的構成材料，是舊有的古磚和補添的新磚。兩種東西聯為一氣造成了城壁，將人門包圍。」一下子長城幻作Pink Floyd音符裏的The Wall，令人腦昏，叫人窒息。這也不是無的放矢，一九八九年春夏之交，蘇共總書記戈爾巴喬夫登上八達嶺長城，若有所喻：「It's a very beautiful work, but there are already too many walls between people」。那些walls自然包括不數月後便倒下來的Berlin Wall，魯迅泉下有知，必然稱快，不必再詰問：「何時才不給長城添新磚呢？」

Carlos Rojas在上庠教授花樣百出的中國文化研究，前年寫了本非常可口的小書《The Great Wall——A Cultural History》，非常喜歡魯迅，第五章的題目索性叫Another Brick in the Wall，裏邊將魯迅這篇小文逕譯作The Long Wall，不叫Great啦，事關文章甫開首雖然引吭高呼：「偉大的長城！」但Carlos自然聽出其間的話裏骨頭（clearly sardonic!），亦步亦趨，遂叫Long Wall好了。長城自長，書上說二〇〇九年國家測繪局精細量度明長城，東起遼寧，西止於嘉峪關，共長八八五一點八千米，但其中四分一卻屬天然屏障，即周邊的山與河，Carlos笑謂那是official radical expansion of the known Wall。長城不只添新磚，還要添新長，難怪那天我身在長城不識長城了。

《信報・北狩錄》二〇一四年五月二十七日

我是貓兒陳寅恪

「我是貓，還沒有名字呢！我在哪裏出生的，連我自己也不清楚，只記得那是個又黑又潮濕的地方，很不舒服。在那兒，我第一次看到叫做人的東西，後來我才知道那就是書生，他們窮兇極惡，聽說這些書生常常捉住我們，煮着吃。」夏目漱石《我是貓》甫開卷，貓兒幽幽如是我云。多年前我在京都古書店裏買來是書明治三十八年（一九〇五）初版復刻，一函三卷，漂漂亮亮，竟又多有插畫，開卷的一張畫的是頑劣小孩倒提貓尾巴，貓兒不爽，張口怪叫。呵呵，我拿在手上，不懷好意地瞄瞄身邊一雙貓兒，耳邊是魯迅《兔和貓》裏的不斷自語：「而我在全家的口碑上，卻的確算是一個貓敵。我曾經害過貓，平時也常打貓……」我愛學魯迅，可此處卻不從了，不為貓敵，雖然偶爾也會偷想倒提貓尾的蠱惑！

舍下新來的一雙小貓女（跟 Anne Hathaway 無關！），乃文侶電先生伉儷大德，月前無意中於山野間得之，時哀哀孤鳴，奄奄一息，一窩三隻，無異造物芻狗。雷先生雷太太俄而抱歸，延醫料理，旋三小貓耳聰目明，眼開心開，起落如鶻兔，靈動如虎雛。賢伉儷素知我中年枯寂，怕我死咗都冇人知（編輯小姐除外），便自家栽育二小姐，毅然送我大妹小妹。臨別前，雷太太在貓耳朵邊俏語叮嚀：「貓兒乖，此去再無家宅可居，要瞓書山啦！」從此舍下書似青山依舊常亂疊，卻見小貓雙雙踞山頭。伊們兩雙妙目常常俯視我這「叫做人的東西」，或無聊讀書，或胡亂寫字，總是凡人的頹敗相。

貓小妹在山野時曾染惡疫，雙目慘然不能開，恐怕是盲貓了，豈料施藥餵哺不久，竟然「時清目復朗」！我自然想起未有那麼幸運的陳寅恪先生。先生抗戰時罹患眼疾，烽火離亂間更不得善理，可憐從此日盲心傷。一九四六年乙酉仲夏五月十七，有〈五十六歲生日三絕〉，其一云：「去年病目實已死，雖號為人與鬼同。可笑家人作生日，宛如設祭奠之翁。」

先生以祭奠譬作生日，森然慘然，霜嚴鬱悶，彷彿「一生負氣成今日，四海無人對夕陽。」

貓小妹幸運，為傳斯文，我叫她陳寅恪。貓大妹呢，噢！她是 Ronald Dworkin 的 Dworkin，鐸而堅，嘻！

《信報・北狩錄》二〇一四年八月六日

女皇

星期一

真孤陋，看過 Peter Morgan 的一本戲《The Audience》，方才知道每逢週二傍晚六時半英女皇也會在白金漢宮一樓的 Private Audience Room 私下接見首相先生，聆聽國事匯報。如此覲見非自女皇始，卻是女皇自一九五二年登極以來樂承先帝餘緒，好不綿延。一回工黨首相威爾遜笑對女皇坦然謙說出身寒微，自少宏願僅僅是有片瓦遮頭，三餐能繼——As children we never had ambitions or dreams beyond survival! And now I'm here drinking tea with the Queen of England! 女皇正色道：the Queen of United Kingdom!

明天又是星期二，David Cameron 按例應覲見女皇，會否低聲稟告陛下：Your Majesty may be the Queen of United Kingdom without Scotland next week…

蘇格蘭人真搞鬼，有票又有要，有真普選之餘，更有全民公投。「九一八」當天區區數百萬蘇人，才佔聯合王國人口七個巴仙，卻行將翻手為雲，覆手為雨，決定聯合王國之去留存歿，真真牛。無他，票上的選項只有 Yes 和 No，票上的問題是「蘇格蘭應否獨立成國？」不是「聯合王國應否長存？」因此由蘇人話事，英格蘭的、威爾斯的、北愛爾蘭的通通只能作壁上觀。

殖民地黃金時代的我城中小學沒有英史課長編，我們這輩人少時只在一點點的西洋史課上念過蒸汽機和工業革命，最多聽聞蒸汽機之父叫 James Watt，梗喺英國人啦，怎曉得 Watt 的 Scottish 血緣？遑論懂得分辨英格蘭、英國、England 與 the United Kingdom，何曾見過聽過 The Acts of Union 1707？那是多年後念英國憲制法才半懂的活兒！很多我城人初見聯合王國之全稱還不是在一九八四年《中英聯合聲明》的草簽文本封面之上？The United Kingdom of Great Britain and Northern Ireland! 依然不見蘇格蘭，事關一七〇七年的 Acts of Union 已將英格蘭王國及蘇格蘭王國併合成大不列顛，the Great Britain！不懂得聯合王國合併併人血肉史，不會懂得各種稱號之間的微言大義，民族的、歷史的、想像的。一如我們的胡漢中外、華夏唐番、大陸我城……

那天酒館昏燈裏我呷着 Highland Park 十二年 Scotch，翻看當期《經濟學人》，封面是日落半旗，印着不無傷感的 UK RIP？鄰座碧眼胡兒笑笑：Rest in Peace or Rip into Pieces? Gosh!

星期二

Peter Morgan 的《The Audience》裏有如此一場：

女皇：「I think it was Disraeli who said the British don't care for coalitions.」Cameron：「Nor you, ma'am.」女皇：「I think I care for it more if I felt the people had voted for it.」

說的雖是兩黨聯合政府的 coalitions，卻忽又自然而然暗合於聯合王國之前世今生，讓人家蘇人公投，是留是去，從此更見到驕人的 legitimacy，你我才會 care for it more。呵呵，特事特辦特首辦如看了戲，怕連女皇都要蔑，敢罵陛下偽善多詐，必謂一百五十五年來合共二十八位港督俱由英廷一手包辦，「without any inputs at all from the Hong Kong people-or the British people, for that matter!」梁先生上週在 FT 上如是損了英人一下，合該自我感覺良好。

梁先生大文登在 Op-Ed page，排在 Janan Ganesh 文章之右，Ganesh 那天恰巧說及蘇格蘭公投，說得鏗然有聲，牧野鷹揚：「It is perfectly consistent to believe the UK has been a wonderful thing but that it now wants for a raison d'être...The UK is not an immutable fact of nature.」那是民主世界的勇敢政治想像，瞻前而不必死抱 the dead past，因此過去一百五十五年如何如何壓根兒不着邊際，無的無矢，我們要的是一個 raison **d'être**，為甚麼有人總不能好好回答，指鹿為馬？其間旁邊竟還有這個那個「熱烈慶賀」，「堅決執行」的趨炎和附勢，能不厭乎？寅恪先生〈讀吳其昌撰《梁啟超傳》書後〉有如此數語：「憶洪憲稱帝之日，余適旅居舊都，其時頌美袁氏功德者，極醜怪之奇觀。深感廉恥道盡，至為痛心。至如國體之為君主抑為民主，則尚為其次者。」我城忽然很舊都。

一向木訥的 Gordon Brown 下野後，連工黨的 Better Together Campaign 也不大應酬，讓前財相 Alistair Darling 領軍去也，自己卻寫了本《My Scotland, Our Britain》，起首兩句我月前在小欄稱道過：「I love my country. Simple as that.」他口中的 country 是蘇格蘭：「I am passionately and proudly Scottish.」當年英國《太陽報》便爛口叫他 the Scottish squatter！但 Brown 笑笑：But I am a British too! Peter Morgan 筆下的 Brown 自然得覲見女皇，一回裏邊的 Brown 在御前有感而發：「We're all in the survival business...」女皇玄之又玄：「That's where one's grateful for one's faith and the clarity it brings.」

今夜女皇必然有其 faith for the Union。

星期三

女皇一向慎言寡言。也是 Peter Morgan 寫劇本的電影《The Queen》，也是 Helen Mirren 演的女皇，裏邊陛下雨中一身 Burberry 雨衣雨帽，傲然說過：「The Queen isn't a person. She's an institution!」

難得聽見 an institution 開腔，女皇星期天在蘇格蘭 Balmoral 古堡別墅附近做禮拜，禮成後跟身邊子民說：「People will think very carefully about the future」，餘音裊裊。

《The Audience》裏有一場 David Cameron 俯首向女皇說：「But one thing I think you'll find all your Prime Ministers agree on-is you have a way of saying nothing yet making your view perfectly clear!」今回算是不只 nothing 了。

很多年前的一回，我跟學院秋季修業大旅行，遊的是 Windsor Castle 一帶，星期天我跟日本仔同學溜出來到禮拜堂去，禮成後步出小草坪，驚見女皇拎住手袋仔，戴住靚靚帽，俏生生地立在十一月的風中，微微笑，沒保鑣，很 surreal。我是殖民教育過來人仔，遂躬身唱了個肥諾：Your Majesty！身旁日本仔笑騎騎，竟然搶前一步，伸出東瀛手強握女皇御掌，女皇又居然紆尊睬佢，還開金口笑道：good boy！從此日本仔逢人便話自己係女皇乖仔，不可一世。唉！

今回開腔的竟還有以 RBS 為首的五大蘇格蘭銀行，高聲宣告如 Yes campaign 得逞，彼等誓將遷冊（redomicile）倫敦，彷彿是我城人早已見怪不怪的商人識做歸邊站，是又大謬不然！一眾大行計算的是蘇人獨立後的種種新鮮金融花費，如新中央儲備、新幣值掛鈎、新息率上揚等，林林總總，全屬憂之成理，永不像我城商賈無端惑言一萬人佔領中環即招致金融體系潰散敗落，所謂 institution，居然不堪一指之戳，天方奇譚！

Douglas North 晨早告訴我們，institution 乃由 rules 建構而成，不是一眾肉身可隨心摧折。女皇雖是 institution，可也不是孤身上路，BBC 的 Andrew Marr 年前為女皇登極六十載增興，寫了本《The Diamond Queen》，末章叫「The Future」，起首說：「The Queen is blessed with a strong Constitution and the calmness of someone who knows they are useful」。

那天在 The Audience 裏，邱翁對着年輕女皇，字字珠璣：「It's true the British Constitution at first sight is a little odd. But that's why it works so well!」我城《基本法》也 odd，但卻是另一回事了。

《信報‧北狩錄》二〇一四年九月十五至十七日

災難歲月黃金時代

我愚呆癡，月前初聽《黃金時代》之名，不小心走火以為是郭敬明紙醉金迷美男型女《小時代》多部曲的終極章，林蕭、顧里、南湘、唐宛如都享受過《摺紙時代》和《青木時代》啦，自應完美迎來盛世不能或缺的黃金時代！雖然網上紙上好像沒有太多人對郭氏出品嘴上手下留情，十九指斥人家拜金魂爛，空想炫富，離地放屁，但我一路看着銀幕上嬌滴滴楊冪、兇狠狠郭采潔和粉柔柔郭碧婷時，總覺得decadence也只是頹，不會是廢，而且頹的後面總有一截美麗尾巴，一如紅顏奉上禍水，Femme禮獻Fatale一般，罵還該罵，卻勿要忘了欣賞，可是第三部真身原來叫《刺金時代》，據説不會在我城上畫了，悵悵。

《黃金時代》未上畫已給人説糜説爛了，overwhelming and overwrought，襯托不了蕭紅的寂寞，又或竟成了寂寞蕭紅的antidote？戲名叫《黃金時代》我甚不解，還以為是反諷或paradox，當然今天你我俱曉得那是蕭紅寫給蕭軍箋上的一句話，但始作俑者説的卻也無礙是私家的self-parody！蕭紅寫那信的那年月正是日寇侵華焰熾的年代，烏雲自無金邊，旁人看來不可能是勞什子黃金時代。那年代活脱脱是災難的歲月，此所以戴望舒如是題識抗戰時代自家詩作結集，中有為已逝蕭紅寫的《蕭紅墓畔口占》，引之者眾，不贅，倒是另一首《獄中題壁》，極惹人遐思：

如果我死在這裏，
朋友啊，不要悲傷，
我會永遠地生存
在你們的心上。

吟的只是自況，還是兼悼蕭紅女史？蕭紅的《呼蘭河傳》便是交給戴詩人主編的我城《星島日報》副刊「星座」連載，時為一九四〇年九月一日至十二月七日，蕭紅還有十多個月的活命兒。時代和眾男子已然虧欠了蕭紅，惟有在詩篇中討個公道，如望舒《致螢火》的不無曖昧：

我躺在這裏讓一顆芽

穿過我的軀體，我的心，

長成樹，開花；

為甚麼軀體給穿過後才見心花？是錯愛後的犧牲還是合歡後的新生？怎也改不了「躺在這裏」的命運？

初回得悉蕭紅「躺在這裏」乃緣國文老師吩咐我讀了葛浩文的《蕭紅傳》，還要是我城文藝書屋初版，書上如此結尾：「（一九四二年）一月二十四日，蕭紅遺體在跑馬地後面日本火葬場火化，次日骨灰葬於淺水灣畔麗都花園附近。在由亂石圍成的墓中，有一塊木牌上書：蕭紅之墓。此四字是端木手筆。」幸虧還有一張一九四二年的照片，尚可粗見那張木牌的模樣，事關後來墓木未拱而墓牌已歿，萍蹤不存。五十年代陳凡走訪過一回，只見「既無碑石，又乏冢阜」，更無端木蕻良手筆的半鱗半爪，彷彿往事必然如煙。尚幸一九五七年七月二十二日我城市政局順從文人好意發掘遷葬蕭紅骨灰時，真的在了無識別的墓地上掘着伊人嶙峋骨灰，算是我城安頓下來後對亂世死者的一種回禮。當年有份見證發掘始末的葉靈鳳立時舒了一口氣：「這時正是下午三時正，我們終於找到了蕭紅的骨灰。」那年蕭紅已在「這裏」躺了十五個年頭，差不多是伊人在世時的半生緣。

「愛的！這就是人生嗎？有了愛，有了家……」蕭軍說每當蕭紅快樂時，便會勾緊他的脖子，逼他回解如此這般的奇妙問題。我讀過蕭軍的回憶回應，委實不無敷衍。當然，蕭軍那時早已遠離了蕭紅的肉身和骨灰，況且，如他誠實，一九四〇年八月三十日的延安日記上才道出真心所愛：「工作——美麗的姑娘！我愛你！我終生愛你，以至誠的心至善至美的心愛你……一直到我底死！」蕭紅跟他一塊的日子不可能是他她的黃金時代吧？蕭紅也真的沒有一篇作品叫《黃金時代》，倒是共和國建國後多年王小波做過一篇短篇小說叫《黃金時代》，寫的是知青王二下鄉插隊中成長肉慾的故事。王二這樣說「黃金時代」：「那一天我二十一歲，在我一生的黃金時代，我有好多奢望。我想愛，想吃，還想一瞬間變成天上半明半暗的雲。」

跟王二差不多年紀的時節，蕭紅自述：「二十歲那年，我就逃出了父親的家庭。直到現在還是過着流浪的生活。」那合該是雲一般的浪蕩，往後卻是有幸早夭的災難歲月。

這是催淚的時代，這是管治機器逞兇的黃金時代。

幸好編劇李檣在訪問中欣然說過：「她說這真是我的黃金時代。但是這段話……既是她個人的主觀情緒的表達，其實裏面也有一種反諷。」一切不無反諷，反諷是跟俗流不協調的浪漫，例如端木蕻良手上戴的棕色麂皮手套，他曾除下來，叫蕭紅試穿，蕭紅試了，天真大聲道：「哎呀，XX的手真細……」戲裏加了一句，蕭紅對端木說：「你真布爾喬亞！」還不是以浪漫的講究反諷災難的歲月？

是布爾喬亞端木的手筆題「蕭紅之墓」。那年在西安碑林，端木教蕭紅看林中《同州三藏聖教序碑》，細說褚先生的筆致，亮出一堂清華調出來的歷史浪漫，那是很多年後端木給其傳記作者孔海立說的私家故事，戲裏也寫了這麼一場，暗室中拉近了端木和蕭紅，竟是字緣不滅。年前我在《端木蕻良傳》上看過，心上想像這段光和影，今回許大導拍的場口自然無話可說，還加上蕭紅的手電筒和端木手裏的那根小手杖。那小手杖的故事聶紺弩從前在《在西安》上寫過，借她手杖窺伺出當時蕭紅跟端木之間的暗湧，可是端木晚年偏掃興，說那杖沒啥象徵意義，只是剛好配襯一身馬褲、皮靴和夾克而已，那是時裝精的肺腑語，在黃土西安上，如何不浪漫？

甚麼是浪漫？李歐梵為那一代人寫了一本《The Romantic Generations of Modern Chinese Writers》，裏邊自有二蕭和端木的名字，也敍及絕不膚淺的浪漫 outlook: The outlook views life not as a given scheme revealing itself objectively in a rational order but rather as a process of individual and subjective experience.

如是觀之，蕭紅度過的不是黃金時代，而是浪漫時代。我城人抗命不認命，從此也該歸宗於浪漫的一代。

災難的歲月活出浪漫的一代。黃金是身外之物不足恃，或以之鑄刀，尚可寄望斬妖殺魔，去惑存真。陸游詩云：「黃金錯刀白玉裝，夜穿窗扉出光芒！」

圍在暴秦政府外邊浪漫的一代，白玉光芒——I owe You。

* * *

《黃金時代》裏有一場，二蕭獲邀至上海內山書店裏初謁魯迅，李檣劇本第一零八場上寫道：「魯迅逕直來到他們跟前，不看蕭紅一眼，沒有笑臉，但溫和。魯迅：『您是軍先生嗎？』蕭軍點頭稱是，又窘迫又興奮。蕭紅也是，幾乎漲紅了臉。魯迅：『我們就走吧！』」真箇黃金利索，而戲裏鏡頭一直凝着魯迅的一幅字，待三人從畫面右舷逸出後依然久久佇立不去，那幅是魯迅書贈書店主人內山完造（漢名鄔其山）的一首五律：

廿年居上海，每日見中華。
有病不求醫，無聊才讀書。
一闊臉就變，所砍頭漸多。
忽而又下野，南無阿彌陀。

詩是辛未初春手筆，即一九三一年，遠早於二蕭初訪的日子，那天合該是一九三四年十一月三十日下午二時的光景。先生日記上當天淡筆寫道：「蕭軍，悄吟來訪。」三天前先生馳書二蕭：「劉吟先生：本月三十日（星期五）午後兩點鐘，你們兩位可以到書店來一趟嗎？」蕭軍本姓劉，是劉先生，我的本家；蕭紅那時又有筆名叫悄吟，故吟先生云爾，但蕭紅好像不喜歡先生前先生後，魯迅攤攤手，惟有莞爾，信上信筆：「對於女性的稱呼更沒有適當的，悄女士在提出抗議，但叫我怎樣寫呢？悄嬸子、悄姊姊、悄妹妹……」頗無可奈可，沒有好氣。信末問候致祝「儷安」，先生鬼馬附識：「這兩字抗議不抗議？」蕭紅後來沒有抗議又或抗議不遂，事關魯迅往後還是一氣「儷安」下來唄。

二蕭跟魯迅的故事是武俠世界裏大師恩惜憐賞後輩才情的高誼世說，今世難遇。先生曾率意寫過：「無情未必真豪傑，憐子如何不丈夫。知否興風狂嘯者，回眸時看小於菟。」詩幅今存四種，一贈郁達夫，一贈坪井芳治，一題《答客誚》，一無款無題。《答客誚》一種將原來「知否乘風吟笑者」逕改作「知否興風狂嘯者」，那是一九三三年間的事情，佛彷「乘風悄吟」太靜，何如「興風狂嘯」？先生也曾砥礪筆墨，方得此句，我城人新有歷練，遂有今朝！

小於菟是小老虎，他們才是興風狂嘯者，中華不常見，中環金鐘灣仔銅鑼灣旺角，有！

《信報 • 北狩錄》二〇一四年九月二十九及三十日及十月一及六日

Killing Fields 外

稍留小住的小旅館陽台滿風，正午陽光懶賴，正好哄着小貓入睡，欄杆外是幾株霧蓮，果實初成，粉粉紅紅，疑是《石頭記》第七十七回上晴雯貼身穿的那件暖襖褪了色，少了不祥血赤。這兒的人是 Khmer，添上赤色，便成 Khmer Rouge 赤柬——我對面的波子眼貓兒夢中忙打了個哆嗦。

趁着流連枝葉間的陽光閃爍，最宜於此翻讀《真臘風土記》——「真臘國或稱占臘，其國自稱曰甘孛智。」一書是元朝人周達觀手筆，奉皇命出使考察真臘，國名純粹音譯，迨至明季，「甘孛智」又忽地成了「柬埔寨」，沿襲至今，彷佛人家千百年來依然山寨，依然淪落，依舊是中原大國邊陲僭居的孤陋蕃人，否則好端端音義俱佳的「高棉」卻為何擱而不用？

少年時某天國文老師從《讀者文摘》上裁下一篇萬字長文《血洗高棉》，囑我週末好好細讀，說的便是赤柬屠國（那時自不懂得 genocide 與乎 crimes against humanity）的那段痛史，文章和字體一般鉛重。老師還吩咐我該把文章跟當時大紅的文革自傳小說

《天讎》並讀，留心異地異世之相同。我不喜歡《天讎》，嫌它印刷粗（翻上翻印嘛），文字又粗（硬譯吧），終不能終卷。《血洗高棉》的悸怖倒尚依稀記得——「記得」未必緣於當年感動，卻是更少年時看新浪潮譚家明《烈火青春》裏的年輕躁動，電影裏在烈日下殘殺夏汶汐的兇手正是赤柬歹徒，從此我便曉得赤柬最愛摧人摧花。老師教我將赤柬屠國跟舉國文革對讀，想必不忍點明赤柬師承何黨何國焉，縱然一切呼之欲出——一九七六年九月九日毛氏歸西，赤柬大佬波爾布特下令全國自十二至十七日齊齊哭喪，尋且大聲演説，高呼馬克思列寧主義冀毛氏思想永垂不朽！

白日少年夢乍醒，黃粱未熟，案上的一杯咖啡卻涼了，面前還是那部《真臘風土記》，陽台上的風翻着〈總敍〉一節，裏邊自然沒有赤柬一段。旅館外的三輪車紛紛「篤篤」作響，還有收破爛的大姐沿途響號招徠，巷子盡頭處未有傳來蕭邦琴聲橄欖奏鳴曲，不然差點兒便似董先生少年午睡間的南洋風景。

「嗖」一聲，對面貓兒驚醒，一弓身，箭一般跳到隔籬小園去。

多承文侶雷先生囑我細讀《真臘風土記》才好出門，不然我便幾乎忘了此卷，多年前在馮承鈞先生《西域南海史地考證譯叢》第二卷上快樂翻過，雖然那時為的不是真臘，卻為的是馮先生，一切緣起未滅。《風土記》漢文書，自不勞翻譯，馮先生譯的是法蘭西漢學大家伯希和 Paul Pelliot 一九〇二年寫的《真臘風土記箋注》。那年月西人殖民開發，恆於遠東政治經濟軍事歷史藝術一切好奇，或功利或純粹，難以一而概之，遂有立足河內的 Ecole Francaise d'Extreme-Orient 法蘭西遠東博古學院（一作法蘭西遠東學院，似不確，且看圖），雖是個 colonial institution，卻是群賢畢集，列維 **Sylvain Lévi** 是那兒第一代人，為東方世界下了個頗不 colonial 的定義（噢！恕我只能讀英譯）：What is the Orient? In fact, it is a brutal conception that sweepingly divides up humanity into two halves, in the vein of the old Hellenistic idea of barbarian! 伯希和晚列維一輩，傾情真臘，履及真臘，遂細細箋注了周達觀手上的風土紀實。馮先生獨具隻眼，上世紀三四十年代已常挑譯《遠東博古學院學刊》the Bulletin 和《通報》上的文章，伯希和的作品自是座上常客。歡喜馮先生文章志業，端為先生當年巴黎大學法學院畢業，卻心唯旁騖，一心譯介禹域外法蘭西漢學好文章，大開國人眼界，此豈是禹域內一介律師之所能及耶？正合我從來偏心偏見。可是馮先生的西域史地譯著據聞凡五百餘萬字，九十年代北京中華書局陸峻嶺主編下刊行了三大卷，當年今日我還是愛不能釋手，卻始終距五百餘萬之浩繁尚有百里之遙吧，預告中曾有第四至十卷之篇纂，然十七八年過去，彈子一揮間，全帙恐是付梓無期，可憐馮先生晚歲病不能寫字，一切「命兒輩筆受」而已。

伯希和的箋注是民國年間手筆，後出轉精，共和國立國後遂有夏鼐先生的合校本，補上了馮先生生前未及寓目的伯氏《增訂本真臘風土記箋注》，非常細膩。

可這合校波折重重，鬼影綽綽，當事人夏鼐先生當年卻說得雲淡風輕，謂「周達觀是我的老鄉……（我）曾整理了一個（《真臘風土記》）合校本。後來向（達）先生知道後便借去，想過錄一副本。文化大革命中向先生被抄家，他自己也因為受到迫害而發病去世……我的合校本也遍覓無着落。」痛史舊史有時如溪水積焉，黛蓄膏渟，來若白虹，沉沉無聲。

《Killing Fields》是荷里活一九八四年的一本戲，寫的是高棉墮入赤柬之手的悸怖史，當年港譯《戰火屠城》算是譯得入神，只是 scale 太少，赤柬何止屠城，直是屠國！小旅館側的小影院長年放着這本戲，那夜影室中人人或坐或卧，Regarding the pain of Others——Susan Sontag 擔心我們沉溺於 the society of spectacle，遂魯鈍於現實苦難之一切可怖。可我從前在旺角金聲戲院看《Killing Fields》自不比今夜於金邊再作如是觀，一切拉得咫尺，血肉模糊 close-up。Killing Fields 是金邊 Choeung Ek 集中營的冥號，今天也有沉沉無聲的一池水，那是新建堤岸圍成的潤澤，環水垂楊，我曾在堤邊小坐片刻，頭上風雲自晴，沒有鬼號鬼哭，若不是 audio guide 耳機上傳來個個慘酷故事，一切便成志怪志異——不遠處有株飲泣之樹，那是赤柬歹徒辣手揪來襁褓小孩，在一眾母親面前倒提、揮擲、肝腦塗樹之所，那斷不是志怪志異之所能想像及焉。又不遠處新建有一靖魂塔，裏邊四面俱陳千百受害人的枯頭顱，個個眼窩空洞，目眦欲裂，一旁更陳有種種行兇之器，如竹竿、鐵錘、木棍、銹斧，款款驚心，度度無情，且剛好跟頭顱上的傷裂痕相契無縫，冷血的不是行兇器，倒是兇心人，這兒還只是 Killing Fields 之一隅而已。Killing Fields 受害人來自不太遙遠的 S-21 拷問營，隔一天我來了，風輕雲淡，隔世陰曹，今天已是 Tuol Sleng Genocide Museum，陳列人間 inhumanity。從 S-21 到 Choeung Uk 是條 well structured 不歸路——拷問、虐酷、招認、有罪無罪、蒙眼、噤聲、輸送、列陣、低首、死！那是暴政暴秦失心瘋羅織的羅網，消失不了的 Missing Picture。高棉人潘德禮那些年死不了，搓了泥公仔拍了一本戲，隱去血和肉，血泊便只是黏土顏色，沉沉無聲。

S-21 裏不准跳樓自殺，樓上樓下張了鐵網，設若還有一抹微風穿透，或會傳來 Mockingjay 溫柔不斷的歌聲？那該是燎原星火之後的 la do ti me... 未完的「自由幻夢」。

《信報・北狩錄》二〇一四年十一月二十四至二十六日

Marks of Genius

既然已是春暉三月，最宜回倫敦去——其實，夏照驕人，秋陽似酒，冬日微茫，俱無不適宜，畢竟 Samuel Johnson 說過，when a man is tired of London, he is tired of life, for there is in London all that life can afford——依我看，我或已 tired of life，但絲毫未敢 tired of London yet！

可是上週末正逢牛津文學節，頭一天即有 lunch with Simon Schama，不捨不捨還得捨下倫敦，滿心跑去 Oxford 好看 Schama。Schama 著作綽然等身，長篇巨構如縷述法國大革命的《Citizens》雖看得有點頭昏，但他在 FT 上的短論通通不敢錯過，至若他為 BBC 炮製好評如潮的《History of England》系列，我雖少看英倫電視，可卻也翻看過他筆下的三卷英倫古今史，頗心儀其 narrative，事關史是故事，story telling 自是非常吃緊，可惜現代國人不諳此理，枉費太史公幾許精神，the art of historical writing 遂流水落花，一忽兒西風殘照，漢家陵闕。專題研究的史學 monograph 寫得枯燥枯槁尚在情理之內，斷代史通史之製則斷無道理還是史料剪貼，胸無全局，光讓帝王輪番上場又收場，末流如百家講壇式名人講唐宋元明清史之什，則慘然油滑説書，幾乎要聽書君子掏出三兩塊錢打發下去。史魂繫乎文心，historiography 自得講究 literary consciousness，因此 Schama 以史家之姿亮相 Oxford Literary Festival 最是得宜，場地且是 Bodleian Library 側的 Divinity School，票價連 two-course 午餐才六十五英鎊，能以此價膜拜高人真身，便宜死了——噢！吓？Sold Out！拜拜！英倫人家禮訪文學節，有如我城人仔趕赴秀文千嬅演唱會，要早早託人買飛，時刻一票難求。前陣子小説家 David Lodge 在 FT 上便打趣説，e-book 太虛幻境當道，更造就了作家的人肉市場，握把手，簽個名，飛一鏢吻，文學又重獲玉身，難怪他新刊的前半部回憶錄叫《Quite a Good Time to be Born》！

從 Bodleian Library 一帶悵悵然晃蕩至對面 Broad Street，一心往 Blackwell 淘書獻金，見書店隔壁新樓矗立，竟是傳説中 Bodleian 的新翼，因獲 Garfield Weston 基金之助而名曰 Weston Library，是日 grand opening，我不期而遇，開幕展覽是 Bodleian 的秘籍，古本、手稿和珍玩，不必謙遜，直叫 Marks of Genius。

我一輩子考不上牛津（其實多年來只報過一回政治學 MPhil/DPhil 之嘛，使唔使陰陰笑啊！），Bodleian Library 一帶便常流連忘返，但外人在閱覽室前已然行人止步，踮足向前窺望也看不出多少願景來，奈何。今回 Weston Library 難得開幕展覽，招呼我等閒人外人，自要留心件件稀珍，但我素來偏見又偏心，總不甘為展出來的百三十件寶物款款傾心傾情，例如來自中土的三兩件明清物事便頗不合眼緣，先是康熙五十二年皇上賜序的一函《朱子全書》，其紙墨於清刻本中未算高明，且是官方理學大典，不愛。旁邊擱的是一本冊頁，乃乾隆《御製漁樵二十詠》，有序，劉綸書，冊頁未有展開舒平，故未曾得讀御詩，但乾隆老兒從來詩多卻又不以詩名，料來或如共和國領導人高閒所賦，不必讀。不遠處擺的是南明永曆三十一年頒的《大統曆》，字跡漫漶，但扉頁上還清晰可見「皇曆未至本藩權依大統曆法命官考訂刊行俾中興臣子咸知正朔用是為識」。是時也，雖云永曆三十一年，但永曆帝早在十多年前已遭吳三桂所殺，鄭成功一系孤守台灣，故曰「本藩」，雖已無君，仍奉先帝年號自居正朔，其時國姓爺亦已仙逝有年，操持「本藩」政事者想是《鹿鼎記》裏貪生怕死又給韋爵爺玩死的鄭克塽吧，我自難傾心於永曆曆，更不忍心認作 Mark of Genius 了。

展覽中星月耀目的 Mark of Genius 自推一六二三年《莎翁戲劇集》第一對折本（The First Folio），收劇本三十六種，弔詭的是 Bodleian Library 創館人 Thomas Bodley 似不鍾情舞榭勾欄，竟跟人耳語：「Happily some plays may be worthy of the keeping but hardly one in fortie!」四十採一，那莎翁作品全數入藏，恐亦大出 Bodley 先生意料之外，好在 First Folio 入藏於一六二四年，時 Bodley 先生墓木已拱矣。

展覽室臨尾毫不起眼處懸着一張字密如蠅的手鈔文本，下綴以墨綠火漆封條，湊近一看，竟是史上顯赫不息的 Magna Carta！一二一五年 King John 跟諸藩主簽訂的拉丁文本大憲章，今年剛好八百週歲，史之大事，容我日後細表。

今天是三月二十五日，展室中更招我眼球的是五十七年前同一天上 Isaiah Berlin 給 Rowland Burdon-Muller 的一封打字信，八卦八卦。

Berlin 是英倫思想史大家，小欄高攀寫過不止一回，他是舊時代的學問人，不必搔頭抓腳寫枯木無春（博）升級的期刊論文，筆下一瀉如注的還叫 Essays，有點 J.S. Mill，有點 Thomas Macaulay，有點古舊，很多古雅，閒不閒也愛寫信，literally a very man of letters！因此 Weston Library 才會有心入藏這封一九五八年六月二十八日的打字信——前篇手快筆誤，竟錯寫三月二十五日，那是另有其函——信寫給的是他那 elegant，generous and sometimes acerbic 的老友 Rowland Burdon-Muller，信上又八卦，又雅謔，既刻薄，復深刻，寫的盡是蘇聯大音樂家 Shostakovich 當日從鐵幕遠來牛津拿榮譽學位的點滴世說。館中一同展出的正是同年三月二十五日 S 先生禮覆牛津的電報短函：MANY WARM THANKS FOR HONOUR RENDERED ME BY OXFORD UNIVERSITY. ARRIVAL DATE INFORM YOU LATER. SHOSTAKOVICH.

那年冷戰正熱，S應是好不容易才可蒙恩成行，差不多同一時間蘇共中央委員會才秘密通過特殊決議，為若干天才音樂家恢復名譽，不再屬人民公敵，「受惠者」正有S。可是共黨最愛反覆無常，飽歷憂患的S自還不免神經兮兮，Berlin身為牛津東道，甫接風，眼裏心上看到的S「small, shy, like a chemist from Canada, terribly nervous with a twitch playing in his face almost perpetually!」深嘆一輩子未有見過如斯受驚受創的人。晚飯後眾士紳退至drawing room茶煙酒，S即趨至最近處小角落坐下，contracted like a hedgehog。Berlin素愛刺猬這小小動物，前此數年才寫出那篇傳世之作《The Hedgehog and the Fox》，說托爾斯泰自以為是刺猬，卻實在是狐狸，但那是智性之喻，不像今回的S，那hedgehog竟是驚弓之弱鳥。Berlin心有不忍，暖暖請S為眾嘉賓彈奏一曲，S二話不說，即席彈了他寫的序曲和賦格曲各一首，那音樂典麗、深刻、激越，Berlin深為動容，在信上卻筆鋒一轉，喋喋一笑，謂一同座上的法國作曲家蒲朗克可以休爾，everything by Poulenc flew through the windows and could not be recaptured！那是Berlin謔而近虐的remark of genius，也見證了S的Mark of Genius。Berlin

在信末語帶憤激：「It is terrible to see a man of genius victimized by a regime, crushed by it into accepting his fate as something normal...」我家留聲機正亮着S的第一大提琴協奏曲，ingeniously normal。

《信報•北狩錄》二〇一五年三月二十四、二十五及三十日

倫敦踏青傷心事

前輩友人也是倫敦迷，愛護有加，嘉許我倫敦行如踏青去，美死啦！踏青尋常事，沒啥臭美。孟浩然《大堤行寄黃七》便淡淡吟過一回：「歲歲春草生，踏青二三月。」但倫敦踏青總是別有芬芳，李商隱《無題》上「十歲去踏青，芙蓉作裙衩」才有着落處。我是黃偉文迷，黃偉文也是倫敦迷，許多年前他寫過一篇追摹倫敦街頭「型」態的小文，絕不輸於他本業柳永周邦彥的詩餘：「我第一次來倫敦時，黃耀明剛巧也在，於是就約了去吃飯。一九九三年二月的大英帝國，街頭時裝的耶路撒冷，連在零度之下的行人路上食風都有型過人……」食完風，型未完，黃耀明拖着馬尾來了，「一面交叉雙手掃着自己那件 A cut Yohji 大褸的肩膀，喊冷，手一揚，一輛黑色倫敦的士徐徐停下……」非常黑白電影的一個凝鏡，從此詞人黃偉文每逢冬天到倫敦，總手挽一件黑色大褸，好絕襯 London 街上的 black cab。我遂學乖了，除卻地球暖化後的盛夏，每在倫敦總不敢少穿長褸，一回穿了件 Diesel 的 vintage 糜爛橙色燈芯絨大褸，在 Covent Garden 碰上黃先生，不好意思大人大姐八九唔識七 say hi，只讓目光輕微相觸，見黃先生沒有藐我，我當穿衣過關了，那一幕從此嵌進私相簿記憶回旋海馬區去，忽爾十年有多。月前在總角友人首映 after party 上，我穿了件 cookie monster 怪獸褸，不巧碰上黃先生，他卻眼尾巴也不瞟我一下——唉！穿衣如逆水行舟唄。

今回到倫敦踏青穿了雙 Izzue 聯乘 Neighbourhood 的 black high dunk，斯斯文文，卻給從前的 flat mate 啐了一口：Your shoes so unimpressive！我便踩着如此一雙 unimpressive 鞋子走到熟悉的 Charing Cross Road 上，一心又到 Blackwell 淘書獻金。噢！吓！咩話？執咗？那種晴天霹靂大概有如時裝精驚聞 Alexander McQueen 死了一樣慘情噩耗吧！畢竟 Blackwell on Charing Cross Road 絕對是看書人心上 Joyce + IT 的合體聯乘，我曾在這裏磨蹭過消受過無數的日與夜（晚上八時收舖，那是英倫冬天的夜已深了），花去的金錢跟長了的見識是太划算的正比，誠然人間絕少的必勝勝緣。那兒哲學部古典部文學部曾是英倫不二（law section 卻出奇的 weak），怕只有總壇 Blackwell Oxford 才是可以一拚的銷金窩。

我茫茫然轉身抬頭，趁未暈倒，向對街的 Foyles 新店疾走。

Foyles 老店一向佇立 Charing Cross Road 一一三號街角處，未滿百年，也八十多吧，去歲關門，卻在貼身隔鄰蓋了新樓新店，《信報》毛羨寧小姐好像已然彩筆寫過，不囉嗦啦。今天舊店變了人家舖子，老牆上卻只拆去原來字母兩個，FOYLES 便搞鬼蛻成 O YES！英倫幽默，希望不是做鬼臉吃吃嘲弄對面 Blackwell 的一縷芳魂。今年柳色，灞陵傷別。

Foyles 新店亮敞，書多人亦太多，我還是依戀舊店的緩慢時光，飄塵歲月，想念本本從 Jurisprudence 架上摘下來的 legal positivism 精裝 monographs，砌成趕製論文年月裏悵惘的現實與回憶。新店的 Jurisprudence 部沒精彩，延續不了那年那瓣心香，彷彿呼應我那篇始終沒有完成的論文。《易》坤卦云：「含章，可貞。或從王事，無成有終。」John Minford 新近英譯如此「Excellence is contained. Remain steadfast. The King's service may be done. But without success. There is a conclusion.」竟然說中傷心人心事？

信步蹓至店裏中華史部，尚可喜，欣獲 Sarah Allen（不是精研甲骨文那位 Sarah Allan）漫寫唐代志怪小說的《Shifting Stories》，還有 David Keightley 的甲骨論文精選集，書名如戲，叫《These Bones Shall Rise Again》——王者必將復興？便跟店員打探，問對門 Blackwell 有否他遷復活，對曰：「在不遠處 High Holborn。」感謝過好心店員，忐忐忑忑，走到 High Holborn 去。當年初來此地念書，Holborn 地車站後有一彎小巷，曾有一爿小小 Blackwell，只賣法律醫學會計課本，非我留連地，早歇業了，心上一沉，生怕新 Blackwell 會是同款同科。不必鐵鞋，須臾找着，果然也是小店一間，連地牢二層，舖面也亮也寬，卻主打賀卡，Cafe，best sellers！我不甘相信，直趨掌櫃，問他哪兒是 Blackwell 新旗艦？掌櫃腼腆回我：「In fact we no longer do the flagship thing, this is the one」，語聲愈說愈細，眼鏡框框在鼻樑上托來托去。我又問：「哲學部呢？」掌櫃臉一紅，囁嚅道：「也沒有部不部的，洗手間旁有一小架心靈勵志哲學書。」紅顏已老，佳人夭亡，我更不忍心再開棺哭骨，說過謝謝後便箭步離去，匆匆沒有上香。

從 High Holborn 往南走，往從前學院去，途經 Chancery Lane，見往日法律好書大店 Hammicks 不翼而飛，外邊圍滿封板，說將有名店光臨！我好生驚訝，跑進對面 Fleet Street 的 Wildy & Sons，問問究竟何事生非？店員聳聳肩，說：「It's gone, last month. The landlord simply raised the rent!」

三月西風惡。Blackwell 走了，Hammicks 走了，倫敦傷心未完，泣血的還有哪隻王謝堂前的舊燕子？

書店聚書聚人，一任人書纏綣，不是交易場，卻是魂迷地，憑紙香書香文人香，天然成詩。鍾嶸《詩品序》云：「使味之者無極，聞之者動心，是詩之至也。」書店是詩也是花園，「One does not go there just to buy books, one goes there as Londoners go to the park...」可還未說及縹緗間的人書耳語，一回，才二十多的 A. J. Ayer 行將出版他朝傳世之作《Language, Truth and Logic》，有二三學人在 Blackwell 總壇咕噥，譏為鳥書，忽然書叢深處轉出歷史哲學大家 R. G. Collingwood，他一向不滿 Ayer 的學說，卻淡淡地道：「Gentlemen, his book will be read when your names were forgotten !」「爾曹身與名俱滅，不廢江河萬古流。」說的也是血肉書店和虛擬網購的雲泥之別。

我一邊胡想一邊走到從前學院，為的是探探那兒依然血肉的老先生小書店 Alpha，店子在 East Building 的閣樓，專賣舊書，除卻主打學院課本外，入門處永遠是一大片詩歌散文和古典小說，座中總有一套永恆賣不去的《追憶似水年華》，我常奇怪，學院不設古今文學系，老先生卻偏要這兒學子朝晚碰見普魯斯特。Mr Simon Coady 其實一點不老，望之六十上下，長年一件 Tweed 料外衣，金絲眼鏡，洵洵儒也。Alpha 是希臘字母之首，也是打分數的頂瓜瓜，我剛看了《Fast and Furious》第七部，新出場的索女尤物 Nathalie Emmanuel 一見主角阿 Don，便知趣地叫他 Alpha，字幕上打出來的竟是「大佬」。Mr Coady 說，十九年啦，今夏 East Building 要推倒重建，Alpha 得另遷新址，尚幸學院還不太壞，讓他移陣至另一學樓地下。噢，大佬還是大佬，只是換了地盤，我沒有問他普魯斯特搬不搬呀，那天我只從 Mr Coady 處買來一九六二年 Pelican 版的

《Russell: An Inquiry into Meaning and Truth》，才三英鎊，此書我從來愛讀，第三章叫 Sentences Describing Experiences，如今 Alpha 也成年華逝水的 Experiences 了。

《信報 • 北狩錄》二〇一五年三月三十一日、四月一及八日

華麗邂逅武則天

一、

不敢無聲掠美，小文文題當然化自《我和 Dior 的華麗邂逅》，那個「我」自是 Raf Simons 了，怎生譯好？Wyman 先生從前俏生生譯作「挖苦斯文士」，戲稱事主屢從經典中破格，分明在「挖苦」一眾「斯文」文士呢！那 Christian Dior 氏又該當何譯？「姬絲蒂婀」家喻戶曉，只是在前 Google 年代我竟不知道只做女裝的「姬仙」原來是位紳士先生，後來迎來了做翩翩男裝的 Dior Homme，倒覺得新 line 招牌不無蛇足，彷彿惹人瞎猜 Dior 本尊不是男兒身。

武則天不是男兒身，所成帝業卻 masculine 得交關，因此一台獨大的大台自我審查，一律封去范冰冰及一眾美人的豐胸線，便有的放矢，將未來女帝狠狠 desexualized，好銜接他朝御極登基的雄獅威儀。李商隱《紀宜部內人事》云：「（武后）改去釵釧，襲服冠冕，符瑞日至，大臣不敢動，真天子也。」說的像是隱去女性性徵的帝皇服飾，可惜可惜，沒有傳下半卷可靠的武后圖像，無緣揣摩冰冰小姐俏還是不俏，但武后即位之初自號「聖母神皇」，兩年後卻改稱「聖神皇帝」，想來陛下去女性化之心甚切，其帝皇冠冕諒也不願彰顯玲瓏曲線水悠情吧！其實武后自小愛穿男裝，《太平廣記》卷七十六有「袁天綱」一條：「唐則天之在襁褓也，益州人袁天綱能相……則天時在懷抱，衣男子衣服。乳母抱至，天綱舉目一視，大驚曰：龍睛鳳頸，貴之極也，若是女，當為天下主！」

女扮男裝俏郎君，更勝郎君，君不見青霞小姐不望窗外之後化身東方不敗，委實叫人不惜自宮不男嗎？還有《東邪西毒》裏她的慕容燕又是否更勝慕容嫣？且看武后登極後頗蓄男寵面首，竟惹來臣下不滿，《舊唐書．張行成傳》載：「天后令選美少年為左右奉宸供奉。右補闕朱敬則諫曰：臣聞志不可滿，樂不可極……陛下內寵，已有薛懷義、張易之、昌宗，固應足矣。」苦口婆心，卻哪及陳寅恪先生通達：「讀史者須知武曌乃皇帝……則皇帝應具備之禮制，武曌亦當備有之，區區易之，昌宗、懷義等男寵，較之唐代之皇帝後宮人數猶為寡少也。」

看不順眼華麗女人，只因你我跟曹雪芹一般自慚：「何我堂堂鬚眉，誠不若彼裙釵哉？」

二、

「Clothes are her armour!」說的雖不是天后，卻不妨挪用於Her Majesty。Jessica Chastain在新戲《A Most Violent Year》裏又演揚眉女子（伊人在大銀幕上何曾柔柔弱水過？），穿的盡是Giorgio Armani親手設計的power suits，月前在FT的訪問記上說，新戲角色以雲裳為冑甲，最懂uses her clothes strategically to direct the outcome in her favour——我油然想起武后的前世今生。

駱賓王響應李敬業起兵匡復中宗，寫下那篇〈討武檄文〉，力數武后的一切罪狀，中有兩條竟跟衣飾相關連，嘗謂「昔充太宗下陳，嘗以更衣入侍。」即指天后憑藉為皇上寬衣解帶方得親近，方才有私。又謂「掩袖工讒，狐媚偏能惑主。」後宮森森，滿懷計算自是賴以維生的基本染色體，我偏愛的是「掩袖」一語，雖然此處或暗用楚懷王妃鄭袖的故典，但我總疑心武后所掩之袖必然也有haute couture的狐媚功夫，不然少了power suits，如何演出宮心計？大台一意孤行，狠心封去了冰冰及一眾美人的豐胸線，削去了power suits的大截狐媚，倒給歷史刻意的裂出一道深深cleavage，我見猶憐！

武后以女身當國，晉為帝王，千古未有，最愛佛典《大雲經》，蓋因書中有如此一段：「佛告淨光天女言：汝於彼佛暫得一聞大涅槃經。以是因緣，今得天身。值我出世復聞深義，捨是天形，即以女身當王國土……」那是女王天下的legitimacy之所由來，《大雲經》遂頒行天下，佛教亦復昌隆，故更有一詔令云：「自今以後，釋教宜在道法之上，緇服處黃冠之前。」此中一切，陳寅恪先生在《武曌與佛教》裏發明至詳，我則沒來由的擔心，是否帝業已成，雲裳不再，從此朝野一色，緇衣橫行天下（雖然我明知此處「緇服」乃作figurative use云爾）？故嘗檢孫機《兩唐書輿服志校釋稿》，害我看得暈頭轉向。

三、

為了武后，為了華麗邂逅，嘗檢孫機《兩唐書輿服志校釋稿》，雖看得暈頭轉向，卻未曾見有專述武氏周朝之章，惟於「皇后之服」中尋着「鈿釵禮衣者，燕見賓客之服也。十二鈿，服因雜色而不晝。」雜色總不會是獨孤一色吧！其實縱然天下只剩緇色，那是只會考起卻不必難倒設計繆思的minimalism，Chanel的little black jacket，不也不可一世嗎？Raf Simons尚未華麗轉身Dior前，據說在Jil Sander年代享負盛名的正是

minimalist 的男生 skinny jacket 嗎。

然而武則天威儀天下，minimalism 太不襯陛下，故不宜 Chanel，也不宜從前的 Raf，那誰更適宜？天后一早是美人，《舊唐書》上說「年十四，時太宗聞其美容止，召入宮。」《劍橋中國隋唐史》中 Denis Twitchett 許她「sharp intelligence, determination and excellent judgment of men, combined with ruthlessness, unscrupulousness and political opportunism」！雲兮婉容，摩羅心智，彷彿《赤道》裏的畫眉鳥 Janice Man！亦 Savage 亦 Beauty！

Savage Beauty 是眼下在倫敦 Victoria & Albert 絕讚盛譽中的 Alexander McQueen 身後華麗 show。當日 McQueen 英年自戕後一載，紐約大都會藝術博物館已先聲奪人，辦過 Savage Beauty 大展，四年後的今天才回歸其江湖出身地——McQueen 是從男人西裝聖地倫敦 Savile Row 打出天下來的，可是過檔 Givenchy 後多做揚眉嫵媚的女裝，最是適宜將天后塑成女帝！冰島天后 Björk 在聖保祿大教堂惜別 McQueen 的追思禮上穿的那件 winged bodice 是 McQueen 多年前 No.13 不信邪 show 的轟烈作品，滿有 Queen Elizabeth 一世的風采風雲，aesthetically and historically provocative！武則天自當如此 McQueen！不必追隨習夫人麗媛女士御用的「例外」品牌才屬例牌之外。那天下午我喜孜孜，尾巴翹翹，沒有想着武則天，一心跑到 V&A 看 Savage Beauty。噢，sold out！我向那深雲不知處笑笑，抱着豐盈圖錄乘興而返，何必見戴？

《信報 • 北狩錄》二〇一五年五月五、六及十一日

吻下來，退出去

一、

Alan Rusbridger 比眾多英國首相高明多幸運多，能在自選的日子裏，聽着滿滿掌聲款款退下來。上月三十日是R先生主編《衛報》的最後一天，他的《致讀者書》如是笑着開篇：「This, if you're reading the physical paper - which you're probably not - is my last edition as editor.」可我自然是其中一位 reading the physical paper 的實體未亡人，依然定時定候跑到中環郵政總局橋底下碩果僅存的那爿報紙檔去真心擁抱猶帶英倫天空氣味的《Guardian》，那是我目下跟倫敦唯一的片刻厮磨，一晌偷歡。

R先生二十年前上任，我讀《衛報》始於千禧快樂年初到倫敦看書念書時，那時學院 co-op 才賣二十便士一份，我愛一籃子掃來《衛報》、《Times》和《FT》，居然一鎊銀有找，開元天寶？原來我十五年來看的都是R先生 editorship 的手澤，據聞《衛報》老讀者聚在一塊兒愛擺老資格，有說「I began reading under Hetherington!」

Alastair Hetherington 於一九五六至一九七五年間執掌編璽，自然古典，可是若另一人接口嘟噥：「I started with Wadsworth!」卻更乖乖不得了。Alfred Powell Wadsworth 乃一九四四至一九五六年間老總，死於任上，是 Hetherington 的前輩前任了。此時此刻，我自當插嘴：「在下是R的一代，由 broadsheet 一直擁護至今天的 Berliner！」此 Berliner 不同當年 **JFK** 在柏林禮讚的彼「Ich bin ein Berliner」，卻是報紙開度大小的一種，詳細尺碼典故各位網上狩珍好了，便捷一點便來一份紙本《衛報》細細看，捻捻量，過過癮。二〇〇五年前後倫敦《Times》和《Independent》先後由大變小，不動如山的好像只有《FT》和《Daily Telegraph》，《衛報》也來折衷變身，Berliner 便介乎 broadsheet 和 tabloid 之間，其開度於英倫繁花報刊中別樹一枝，當年卻也有癡心的狐疑讀者，投書問路，只一句：「I am just writing to confirm if the Berliner is still big enough to accomodate this letter!」呵呵！Physical paper 的大小一如美人酥胸的偉大與精緻，各人心上花開花落，最宜吻下來，豁出去。

二、

曾有傳奇故事這樣開端：局部失憶但身懷絕藝的 Jason Bourne 坐在由巴黎開往倫敦的 Eurostar，手裏張揚着一張報紙，眼睛盯着上面的一個 investigation story，追查的是 CIA 絕密行動，代號 Blackbriar，Bourne 嗅出不安，也嗅出關連，連忙約那位 investigative journalist 在 Waterloo London 車站見面，從此幕幕驚心……那是二〇〇七年電影 Bourne Ultimatum 的序幕，Bourne 是 Matt Damon，他手上的報紙卻是如假包換的《Guardian》！

回到二〇一三年六月三日，有神秘人約《衛報》專欄人 Glenn Greenwald 於我城美麗華酒店相見，Greenwald 的同伴兼紀錄片作者 Laura Poitras 亮出暗號：「What time does the restaurant open?」神秘人報以：「At noon. But don't go there, the food sucks...Follow me!」那神秘人是 Edward Snowden。

上節早見於《衛報》人 Luke Harding 的《The Snowden Files》和 Poitras 的 documentary feature 的《The Fourth Citizen》，我自然想起《Bourne Ultimatum》的 Waterloo 一段，今天看來竟是現世 trailor。Snowden 叫 Greenwald 兩人隨他而去後，揭

出《一九八四》夢魘，由美國NSA跟英國GCHQ跟各大網絡電訊商合編合導的世紀竊聽風雲，餘波不絕。Snowden files在英國一邊由《衛報》通天見世，最後把關者自是Rusbridger先生。我只奇怪Snowden是IT新世代，應不愛讀報，怎會找上Greenwald這《衛報》人？原來又關R先生事，Greenwald原是Salon.com網上巨筆，但R先生不固不執：「We have, I think, been more receptive to the argument that newspaper can give a better account of the world by bringing together the multiple voices who now publish on many different platforms...」箇中自也包含Greenwald所分明代表的advocacy journalism，不避喜惡，不無愛憎的better account of the world，劍氣蕭森。R先生治下《衛報》彷彿柏拉圖心上的Guardians，但一心孑身保衛的已不只是the state，而是the better state。近年《衛報》身負多宗大案，Snowden files惹得英政府光火，幾乎是三四年前Wikileaks的翻版，中間又有Nick Davies大肆報道News Corp的hacking scandal，還有纏訟十載，剛於上月審結的Prince Charles黑蜘蛛密函事件（His Highness字醜，如Black Spider，故名），全是跟權貴對着幹，走着瞧的kiss and tell：吻下來，說出去。

三、

離任前的五月二十日，Alan Rusbridger 於 Guildhall School of Music and Drama 暢談 A Life in News 的喜樂悲愁，主持人是人權大狀 Helena Kennedy QC。R先生的榮休述志會請來法律神鷹？在他的《致讀書者》中明白究竟，原來R先生任內惹毛權貴太多，官司不絕，連場血戰，倚仗一眾勁人大狀，《衛報》戰績炳煥，R先生笑語：「If you won, which, mostly we did, (legal battles) could even be fun!」不忘感謝各位大狀：「You were expensive. But good!」唉！人家最多稱讚我後者，怎麼從不聽聞前面的一句？

Expensive but good learned friends 也為他送上榮休賀禮——贏了查爾斯王子黑蜘蛛密函案，案件官方名目是 R（on the application of Evans）and another v Attorney General，Evans 是《衛報》名記者 Rob Evans，是他首先揭出王子曾於二〇〇四及二〇〇五年間向政府各部門修書說項，即二十七封 advocacy correspondences。Evans 手持 the Freedom of Information Act 要求當局披露，當局不允，官司一直打，由 information tribunal，high court，appeal court 至 the supreme court，耗時十載，不死不休。《衛報》終極勝訴，王子手澤成五月十四日《衛報》頭條新聞，Evans 那天還寫

了短論一則舒悶氣：「The Guardian was only able to win this battle because it could hire barristers to match and defeat the government's lawyers!」清脆echo如當年志雲大師脱罪後向傳媒梨窩淺笑：「有事記住搵律師。」我愛死Evans啦！案中終極的法律爭議跟先前爭拗的freedom of information已不相同，上訴庭已判《衛報》勝訴，但律政司卻享有法定權力允許有關部門不予披露黑蜘蛛密函。最高法院需要裁斷的是，行政機關能否override司法機關的決議？此案判詞七十五頁長，其幽微回覆處恕在下無力轉述，直引第三十八頁上Lord Neuberger的一句：「a decision of a judicial body should be final and binding and should not be capable of being overturned by a member of the executive.」我偏心，偏愛視之為R先生低首吻下來，躬身退出去的裊裊legacy。

《信報 • 北狩錄》二〇一五年六月十五至十七日

拜拜羽佳

Daniel Barenboim 年前寫了本小書《Everything is Connected》，心願是 try to draw some connections between the inexpressible content of music and the inexpressible content of life。若然 Barenboim 聽得羽佳小姐 Triptych 頭場粒聲唔響給改成齊賀我城回歸音樂會，不知會否也悟出其中的 connectedness 來？

觀眾最火最嬲的是無端貼錢買票入場為人抬轎，我更看不過眼一對冠名贊助商名字俗氣得叫人窒息，損了羽佳佳名。港樂後來也知衰了，叫我們留番條飛尾，話日後有嘢孝敬番嗰。

其實那晚夜連曲目也改了，只是羽佳小姐彈甚麼我也愛聽，光坐着也成（噢，請勿讓我本家偉霖先生讀到！），但下半場交響樂部份則由 Shostakovich 的第九換成貝先生的第三，彷彿別有幽情與暗恨。

S先生的第九明明獻予蘇維埃護國戰爭的偉大勝利！Laurel Fay 在S傳上引了一段S先生的夫子自語（英譯）：「(The Ninth is) about the greatness of the Russian people, about our Red Army liberating our native land from the enemy!」此曲高規格於一九四五年十一月三日首演，Mravinsky 指揮列寧格勒愛樂，全國電台直播，好評不絕。雖然S先生後來失歡於幻變無常的蘇共，但第九的 provenance 依然政治很正確，絕配回歸的和諧譜兒。

可是貝先生的第三呢，雖號稱「英雄」，但未能愛黨愛國，還牽着一個惱人故事，各位必然耳熟（上週末 Simon Schama 剛在《FT》又說過一遍，以弔窩打老大捷！）。話說此曲原本獻予英雄拿破崙，但他忽然落閘稱帝，貝先生一怒撕去原來的題辭，且不平則鳴：「Now he too will trample underfoot the rights of man, indulge only his emotion!」還將第二章寫成葬禮進行曲，哀悼已逝的「自由、平等、博愛」！那哀傷，那憤怒，跟我們的 post- 人大「八．三一」trauma 如出一轍，最宜作我城政改風雲的原聲大碟！

原來港樂和踴躍贊助商是增慶無間道，我幾乎以貌取人，失之羽佳。

《信報．北狩錄》二〇一五年六月二十四日

我的齊瓦哥

一、

已然過了八秩，還是獨居於巴黎一酒店，尚翩然浪蕩於喧鬧賭坊和頂尖尖橋牌賽局之間，怪不得《衛報》訃文說他依然是古典 playboy，可惜花花公子過的是濁世生涯，他便不得不接拍不會成為經典的電影電視，連他本人也聳聳肩，笑笑說，真的拍了二十五年的爛戲！沒有說的是，早在那些爛戲歲月之前，他已然拍過經典，已然是銀幕上的經典男兒，他是《沙漠梟雄》裏的 Ali，從遠處海市蜃樓的一葉孤影中幽幽走過來，不問情由便一槍轟斃 T.E. Lawrence 身邊的小廝；他也是《齊瓦哥醫生》裏的醫生詩人 Yuri Zhivago，心懷 Lara，寒夜雪屋中暖手暖筆靜夜寫詩！我最後一趟看 Omar Sharif 演的是十年前《Hidalgo》裏的養馬高高人 Sheikh Riyadh，散場後同行的台灣小弟竟問我戲裏的優雅老先生是誰？我淡淡回他，齊瓦哥醫生。小弟「呀」的一聲，呼出一圈寒夜白氣，那是倫敦 Leicester Square 的某個隆冬晚上，但還沒有下雪。

Boris Pasternak 的原著《齊瓦哥醫生》沒有這一幕，但 David Lean 的電影版 Doctor Zhivago 卻寫了 Yuri Zhivago 雪夜裏寫詩，那時 Yuri 在俄國變天後不懂時務，在莫斯科熬不下去，便偕家人收拾細軟退回鄉間 Varykino，過了一小段清靜日子，算是紅色大敘事裏的一抹白色佳景，Yuri 是醫生也是詩人，趁着雪舞不斷，無眠，便在鑲滿六出雪花的玻璃窗前寫詩，我記不起電影裏有否詩的近鏡，但書上卻附有 Yuri 詩卷，內收《冬夜》一首，Richard Pevear 和 Larissa Volokhonsky 二〇一〇年的最新英譯（精裝封面正是鱗鱗雪花！）有如此數句：

The blizzard fashioned rings and arrows
On the frosty glass.
A candle burned on the table,
A candle burned.

Omar Sharif 是燦然燒了八十三年的明燭公子，剛於七月十日那天在故鄉埃及 burned 完了。

二、

我城創意大業 Hot Toys 擅長人偶，delicate and deliberate，去年推出一款 Sir Alec Guinness 所演《星球大戰》裏的絕地武士 Obi-Wan Kenobi，我笑笑，想起爵爺晚年的一段日記：A huge parcel arrived from U. S. A. today. I eyed with foreboding, suspecting it might contain an assortment of unwanted Star Wars plastic toys and figurines。

我想如果換了是《齊瓦哥醫生》裏的 Yevgraf Zhivago 人偶，爵爺想必欣然忘食，事關他在電影裏演的 Yevgraf Zhivago 正是 Yuri 的哥哥。某夜大革命後的莫斯科天太冷，Yuri 家的柴火太小，妻兒丈人瑟瑟縮縮，Yuri 走到屋外附近的爛地上拆了公家的木柵欄，藏在大衣裏帶回家，在入門處卻給大權在握的街道委員會大媽主任攔下，正要跟一眾鼠輩羞辱 Yuri 之際，「噠」的一聲，Yevgraf 穿着威武武警戎裝登場，snapped 了一下指頭，眾鼠輩低頭退下，爵爺的 Yevgraf 跟 Omar Sharif 的 Yuri 木然四目交投，畫外響起爵爺念慣莎劇的聲音：「I told myself it was beneath my dignity to arrest a man for pilfering firewood. But nothing ordered by the Party is beneath the dignity of any man...That was the first time I ever saw my brother.」然後是兄弟相擁抱，哥哥最終沒有聽黨的話兒！我看過很多遍這一幕，很愛這一幕，後來看原著英譯，才曉得Yevgraf本是弟弟，跟Yuri同父異母，Yuri上大學念醫科時，Yevgraf才是十歲小兒，但俄國變天後，也曾接濟困頓中的Yuri一家，但着墨殊少，在《Moscow Bivouac》一章中根本沒有真身出場，只在Yuri妻子Tonya口中匆匆撂過：「He's a strange boy, he's a bit enigmatic. I think he must have some connection with the government!」電影裏的Yevgraf比書上的小弟弟血肉更豐盈，是血未泯肉未乾的地上黨人，如Boris Pasternak看了，想必稱善。

然而，Pasternak活不到一九六五年，看不到David Lean的電影問世——雖然，斯大林算是曾經網開一面，當手下人要逮捕Pasternak時，斯一錘定音：Leave that cloud-dweller in peace！

三、

斯大林應不會對手下人發其英帝號令吧，Cloud-dweller一語我是從Simon Sebag Montefiore《Stalin: The Court of the Red Tsar》上讀到，料是英譯。「青雲居士」甚

麼來？只許猜謎。很多年前路過舊金山，在 MoMA 看過奈良美智作品展，主打當然是那個不太良善的眼睩睩女孩，展題是 The Little Star Dweller：來自星星的小人！不只不食人間煙火，還不介意人間蠢人食煙食火，場館邊有大塊頭語：I don't mind if you forget me。

如果 Pasternak 真是居於雲端，他應喜歡斯大林和黨國機器將他忘掉，他只恐遺忘了自己。一九四五年 Isaiah Berlin 夜晤 Pasternak，Pasternak 低聲說：「I am writing something entirely different: something new, quite new, luminous, elegant, harmonious, well-proportional, classically pure and simple -- It is, yes, it is, what I wish to be remembered by...」多年後 Berlin 才恍然大悟，那是《齊瓦哥醫生》。

一九五六年五月二十日意大利共產黨人兼出版社編輯 D' Angelo 拜會 Pasternak，情商出版《齊瓦哥醫生》意大利文本，Pasternak 回道：「The novel will not come out. It doesn't conform the official cultural guidelines!」The Cloud-dweller 縱是居於雲端的詩人草廬，但心境澄明，洞曉江湖兇惡。

《齊瓦哥醫生》終於一九五七年問世，但竟是意大利文版，翌年 Pasternak 榮獲諾貝爾文學獎。Pasternak 當然囿於眾所周知的原因無法赴會，斯德哥爾摩那張空櫈我們最能心領神會。

俄文原著不見容於蘇共治下，《齊瓦哥醫生》的初版英譯者 Hayward 和 Harari 在〈譯者絮語〉上祝願俄文版盡早得見天日，時為一九五八。其實那年十一月在 Brussels 的世界博覽上，梵蒂岡的展館中卻有藍布精裝的俄文《齊瓦哥醫生》免費送予每位蘇聯來客——多年後 CIA 才直認無諱，那是冷戰高峰中他們妙手玉成的 the Zhivago Affair。

我的 Zhivago affair 簡單多啦，少年時陽光燦爛，國文老師囑我看 David Lean 的電影版，說那是詩，從此我便在寶麗宮、凱聲、金聲、凱旋和碧麗宮一眾早已不存在的戲院裏讀過這首五十年前的詩，不是 epic，卻是儒雅的 lyric。

《信報・北狩錄》二〇一五年七月二十至二十二日

聶隱姑娘

炎炎夏日，卻望穿盈盈秋水才盼得舒淇小姐的《聶隱娘》。舒淇是隱娘窈七，幸好戲裏隱娘只是在布幔屋樑間藏匿其身，不是 literally 隱其形貌或 invisible。縱然有戲迷笑謂隱了形的叫劇情！我輩雖是看着《玉女心經》長大的雄性動物，但總覺得伊人在侯導掌鏡下才能漫過最好的時光，十年前《最好的時光》〈自由夢〉一章中，舒淇演的藝妲也如隱娘般沒多説話兒，最多只在張震身旁唱那一段南管清音。

唐人傳奇《聶隱娘》裏聶姑娘絕非惜話如金，大音希聲，侯導亦步亦趨的只是隱娘的出身（「唐貞元中魏博大將聶鋒之女也」）、學藝（「初被尼挈去」）、藝成（「為我刺其首來，無使知覺」），甚至其不失惻隱心情（「見前人戲弄一兒可愛，未忍下手」）。然而，電影裏大片朝廷與藩鎮暗湧對峙，且借通婚以綏靖，更似來自另一本唐人傳奇《紅線》：「是時至德之後，兩河未寧，以滏陽為鎮，命（薛）嵩固守，控壓山東。殺傷之餘，軍府草創，朝廷命嵩女嫁魏博節度使田承嗣男……」篇中紅線姑娘也是玉女殺手，論武藝應不輸於隱娘，亦能夜漏三更，往返七百里地，入危邦，殺歹人，無人知覺，惟聞「曉角吟風，一葉墜露」。且紅線殺人有暇，更「善彈阮咸，又通經史」，真文武英姿傑。

那為甚麼侯導還是讓舒淇小姐當其聶隱姑娘？編劇小妮子謝海盟偷偷寫了本拍攝側錄《行雲紀》，悄悄說出隱娘竟是《Jason Bourne》和《The Girl with the Dragon Tattoo》的雌雄同體！原來侯導惺惺惜惺惺，早愛死這兩系列電影。Bourne 是失憶忘了身份的異人特工，隱娘則是給神秘道姑（原著傳奇作尼姑）擄走而失去十三載童年往事的姑娘刺客。戲中隱娘不多說話，前後只九句，侯導說伊人跟龍紋身女孩一般患了 Asperger Syndrome，鬧自閉，拙言辭，intellectually focused but socially very awkward，故隱娘一向抿着櫻唇 anti-social，惟結尾遠鏡處，斜陽裏，花田上，伊人卸下了殺手身段，將騎驢交予磨鏡少年妻夫木聰時才漫出一抹溫柔。如此說來，侯導的《聶隱娘》正是讓文本交織的大文本 intertextual hypertext，是叫人追呀追蹤的紅氣球。

文本交織互涉 intertextuality 已不是太時髦的文學理論，無庸言必羅蘭巴特，語必克莉詩蒂娃 Julia Kristeva，我們早已深明大義，懂得一本書一齣戲所泛起的意義總要跟文本以外的文本重重疊疊，漣漣漪漪，秘響旁通。作者不必已死，然而 the Readers' reception早已名正言順，最好是偏見私心。

侯導轉戰唐人傳奇之前的長片應是向Albert Lamorisse致意致敬的《紅氣球之旅》吧，我對Lamorisse的原裝舊版早已觀影模糊，於侯導的一部也意興闌珊，只記得Juliette Binoche一頭頗不自在的染金髮和散場後倫敦Southbank的一番雨後驕陽，戲院外的白光跟戲院裏的漆黑最文本互涉。我的這番記憶感興諒是受了影評人黃愛玲小姐的啟悟，她在約十年前的一篇《我的紅氣球》裏如此寫過一再看過的Lamorisse：「後來跟《紅氣球》再次結緣，是帶文秀去（巴黎）住處附近的小戲院看的，忘記了同場放映的是甚麼影片，倒清晰地記得在回家途中，他高高興興地吃了一個香噴噴的朱古力麵包。」我自然缺乏童真稚趣吃朱古力麵包，那天只乾了好幾pint玄奧奧的Guinness。

看《聶隱娘》之前，想得最多的是《紅氣球之旅》，老想將這兩個文本拉扯在一塊。噢，真真多鬼餘的linear chronological猜情尋，《紅氣球之旅》雖也接着《最好的時光》問世，卻絕不見得二者之間有毫釐關係！專研侯導且勒成專書《No Man an Island: The Cinema of Hou Hsiao-hsien》的James Udden在論及《紅氣球之旅》時，也略顯猶豫，終謂此片依然很侯孝賢，因「Hou pursues the long take with a renewed vigour」，每鏡平均長約七十五秒！這formal connection自也從飄飄的紅氣球一脈傳至殺氣騰騰的聶隱娘身上。

《聶隱娘》通篇長鏡，透出的史事故事卻不多，難以體會侯導閉關一載，於《資治通鑑》及新舊《唐書》上下的一片靜穆功夫。如觀眾不熟安史之後的唐史，又或不是我般閒人，翻過一遍《行雲紀》和電影劇本，諒不會明白戲裏嘉誠嘉信兩公主的戚戚心事。侯導也在叫各位文本互涉唄。

長鏡頭不大會 narrate，倒像畫框鑲着風雲山水人物，是 depiction，是 the documentary of imagination，因此看戲委實看不出隱娘抿着櫻唇，木然臉蛋後的幽暗心事，看不出她為甚麼要殺或不要殺田季安的考量，除非你願相信隱娘跪對師父說的那番話：「殺田季安，嗣子年幼，魏博必亂，弟子不殺。」更遑論同情兼了解道姑師父嘉信公主的心為啥那樣恨、那樣狠？彷彿一切俱在畫外。畫外有甚麼？有歷史，且聽侯導如何告訴白睿文：「把這一段歷史、所有的一大堆，把它搞得清清楚楚。來源、動機、線索，全部在《資治通鑑》上面或是《舊唐書》、《新唐書》上面……」

可是隱娘是傳奇中人，不是史上刺客，《資治通鑑》暨新舊《唐書》該解釋不了隱娘的殺與不殺。太史公最愛惜蒼涼無悔風蕭蕭的刺客，嘗曰：「自曹沫至荊軻五人，此其義或成或不成，然其立意皎然，不欺其志……」其要害處必在於「不欺其志」。隱娘其志若何？情繫青梅竹馬那些年的田季安？不願自絕於人倫的自由意志？討厭道姑師父一味酷令如山？還是只冀求片刻唐代版《冬冬的假期》？俱留白。

去年 Wellesley College 的 Sarah Allen 寫了本專書《Shifting Stories》，細說唐人傳奇，微有新意，謂以唐史為背景的傳奇，其文或奇幻，其事或詭譎，其乖離正史之創作處實乃 gossip being stories that promise to reveal inside information about someone known to the intended audience！傳奇為正史恰提供了另類詮釋解說，如《虬髯客傳》，如《鶯鶯傳》，如《長恨歌傳》，一切傳奇俱是 Filling the gaps, on and against history。

隱娘的抉擇，on and against history 之處在於她既學成刺客劍道，不欺其志，可是其志早已不在受命殺人。

戲看罷，道逢國文老師，遂請教老師有甚麼好文章說及唐人豪俠傳奇，老師指點我看劉開榮女史一九四七年寫的《唐代小說研究》，裏邊第六章說：「豪俠小說的產生，是一種無可奈何的心理表現。當社會上只有強權沒有公理，強淩弱……刺客俠士便起來。」可惜，想今世冀見隱娘，隱娘亦無復有人見矣。

《信報・北狩錄》二〇一五年八月三十一日、九月一及二日

適之先生的最後奇案

電影《Mr. Holmes》故事多線對照扭纏：當下的，回憶的；現實的，虛構的；遺憾的，還有夢兒的……一切像是化約而藏在 the bees vs the wasps 的 metaphor 裏，Sherlock Holmes 在虛構重現的高齡歲月裏也真夠忙壞！

戲裏奇案 the Adventure of Dove Grey Glove 其實不見於 Sir Arthur Conan Doyle 筆下的任何一部福爾摩斯探案，雖然在《His Last Bow》裏我們早已見識過 Mr. Holmes 既勇於報効國家，更是蜂藝高高人，誘捕德國間諜大奸頭時亮出的竟是一部層層包裹的藍色小書，書皮上金澄澄鐫着 Practical Handbook of Bee Culture, with some Observation upon the Segregation of the Queen！那年華生笑謂：「可你已經退休了啊，福爾摩斯。我們聽說你躲進了南部丘陵的一個小農莊，過起了與蜜蜂和書籍為伴的隱士生活。」（李家真譯文）福爾摩斯大喜，拿着自家大著，嚷道：「Exactly, Watson. Here is the fruit of my leisured ease, the magnum opus of my latter years!」還不忙補上一句「Alone I did it」。看似平平無奇，探案詳註人 Leslie Klinger 卻提醒我們此四字典出莎劇 Coriolanus 裏大將 Marcius Coriolanus 的最後遺言！唉，文本世界步步驚心，懂書惜書者才曉得教人步步為營。

識得蔡先生也已流光四分一世紀，時在亞皆老街上的一大爿南山書店，店名不只遠紹淵明的悠然心事，更近繼洗衣街上已然湮滅的同名君子老店。蔡先生的店子記憶中亮麗多書，全是紮實的古籍和文史研究，內地八九十年代新刊者，沒有《Mr. Holmes》書上的 golden letters，卻多淡妝細綠，間諜頭子看了未必懂得心動，此時蔡先生或會叼着 Mr. Holmes 的煙斗，在座上隨意隨緣點撥兩句，我那時自惴修為略已不薄，獲益卻依然匪淺。一回拿着薄薄一本《李心傳事蹟著作編年》摩挲端詳，蔡先生竟說：「你前陣子已得《現存宋人別集版本目錄》，此篇可留神。」動人心的是書緣人緣，縹縹緲緲，人情書香。年前蔡先生轉至中華書局，店從來大，從此更亮麗滿堂。近日蔡先生退下來，走出去，臨行前跟我道別：「劉兄，給你找到幾函《胡適手稿》。」

蔡先生天壤間給我找來的《胡適手稿》，是五十年前胡先生逝世後由中研院胡適紀念館陸續刊行的未刊手稿，都十函，每函線裝景印三冊，早已於書林無從覓處。多年前有緣盤桓南港中研院三數天，春雨中漫步至先生故居，登樓景仰，小樓風物竟跟魯迅上海舊宅一般斯文，溫潤如想像中十二月的雪天爐火。下樓後轉往宅邊紀念館，無意中欣獲《胡適手稿》第一函，盡是先生為戴震校訂《水經注》翻案的文稿，那夜我便在旅館中一親手澤，彷彿小樓一夜聽春雨，嫵嫵媚媚，台灣友人見了笑了，我倒幽怨：「可還有九函未見未得呢。」

蔡先生自然未有聽過我的嘟噥，只是知我癡愚，少年時既讀魯迅，又讀胡適，從無勃谿，如今中年心事亦絲毫不損讀書情趣，是以早前已為我找來五十年代文學古籍刊行社景印魯迅手鈔《嵇康集》一部，今番胡先生上場，自然而然為我對號入座！手稿前六函俱是先生研究《水經注》疑案文字，從一九四三年起直抵六二年先生逝世，幾乎無時不在心上，洵是橫亘胸中二十年的最後奇案！

戴震是乾嘉大儒，先生素來心慕意仰，早歲即寫出《戴東原的哲學》一卷，揭出戴震憑考證功夫以發揚義理精神，非惟餖飣瑣屑，雕蟲小技。然而自清末以還，時賢多謂戴校《水經注》（即聚珍本）蹈襲趙一清，而趙一清本又襲自全謝山，故王國維《聚珍本戴校水經注跋》即云：「至光緒中葉薛叔耘刊全氏書於寧波，於是戴氏竊書之案幾成定讞。」民國初年孟心史繼揚此說，先生初亦深以為然，手稿第一函即有一九三七年致魏建功書一封，有云：「我讀心史兩篇文字，覺得此案似是已定之罪案，東原作偽似無可疑。」可是先生一九四三年自駐美大使任上退下來，賦閒紐約，卻起來重檢此公案，十一月八日夜半一點鐘寫信與王重民，謂「我對於戴、趙、全諸家校本案，始終不曾發一言。前幾年，當孟心史的文章發表後，我曾重讀靜安先生的《戴校水經注跋》，那時我很覺得此案太離奇……」（此函不在中研院，卻藏於北京中國社會科學院。）為此奇案，先生往後也離奇寫了逾百萬的翻案文字。

胡先生情迷戴震校本《水經注》疑案，一發不可收拾，幾近沉迷，生命最後二十年間所寫百萬考證翻案文字，多年來未有刊行，全豹難獵，待得二〇〇三年《胡適全集》問世，我才驚覺疑案考竟佔四卷之多，足足二千頁之數，滿載 Mr. Holmes 的晚年心事。

胡先生的大氣力自叫人想起陳寅恪晚歲傾力撰作《柳如是別傳》的大手筆，且也是綿綿考證的繡花功夫，寫的和讀的俱費氣力。《柳如是別傳》曲徑通幽，千迴百劫，煙水迷茫處叫人如墮八陣圖，a labyrinth of intrigues，恕我還未讀完。胡先生《水經注》疑案考證，文繁其事卻絕不繁，入口甘口。試讀手稿第六函中一篇講話《水經注考》：「（疑案考證文字）付印的時候，一定把這一句話擺在前面，我審這個案子實在是打抱不平，替我同鄉戴震伸冤。」我總覺得胡先生那寂寞二十年中亦心有大不平，二十年來為同鄉伸冤會否是佛洛伊德看在眼裏的 transferential displacement？莫非先生亦望後世有人代伸其志，一抱不平？

先生其志若何？剛好六十年前共和國大鑼大鼓批判胡適思想，手稿第九函收有先生殘稿四篇，總題作《四十年來中國文藝復興運動留下的抗暴消毒力量——中國共產黨清算胡適思想的歷史意義》，寫於一九五五年，算是先生晚年的夫子自道，彌足珍貴。雖然，文稿中未有別出機杼的新見，卻正是新文化運動四十年來凝聚沉澱一以貫之的不孤「吾道」：民主與科學，而清代樸學（當然包括《水經注》之校證）即見「為真理而尋求真理，為知識而尋求知識」的科學精神——先生於科學精神之理解自是普羅話語，今天沒有 philosophy of science 的行家會認真對待，可正是普羅心智，容易感動蒼生，當年和今日的共黨遂不會笑納先生這種 Renaissance 的偏見與幽靈（《胡適全集》只敢存目而不收此篇！），難怪大紅旗手周揚當年高叫「（胡適）是中國馬克思主義和社會主義思想最早的、最堅決的、不可調和的敵人」。

我讀着先生的端嚴手稿，心想他沒有寫過一篇批駁馬克思的文字，卻依然成了既得天下的共和國頭號思想敵人，那才是此中最大奇案！《水經注》疑雲只是此奇案邊上的一株蜂蜜小花，多得蔡先生為我採來。

《信報・北狩錄》二〇一五年十一月九至十一日

忽然想到

中年枯寂，繞室徬徨，最可恨一週無事，情何以堪？交稿在即，惟有「忽然想到」……

魯迅一九二五年斷續無端有思，遂有《忽然想到》前後十一篇，起篇即嗤笑國人於醫學一無所知，居然還在人身大事上孜孜於《黃帝內經》和《洗冤錄》，遂為天下奇事！九十年後中國奇事依然不缺，例如好端端在人家地方締結所謂一國內交之事，兩邊領導執手銷魂，卿卿我我之際，一邊忽說「兩岸人民是打斷骨頭連着筋的兄弟」，血腥衝鼻，血肉模糊，透着的解剖學知識倒未必不是來自《黃帝內經》《洗冤錄》。

然後是天方夜譚雙十一節 a.k.a「光棍節」，阿里巴巴不必芝麻開門，已有上億不是「有皮柴」的光棍叩門揖盜。這還不算中國式奇事，更奇的是那位笑笑口傍住馬爺亮相站台的竟是邦先生 007！邦先生要型有型，要女有女，怎生光棍？雖然最新一部《Spectre》的邦女郎勢估唔到係法國妹 Lea Seydoux，我好難不高呼：這條邦女郎不太索！

看過去年 Lea 那部《Blue is the Warmest Colour》的你我，大概也會嫌她的 Tom Boy 扮相不俏不俊又不帥，怎生俘虜粉紅色的女兒身女兒心？今回 Spectre 險死還生之餘，Lea 更奇情迷得邦先生說出那匪夷所思的三字心經：I love you！邦先生的忠心粉絲聽了怕會即場斷了氣，我僥幸存活下來，大概只是太色迷迷於邦先生身上穿的一眾 Tom Ford 西裝，由象牙色 Windsor Tuxedo 到 dark Windsor 三件頭，談情也好，抗敵又得，真正 dress to kill！我網上核查一過，倫敦 Harrods 起跳價是二一九〇英鎊，尚算有人情味道，只是猜不透想不出 Ford 先生做的 Bond's suits 會否在淘寶網上給奇蹟地淘到？更奇蹟是甚麼男人愛穿靚西裝卻會隔山淘寶買大牛？真難想像從俄羅斯郵來的 mail-order bride 竟會是 Nicole Kidman 般的軟綿俏佳人，但魯迅在《忽然想到．九》裏提醒我們：「請先生不要用普通的眼光看中國……普通認為 romantic 的，在中國是平常事。」

從前在書上讀過看過一件趙之謙《行楷自作詩冊》，中有戲詠七夕一首，微吟曰：「一年一日七月七，一年一日一見畢。一年一見亦已多，人間一年天一日。」分明以平常心看不起俗人週年禮奉的浪漫，正應了魯迅的忽然想到。

小雲雀那天飛上了雲端枝頭，我獨個兒偏心靜觀「吳趙風流」展覽中趙之謙的一邊，偌大展覽廳中惟我一人，滿場地板卻吱吱作響，一步一警世。生怕打擾了趙先生的青魂清夢，我連忙躡手又躡足。趙先生亦生怕先逝的妻女不得安寧，遂於同治三年上元甲子正月十六日以北碑體深刻一印，其文曰：「佛弟子趙之謙，為亡妻范敬玉及亡女蕙榛造像一區，願苦厄悉除，往生淨土者。」悽惋得幾不可對人言語。展館中正有此印，可我大概午間喝多了，雖悄悄然卻看得不甚分明，一切怏怏。回家即檢趙氏《二金蝶堂印譜》，鮮明欲滴，彷佛蠟炬成灰淚始乾。那年月，太平軍興，江南不得寧靖，離亂中妻死女夭，家室喪盡，趙氏「賸一身，險以出。」同治元年壬戌更號「悲盦」，《二金蝶堂印譜》中有「悲盦」印一枚，釋文曰：「家破人亡，更號作此。同治壬戌四月六日也。撝叔記。」

忽然想到，「光棍節」前一日以天下第二天價一點七億美元成交的《Reclining Nude》，作畫的是無緣享受身後富貴聲光的Amedeo Modigliani，他也是慘然人亡家破。一九二〇年一月二十四日莫迪里安尼以肺病死，年僅三十五，身後蕭條，剩下才二十一歲的美麗遺孀Jeanne Hebuterne（好像尚未圓婚）和她的腹中塊肉。一天後，Jeanne逕從窗中躍下樓去，母子俱亡，悲不勝悲，跟那天紐約Christie空前舉牌盛況應屬兩個不相干的平行宇宙。莫迪所畫所塑的女像常年一臉長長（the renowned elongated face），不屬今人之美，卻有菩薩諸佛的長相，慈悲哀憐，melancholic，倒跟趙悲盦印刻揉着和絃。

上回邦先生007出戰《Skyfall》，在天塌下來前給M派赴上海刺探敵情，敵人那邊萬丈高樓上給強國大款一個 private preview，看的正是莫迪里安尼一幅女像，忘了哪一張，只記得也是悲盦情緒，跟樓外滬上紙醉金迷，霓虹電光的世界共存而不相涉，邦先生看了，可會想起 Adele 唱的《Skyfall》：Let the sky fall/when it crumbles/we will stand tall...

Adele 暖暖唱出：「如天也塌下來，好吧，反正我們依然亮麗光采。」我由「塌」字忽然想到「搨本」之「搨」，更由「搨」而想起「拓本」之「拓」。國文老師教我此處「拓」不讀「托」，卻讀若「塌」。「搨本」「拓本」相通，可又好像不是從來如此，記得今人王壯弘《崇善樓書系》中提過唐時「搨本」專指摹搨而言，乃從真跡上雙鈎填墨以成副本，所謂「下真跡一等」者，馮承素即此中高手，宋元後才「搨」「拓」相混，雙鈎填墨者轉叫摹本了，copying 也百采千姿，金石碑帖拓本頓成代代學問。魯迅淵博，又辛勤於枯寂中鈔碑聚拓，於 copying 中埋藏心事，其《俟堂專文雜集》收漢魏六朝古磚拓本一百七十件，隋唐三件，曾作《題記》云：「日月除矣，意興亦盡。」說得燈火闌珊，一九二五年編成而生前從未刊行。其實先生於古磚拓本情深不渝，逝世那年還廣收南陽漢畫像拓本共九十九枚，人和拓本一起寂寞。一九六〇年文物出版社曾景印過一回《俟堂古專雜集》，玉扣紙線裝一冊，拓的不只是古磚，還有聚拓人魯迅的細細情愫，惜我一概無緣收納，從前某個冬夜曾在倫敦亞非學院圖書館中匆匆瞄過，根本未曾摩挲，莫非那年月人尚年輕，雅不願拓本的黑白漫漶惹惱心情？

利氏北山堂藏品富極，汲古飛揚，近有珍藏碑帖銘刻拓本展覽，前後花開兩枝。那天天有微雲，我跑到沙田大學山上親近親近，既有豐碑法帖，復有蘭亭諸相，可我愛看的倒是人間黑白照見蒼生的墓表墓誌，此中多北魏隋唐人物，我泰半不識，可光念着墓主尊姓大名便覺精神，楊無醜、劉阿素、阿史那忠、牛景、李貞、慕容讓……款款古人，其生平起伏，幽深曲折處彷彿俱已給後人擇善銘入石中，乍作人間不常見的黑白分明，是否 factual 已無關宏旨，墓表頑石厚重，拓下來的墓誌應是紙墨輕盈，裝裱之前雖未必有若鴻毛，卻當可隨風雲舒捲，帶不帶走一片雲彩俱心無罣礙。

哎呀，忽然想到，魯迅若聽見我的這些話，想必罵我：「不知怎的近來很有懷古的傾向，例如今回因為一個字，就會露出遺老似的緬懷古昔的口吻來。」遺老太老，遺少好嗎？

《信報 • 北狩錄》二〇一五年十一月十六至十八日

落伍心情

落伍的人自非追得上時賢的俊傑。那天聽克儉又克勤的局長大人自承大學畢業以還，每月不忘不怠看書三十大本，我自然又追不上啦，怏怏。家母念書未多，然而一向敬惜字紙，禮敬讀書人物，猛聽得局長讀書勤快，書多已曾俾佢讀，伊秀眉微蹙，我正慌張家母要狠批我閉門而不用功，豈料嘆息中語語春暉慈和：「噢！原來書讀太多倒令人出口不成章，嘴裏誓死長不出象牙來。阿仔，萬勿邯鄲學步。」出典芬芳，一派戲曲遺韻，孩兒笑着領教了。其實特府高官的一切高明高義，由門膽大到讀書太多，真箇SAR 學步不來。

據説那年 JFK 夫婦驅車禮接 Eisenhower 往赴白宮總統就職禮，JFK 問 Eisenhower 讀了新鮮出爐的《The Longest Day》沒有，Eisenhower 逕説未讀！董先生當年引了這段佚事，旋即下一轉語：「讀不讀書是私隱。」我疑心 Eisenhower 此處不只迴避私隱，更是故意不往下説去。General Dwight Eisenhower 是二次大戰中盟軍歐洲最高統帥，Cornelius Ryan《The Longest Day》一九五九年問世，寫的便是一九四四年六月六日盟軍登陸諾曼第的 D Day 碧血長天，書上寫 Eisenhower 寫得又沉鬱又神采：「正正九時半 Eisenhower 穿着墨綠軍服走進門來，臉上只閃過淺淺的一貫微笑，然後憂色重來，跟眾將共襄 D Day 日子。」聽過三位氣象學家匯報分析諾曼第的天氣和潮汐，聽過諸將就六月六日的利害紛陳，「It was now up to Ike（Dwight 的暱稱）. The moment had come when only he could make the decision」。Eisenhower 徐徐道：「I am quite positive we must give the order...I don't like it, but that it is... I don't see how we can do anything else.」Eisenhower 跟眾將旋即起座離去，剩下會議室的緩緩爐火，牆上大鐘剛指着九時四十五分。

沉鬱的十五分鐘決定了 D Day 日子，D Day 決定了二戰的終局，Eisenhower 在這十五分鐘裏沒有「羽扇綸巾，談笑間，強虜灰飛煙滅」的周瑜表演，惟見歷史大舞台上 the supreme commander 的 heroic solemness！那不是呃 like 的年代，Ike 大概不好意思跟晚輩 JFK 推介這一卷書吧。

歐美人心落伍，恆不易忘記歐洲戰場上的斑斑殷紅，蒼蒼四野，十一月的 poppy 自一戰以還怒放至今，D Day 碧血長天依然歌泣不絕，去年七十週年祭，Ryan《The Longest Day》也來了個典麗深情的 Collector's edition，裏邊新收了款款檔案文獻小玩意，可供看書人移出來掌心賞玩，全採自俄亥俄大學的 Ryan’s Collection of World War II Papers，中有一張 Eisenhower 鉛筆手寫的小箋，上邊艸艸數行：「My decision to attack at this time and place was based upon the best information available...If any blame is found to the attack it is mine alone」，一肩擔起supreme commander應有的是非黑白。今天特府高高官連一場小小球賽捧那一隊也要期期艾艾，咿咿哦哦，Eisenhower 自難與彼為伍，還是如東坡般「一肚皮不合時宜」算了。

《The Longest Day》再長也只不過是克勤克儉局長每月的三十分之一，有啥牛？其實局長再牛，炫的也不是博，卻只是多，qualitative 跟 quantitative 分明二路，我看後宮佳麗三千人，也不及三千寵愛在一身的 Janice Man 文小姐吧！

台灣愛寫各種文字的唐諾讀書太慢，遠不及我們局長，一年才看了一遍《左傳》，還要是重看！大概不好意思看得如此天長地久，他便坐下來寫了本二十萬字的小書《讀左傳》（書題卻蠻弔詭的叫《眼前》！），藉此寄住在《左傳》裏，彷彿遠行，「想辦法在那裏生活一整年，不一樣的人，不一樣的話語，不一樣的周遭世界……」這想法很 poetic、很堅離地、很 non- 克勤克儉。我沒緣寄住在《左傳》的人物風物裏，雖然楊伯峻的《春秋左傳注》早已隨我屢遷了二十多個春秋，可我總怕悶也怕左丘明的零碎，從未有心終卷。「初，鄭武公娶於申，曰武姜，生莊公及共叔段。莊公寤生，驚姜氏，故名曰寤生，遂惡之。」那已是少有的起承轉合 storytelling。也許左丘明愛寫實才零碎，祖師奶奶燃燼之餘，曾好心説過「現實這樣東西是沒有系統的，像七八個話匣子同時開唱，各唱各的，打成一片混沌」。原來歷史過於完整，便快成小説了，是以《左傳》是歷史，《少帥》未能完，局長克勤克儉，説的卻是奇情小説了。

落伍心情不落寞，陳寅恪先生一九四二年三月寫成《朱延豐突厥通考序》，云「寅恪平生治學，不甘逐隊隨人……」即樂於不與俗人為伍，想先生雖愛書讀書，然設若聽過局長大人沾沾自喜的奇情小説，必會「呵呵」然後又「呵呵」。

自由幻夢，偶爾也得與眾為伍，方可成事，譬如剛剛過去的小小區選，我初回投票投給了不數月前才姍姍現身的年輕傘兵。其實敝區多的是自掃門前沙沙落葉的各家，從來不識蛇齋餅糉的小恩小惠，有不滿區內事嘛，發封律師信好了，反正律師便宜，畫個押才費一元七角的小郵票，划算得來，便從不覺得 DC 有勇有謀有諗頭。年輕傘兵空降，要緊的是打亂保皇陣形的斤斤計算，盍興乎來，最好讓我們乖乖居民不必老給人家譏笑窩在老油條社區，可是原來不太多人跟我思想為伍，傘兵青年輸了起碼兩條街，讓才三十出頭已保皇保到喊的建制黨候選人笑完又笑真自在。我們忽然變成了最新暨最後一集《Hunger Games: Mockingjay》裏的委曲少女英雌Katniss，上集末端給疑似情人Peeta掐頸，幾乎奪命，險死還生，今集開頭但見粉頸一大抹紫黑顏色，玉人失色失聲，張口難呼叫，直俏Edvard Munch的永劫motif，書上如此寫道：「The scream begins in my lower back and works its way up through my body only to jam in my throat. I am mute, choking on my grief!」雨傘過後雨未消，我們落伍，歲月無聲，還是choking on our grieves。樂觀一點落伍半晌，試聽祖師奶奶《重訪邊城》中的悄悄話：「進兩步，退一步——毛澤東說過這是他前進的方式。是跳舞也好，遊行也好，老百姓竭力地慢慢向前走，希望比折磨自己的人活得更長。」我引的是馮晞乾的譯文，原文是「to outlive their tormentors」！我乍讀乍聽還以為是Katniss的一襟豪語。

其實，Katniss不會如此想如此說，上回President Snow狠心夷平第十二區的生靈，Katniss在烈焰遺恨中向着鏡頭對Snow先生下戰書，才七個字：「If we burn, you burn with us!」那是矢志與敵人為伍了。

《信報‧北狩錄》二〇一五年十一月二十三至二十五日

The Secret Project

我城文化大業 Hot Toys 在 MK 信和樓頂的大本營公然公開叫 Secret Base，長年是一比六精微人偶的本土發源地，一地風流，我城中男恒愛聚首該地排隊、朝聖、獻金，樂支支地仰望下一輪出世的 Iron Man、Batman 和 Star Wars 中正正邪邪、有聊無聊的 collectible sculptures，一切是彷彿若有光的 Secret Project，小小桃花源，細細愫的喜悅。

昨夜我將新來的 Ironman Striker（其實只在電影第三集中 the Party Protocol 裏剎那曇花）輕放在綫裝《周作人俞平伯往來書札影真》之側，古典新玩，自我感覺良好得很，猶如 Antony Gormley 剛剛將二十七尊 life-size 人像設在我城離地天際線上（還有四枚插在氣不離地的中環行人通道處），滿滿地成就了一場神氣 installation art！官方冠名是 Event Horizon，因 Horizon 一字，我想起藝術史大家 E.H.Gombrich 說的一個小故事。話說上世紀初德國 medievalist 大師 Adolph Goldschmidt 開課，放了一張小小幻燈，是 Dutch landscape painting，笑問滿堂學生：「What do you see?」有小子搶答：「I see a horizontal cut by two verticals!」大師沒有忿忿，只溫言道：「I see a little more.」

Gormley 也邀我們「see a little more」，可他有言明的 secret project：「My intention is to get the sculpture as visible as possible against the sky...The installation should have no defining boundary. This is a acupuncture of the city that connect it to space at large.」單憑這段大論述，我真不好意思明示暗示懂得大師的初衷（週前我卻在 Milk 上看到有專欄人引了這段話的 full version 中文版侃侃而談，真牛！），遑論箇中 acupuncture 具體抽象的微微深深意。Gormley 跟 Gombrich 不是同路人，沒有 secret，只有風馬牛。Gormley 前年在倫敦 Somerset Home 登壇說過，Gombrich 的一派是 sequential attempts to make the perfect copy of the relationship between skin, bone and muscle，其用意在 put to work in the statue to support the status quo ！嘩！鴉！

說 Gombrich 古典一脈，Gormley 不擬留有餘韻，逕謂 there is an important distinction to be made between a sculpted body used for the illustration of a narrative and the making of a body as a still object that invites projection ！沒有言下之意，只有呼之欲出。

Gormley 是一九九四年 Turner Prize 的獲獎人，自不會甘於古典美學的方圓規矩。Turner Prize 是古典人的 uninvited 夢魘，三十年來「魔」性無減，今年終極四名入選

「人」居然是 three women and a housing estate！三位女士 Bonnie、Janice 和 Nicole 各有傳統或非常不傳統的 installation art 參展參賽，Janice Kerbel 的一件竟是連續不斷的 song cycle，我聽猶憐，但其 music（所謂「from impossibly high notes down to gruff growls」）的 noise 怎及那 housing estate——Assemble？Assemble 是一群年輕仝寅建築師，多年來矢志修復重光利物浦的家園社區菜園村，欣獲提名，既喜且驚，主辦當局 the Tate 遂急忙舉手解畫：「Assemble are nominated because they have an art practice!」Art practice 要比 installation art 更廣袤更無垠，Gormley 還只是喃喃沒有 defining boundary，art practice 似更要忘乎 boundary at all。上週一 Turner Prize 揭盅，Assemble 掄元，我忽然想到，沒到過 Liverpool，無緣無能識荊獲獎的 art practice，事關 art works 以至 installation art 還可以複製紀錄或索性 reinstall，一場 art practice 卻只會是一段窩心歷史，恐怕 re-present 不來，一如我們心上的黃傘風雨是歷史也是 art practice，事過情未遷，還得憑種種方法方式好好留住那記憶、想像和味道，Turner Prize 應越洋對我們青眼相看。

上週末《衛報》社論頗不以為然，斥 Turner Prize 將獎項授予 Assemble 直是 curiously self-hating，一筆抹去其他 established 藝術的光環光采，隨意重訂藝術的方圓疆界。我看無可無不可，但 Turner Prize 真的不必藉此加冕英倫的 local and social justice practice，那是越俎代庖了，然而我城操俎之庖老愛搞 secret project，不會嘉獎光明正大的 local justice，Assemble 最好借 Turner 之花，敬 SAR 之佛，沾溉我們蓓蕾已開的 art practice，以誌歷史，復鑄未來。

Gormley 的《Event Horizon》在城中非常惹笑，一忽兒惹得好心人報警，惶惶然懼怕有人鐵心跳樓；一忽兒惹得心理學家苦心擔心脆弱心靈看多了會短見自尋，叫 Gormley 收埋啲啦；一忽兒又惹得行路帶眼的心急人舉報阻街，累得路政官兒們星火間綵帶圍封。各路人馬如此這般爭相與 Gormley 的 installation art 玉成了或這或那的 engaging dialogues，果然 event！那是否 Gormley 用心良苦的 acupuncture 已無關宏旨，小城噪事，嘻！

有幸算是舊殖遺民，當年更有幸住在 Tate Modern 背後一年整整，晨昏往返，有理無理總要路過穿過她的玉身，躑躅看看，浸漬有時。整片 Southbank 更是我的樂遊園地，日夕看河上潮漲潮落，往後搬往他區，南岸福地還是課前課後不到不快的 my hearty horizon，那一鏡風光從此成了我心上長艷長開的不老薔薇。那年月在薔薇園中的 Hayward Gallery 頭頂上自也遇過 Gormley 的 Event Horizon，可那兒誰會有暇大驚小怪？不是不懂而是太 dull 太 barren 了，一時話題冷去後，少有餘韻遺音，一如年來的 Turner Prize，總少有人記得獲獎作品的 details（係係，其實係人都記得 Damien Hirst 的醃製動物、Martin Creed 的關燈開燈和 Chris Ofili 的象屎大堆！）——幸好今回大師作品移植至更 artistically barren 的中環寶地，才有莞爾的細碎笑話。我對 Gormley 略無不敬，如他最近新刊了夫子自道、鏡中自語的《On Sculpture》，我還不是火速入手快看？卷中有太多不讀不知的 prescriptions，知了也未必明白，事關 Gormley 對 understanding 別有新解（見頁三十六，原文太長不引了），如先前引過的《Somerset House Speech》，不讀不知，Gormley 竟然深受佛家造像啟悟，才悟出 abstract body 的阿羅漢果，從此曉得 sculpture 凝住的不是 doing 而是 being。我不懂，只懂得 Gormley 跟 Gombrich 的古典一脈從此道不相同。

喜歡以尿兜警世的 Marcel Duchamp 一回說過：「I don't believe in art. I believe in the artists!」彷彿 Secret Project 才是有關人士的 Secret Garden。

《信報・北狩錄》二〇一五年十二月十四至十六日

幸有朝花可夕拾

年前寫過幽幽一篇〈豈有朝花可夕拾〉，致的是青春，弔的也是青春。新年舊歲之交，我總習慣不安寧，忐忐忑忑，尚未決斷如何説起之前，那年那月那天忽爾成昨，往前的期望又嘻嘻褪成向後的回憶，羞得可供憑弔，儼然一首《我的戀人》：「她是一個靜嫻的少女，／她知道如何愛一個愛她的人，／但是我永遠不能對你説她的名字，／因為她是一個羞澀的戀人。」

那是戴望舒的小調，過去曾青春，曾嫻靜、曾羞澀，那年讀今天讀，歲月也不發黃，不知何故，從前瘂弦編的一卷《戴望舒卷》未收，更從前朱自清編的《中國新文學大系．詩集》也未採入，從此不是《雨卷》，不是《十四行》。

那天看張家輝《陀地驅魔人》，沒有化骨龍的前世影子，只有今生難得的抒情婉約，更居然聽張在漆黑荒野隔世間為郭采潔唱出一闋《你是我心愛的姑娘》，我忽然動容，想起戴望舒和他羞澀的戀人。《心愛的姑娘》曲辭皆由汪鋒老師包辦，逐句看，靜着讀，俱不會有太多的華采，最多只見樂譜上「如歌行板」一類的速度提示，曲辭 MV 一起聽一起看一起呢喃才見 Lyrics：「無論你在多遠的地方／直到你變了模樣／直到你把我遺忘／你依然會是我心愛的姑娘」。那是從前的青春和理想向今天的你我好心腸的回禮，不是她遺忘了我們，卻是我們早已忘記了她。未曾朝花夕拾，大概只因晚夕的人輕易遺忘了朝早曾經懷抱的鮮花。我怕遺忘，彷彿《半支煙》裏的曾志偉，怕記憶快要兑成煙灰，努力想起一生所愛舒淇的樣子，作畫長留，但還是驚懼有朝對着丹青卻想不起伊人是那心愛的姑娘來，直是 Philip Dick 未來小說的慘然在地版。

偶爾在古舊書店中碰見舊時月色，我總駐足凝目，看着從前失諸交臂的種種，也看着已然縹緲的羞澀戀人，月下相逢，只怪今天變了模樣的是我，就這樣，我近日居然碰上一九七九年文物出版社景印《魯迅手稿全集．日記》不全的一套，我的美麗小姑娘。

我認得這羞澀的美麗小姑娘，某年某月在銅仔商務遇過，當時遇着還不只怯生生的一位，卻是嫵嫵媚媚的一雙，既有《魯迅手稿全集》《日記》篇，復有《書信》篇，各八冊，索價共數百金，我那時十八未滿，自掏不出個零頭來，也沒怏怏，佳人見過臉蛋兒便好，總不必如共和國般一擄一帶，愛．回家唄！早歲已先後集得香港文學研究社景印的先生手稿集四種，三種屬文稿，另一款是詩集，每本一塊港元，開元天寶，全採自洗衣街上的新亞，今天尚佇立於我窗前，有風有月有鳥兒歌唱。少男情懷也是詩，那本

《魯迅詩稿》當年自然翻得熟，裏邊難得更有先生摘鈔古人詩，座中最多的竟是李賀，中有《感諷五首之三》前半截：

南山何其悲，鬼雨灑空草。長安夜半秋，風前幾人老。

那是非常陰鬱孤獨的半首，無負詩鬼之名，我少時誦之已驚訝，何況目下天地玄寒，風前已老？從此愛將李賀與先生連成一氣，可雖然國人鼎盛，卻絕少有人於此 nexus 稍做文章，好像除了一位名字若詩的江弱水先生！

亡命快速回帶三十年，週前遇着的一套先生日記手稿，品相殊倩，風前未老，卻只有前六冊，自一九一二年五月五日起，止於一九三〇，下邊最後的六年從缺，剛好少了臨終的衰老。我也沒猶豫，趕快抱回家中，跟許多年前所獲的《書信》篇一套八冊歡喜團聚，老少平安，彷彿夜裏忽然拾着未曾採過的朝花，我笑笑，貓兒陳寅恪笑笑，Dworkin 貓也嘻嘻笑笑。

如手稿是朝花，校訂整理註釋本便是人家晚夕拾來的本子，也許隔了許多重山，讀着手稿（縱然是人家夕拾的景印本）便好像跳接時空，多了親切的幽情和暗恨。撫着新獲的先生手澤，想着中間自己走過的一切枉然，應較肥牛紅火炭邊爐更切合這個早上的未雪涼天。

先生的日記是流水編年，風日雨晴，誰來誰去，寫信給誰又或收到誰的信，一切是朱絲欄裏的人物資料長編，此中最可看最耐看的是先生每年歲結的書賬，宛然窺見賬主的當年心事。先生身歿於一九三六年，最後一年中多得東洋美術書，德文書，還有預訂了《四部叢刊》三編一百五十本！查《四部叢刊》三編乃上海商務印行，初版於一九三六年，想先生尚未收書吧。先生是年十月十九日辭世，書賬中附有一條寫於六月三十日的小識，略云：「月初以後病不能作字，遂失記，此乃追補，當有遺漏矣。」

念茲在茲，人書不老。看先生日記手稿，真箇賞字賞書，可是我日前重遇的一套偏少了最後六年，莫非原來的書主也在茲念茲，未忍釋手？

不一日，有小雲雀自雲間飛來，耳邊悄聲語我，謂去年人民文學傾心刊出了一大套《魯迅手稿叢編》，都十五卷，含小說、散文、散文詩、雜文、論著、書信日記，不只補我不足，更為我添來一向難得一見的文稿手稿。雖說當年文物版《手稿全集》收有文稿多種，惜我從未寓目，從前在倫敦東方亞非圖書館裏也緣慳未遇，聽《手稿叢編》編輯人王培元說，他也找不到，得託人往國家圖書館查訪，卻查出居然收在古籍部裏：「魯迅是現代作家，他的手稿集卻放在古籍部，也挺稀奇的吧！」其實年前浙江古籍景印一過先生整部《古小說鈎沉》手稿，也是出於國圖古籍館所藏，都說共和國的一切俱比小說更離奇！先生既已是古人，其書即已成今之古籍。前些時我寫過嘉德二〇一三春拍，拍過一頁先生民國元年《古小說鈎沉》手稿，紙末更有知堂五十年後的附記，拍出了不許飛入尋常百姓家的六百九十萬人仔，更已列作國家一級文物，無異和氏之璧。

小雲雀忽然語我：「《手稿叢編》也是拱璧，還已在你家階前呢！」我忙回過頭去，果然！十五卷手稿書向我盈盈淺笑，我趕緊伸手取來第一卷，一氣跑到天台的乍暖陽光下，一雙貓兒沒睡懶覺，骨碌碌的瞄着我，我翻到《朝花夕拾．小引》那頁：「我常想在紛擾中尋出一點閒靜來，然而委實不容易。目前是這麼離奇，心裏也是這麼蕪雜。」

《信報．北狩錄》二〇一六年一月二十五至二十七日

一襟還剩 Spotlight

今天我有幸回到情人懷裏，她叫 London。午後還剩一襟日照，風不算緊，依然無礙從容昂首於街上，我復悠然。在小店中採來日報多份，中有《Independent》。我不是《Independent》擁躉，從前在學院念書時也只是翻看週五六的書評和文娛 reviews，補補身，知知味，文文化，此中必有好讀華章。猛抬頭，見報額上大書《莎翁驚情四百年系列》（拙譯，原題只作《Introduction to Shakespeare》！但今年適逢莎翁逝世四百年，到處張燈結彩，萬千星輝，恕我稍微誇張失實，量不為過吧！），每天一篇，禮請名家點染，今天請來的竟是超級人氣人權御用大狀 Geoffrey Robertson（連美貌與智慧並重的 Mrs. Clooney 都係做佢 junior 喳！），指點 Measure for Measure，我正擬就地立讀，敬誦高明之際，亞非裔的店小二哥眼中精光閃爍，幽幽道：「兄台，小弟睇你一身造型，一手報紙，料閣下尚懂讀書寫字，且瞄着《Independent》之時，竟不無無端興奮，自作多情之狀，應知下週末起《Independent》從此不存實體，只作網上虛擬遊魂！」我「呀」了半聲，小二哥續道：「貴國禪宗有旗動風動人心動之辨，好像物還物，我還我，實則落花非花，落紅非紅，縱化春泥，卻已是另一回春花秋月。」小二哥搖頭晃腦，一派深情：「小弟每天在店中看報多份，惟只讀實體文本，願稍稍世事洞明，更望能將一眾 journalists 的血汗心情擁在懷裏，風動旗動人心自動，物忘我忘兩不相忘。」

我未能對上小二哥的詩偈，唯唯而曰：「We are on the same page!」小二哥神龍擺尾：「The page is to be turned, not to be scrolled!」轟笑聲中小二哥便消失煙雲間了。

記得 Spotlight 中有多個印刷機轟隆吐出報紙的特寫，還有當狎童故事甫印成章，焦點小組一員即拿新鮮的一份《Boston Globe》扔在狎童神父屋前的草坪上，揚長而去，那份瀟灑竟是智能世界虛擬不來的風度。

晚近《倫敦時報》也有一段頗轟動的追擊新聞，三月十二日公之於世，雖未必及於波士頓神父狎童案的陰森虛偽，政教糾纏，卻也屬網絡時代的新種暗黑，那故事叫 sexting epidemic! Sexting 的官方釋義是 the exchange of self-generated sexually explicit images through mobile picture messages or webcams over the internet。《時報》以 Freedom of Information Act 為矛，向全國五十間最大規模中學索取 sexting 的案件數目和詳情，發現過去三年間有紀錄的共有一千二百多宗，涉案小童小至十二三之齡，更惱人的是案中多有涉及校外成人，網上狎童影影綽綽。《時報》以此五十學校為基數，依比例上推至全國所有學校，翻出來的推算數目是四萬四千多宗，自是A1頭條。跟Spotlight的故事相若，《時報》更有興趣的自是學校和政府的action和inaction，當天社論便直指目下星火燃眉，稚童已在狼吻邊緣，可當局思維怠惰，未敢走出the concerns about civil liberties, school's independence and the excesses of a nanny state！一下子又回到了liberty跟security的永恆對決，好像要比《Spotlight》的故事麻煩一點，但細想一下又不盡然，《Spotlight》揭出的是有權者拳拳到肉的淫辱羔羊，但sexting卻只是學生仔收發explicit images，還要是self-generated的那一種，恐難同日而語吧。

過了幾天，《時報》刊登了前Girls Aloud成員Nicola Roberts的一篇來論，調子跟社論相同，都係大巴大巴煎Cameron政府，怒斥其lacking common sense，主張應搞好小童性教育，收筆處不忘禮讚《時報》：「The *Times* has put this one on the agenda and I truly hope it stays there...」當天我看的《時報》是實體版，頭版便是Nicola的爆tee熱褲歌手hot造型，我見猶憐。草此小文時，網上重溫伊人文章，驚見伊人玉照沒有stay there，倒換成了另一張衣冠楚楚的老正貴婦人照，好不落寞，我不由得想起前兩天小二哥的妙人偈語。

《信報・北狩錄》二〇一六年三月二十二及二十三日

又見君子，云胡不喜

Bruce Wayne 自是濁世搖扇的公子，滿懷芳寂，暗黑深情；Clark Kent 不將紅底橫穿在外頭的日子，架着書生眼鏡，守在實體日報《Daily Planet》作焦點追擊人，何嘗不是公子？今回公子遇上公子，我輩俗人焉能不隨戲裏的 Jesse Eisenberg 般猴擒猴急？大呼：「Wahhh, God versus man, day versus night!」雖然電影中 Amy Adams 甫聽了這兩句話，即嬌咤曰 psychotic！然而，既見公子，云胡不喜？

Batman 漫畫早已昇華作 graphic novel，不只公仔書，更是藝文誌，銀幕上經過 Christopher Nolan 的一番 celluloid philosophizing 後，早登入了大雅殿堂，從此我案頭上常供着一尊 Christian Bale 面口的一比六蝙蝠人偶，朝夕親近之餘，也偶涉畫本上的公子故事，可是 Batman 在 DC Comics 裏早有眾多平行宇宙，人物儘管相關連，但彷彿各自各組合，一書一世界，要非常藍血的 fans 才能通透，我連半途入籍也算不上來，早已放棄考鏡源流的癡想，只看想看的 Batman/Wayne 一而二，二而一的中年心事，例如去夏由 Scott Snyder 領軍的《Batman》已臻第七卷，題作《Endgame》，我即對號入座（心理學上亮麗的叫 Narcissistic Transference!），睇吓大家一齊會點死！果然，《Endgame》甫起首，Bruce Wayne 跟忠僕 Alfred 遠眺劫後閃亮重生的葛咸城，喟然嘆曰：「Look at it. The city would outlive us all. It gets younger. We get older!」那活脫 echo 電影新版 Alfred（今回是曾經《一樹梨花壓海棠》的 Jeremy Irons）嘴裏不饒人的金句：「Master Bruce, you are too old to die young! 」唉！英年早逝真喺好趕時間，跟成名一般，同樣要早！

《Endgame》一卷滿載死亡陰影，話說 Wayne 中了 Joker 的 toxin，腦中恆有揮之不去的幻象：Batman 被殺！只是 Alfred 不忘幽默，敢在 Master Bruce 耳邊說：「I can't imagine it's been pleasant, seeing your own end over and over...」

魯迅寫《野草》之時也常遇着死亡和墓碣， over and over。那些年先生四十多，應跟 Mr Wayne 和我最是投緣。

「死是容易的，活着卻更難。」何其芳如是引過一回馬雅可夫斯基，傳說這一句非難的是自殺詩人葉賽寧。然而，作此語者還是生者，死者已然缺席，給 tried in absentia 了，留下來的是眾多不明不白。

《Endgame》末段寫 Batman 跟 Joker 在地底血肉浴血，扭打廝殺，不死不休，刀與火，血與骨。Joker 從來是 Batman 的鏡中重像（the Double），因此當年 Jack Nicholson 演的還只是《飛越瘋人院》加《閃靈》的餘緒，一切有待已然逝去的 Heath Ledger 才活出那 the Clown Prince of Crime 的靈與肉，猶記得電影《The Dark Knight》中 Joker 對 Batman 説過的心底話：「I don't want to kill you! What would I do without you...You complete me!」回到畫本《Endgame》終結處，Batman 與 Joker 一同倒在血泊中，好像活不過來，此時只聽得 Batman 説：「I'm just going to rest here with my friend.」噢，文本總愛互涉！

往後如何？Batman 沒有回來，Joker 也沒有。Alfred 是解人，幽幽為 Master Wayne 給我們傳話：「It's like he was daring death!」從此畫本世界裏的 Batman 暫時缺席——不！只是 Bruce Wayne 此刻 in absentia，消失虛無中，Batman 還得吻下來，活下去，事關 Batman 不只是個 icon，更是一座巍然的 institution ——去年辭世的經濟諾獎得主 Douglass North 早説過：「Institution are the humanly devised constraints that structure political, economic and social interaction.」點睛的是「humanly devised」二字。Bruce Wayne 倒下來後，Power International 接管了 Wayne Enterprise，其主腦人打造了一副超級機械裝甲 suit，胸前鑄着蝙蝠徽號，可讓新人（猜猜是誰？）穿上操控作

戰，從此是鐵甲 Batman。給選中的新人既要挑起鐵甲衣，更要肩負起 Batman 的一襟使命，難怪 Batman 畫本最新的一回題作 Superheavy！那重裝甲冑殊不瀟灑，只是 post-Bruce Wayne 的隔世輪迴 incarnation，Jim Gordon 見了，不屑道：「It's like a robobat-bunny?」Bunny 是復活兔，不是公子，Gordon 和我俱歡喜不來。

《信報 • 北狩錄》二〇一六年三月二十九及三十日

書隨人願

余孤陋，那天看了《信報》占飛哥報道，方曉得 Borders 早已慘然執笠，好不怕人！遙想千禧當年，嬉春倫敦，查寧十字路上的 Borders 旗艦大而有當，書多書雜書好書香，整日燈火通明，咖啡飄香，亮麗至午夜人間，友人和我最愛飯後酒後戲後到此流連，不忍歸去，天祿琳瑯，從此是私家記憶海馬體深深處的 the library at night，親切親暱遠逾學院那幢科士打爵士輝煌設計的漏水圖書館。畢竟書店排書是另一種民間姿色的知識園林，不必全然馴服於官方的 established hierarchy of letters and numbers，莎士比亞既可落入古典之鄉，文學之部，十七世紀戲劇之廊，更可以安躺於 movie tie-in 的架上，風風流流，任店長店員私心驅使，我們增廣的不是見聞，卻是一世的任性。書店是 library，也是 space、order、chance、imagination 和安安樂的 home！好像是文評大家 Northrop Frye 慷慨說過：「A big library really has the gift of tongue and vast potencies of telegraphic communications!」那種 telegraphic 不足為外人道，猶如不可言說的閨密。

Borders 在倫敦的身影二〇〇九年消失天與地，連副牌 Books etc 也一起走了，連鎖書店也不堪人間惡世，蓋可想像 independent booksellers 的難處壞處豪傑處。這一週是英倫獨立書店週，大英博物館斜對面的 London Review Bookstore 窗明几淨，卻大張旗鼓，主打節目是 podcast Walter Benjamin 新出土的小說故事寓言迷語書《The Storyteller》！愛不愛看 Benjamin 的也曉得他文集《Illuminations》有篇名文正是 Storyteller，晦澀卻居然警世，尤是我城今世。

我沒去過銅鑼灣書店，但她自然是獨立於黨國特府以外的 indie，林榮基自遠方歸來，說出一段驚心故事，Homer 一般的 storyteller。

銅鑼灣書店印的都是故事書，多是中山狼野狐禪的財色權夷堅志，我膽小好奇心更小，未嘗翻過。今回林榮基披甲成了 Storyteller，說的卻是別一種幽情故事。Benjamin 在《Storyteller》裏引過德人諺語：「遠行人必有故事可說。」林氏不願不願還是遠行至無法無天的國度，捎回來的故事儘管荒誕驚心，我們卻深信無疑，事關你我他在這故事中俱有 practical interests。Benjamin 續說：「In every case the storyteller is a man who has counsel for his readers... After all, counsel is less an answer to a question than a proposal concerning the continuation of a story where is just unfolding」。林氏的 counsel 是囑我們莫失自由，而那邊廂共和國也是 storyteller，她的 counsel 是「我們依

法治國，你係老幾！」李波也有他的故事，故事的 counsel 卻是「真相苦衷兩面睇，睇吓邊個睇」。噢！故事說過，聽者聽過，問題依舊，眼前卻多了幾個迫人的 proposals，我們還是要選擇歡喜的 storyteller: A man listening to a story is in the company of the storyteller！

曙光馬先生說 Benjamin 的文章是皇冠拆下來的珍珠，散在天上，撒了一地，我隨緣撿拾，靠的還是翻譯過來的版本，所得自稀，偶見 Illuminations 漢譯本《啟迪》上有一段澄澈譯文，遠比英譯有詩，出自史丹福王斑之手（王氏該很愛 Illuminations 這名字，他有一本書逕題作《Illuminations from the past》！）說的是一戰後的荒原，絕不會是「一國兩制」十九年來的滄桑，不宜對號入座，卻可供案頭清誦：「一代人現在佇立於荒野地，頭頂上蒼茫的天穹早已物換星移，惟獨白雲依舊。孑立於白雲之下，身陷天摧地塌暴力場中的，是那渺小、孱弱的人的軀體。」

我徐徐闔上掌中的《啟迪》，偷望那依舊的白雲。

書比人長壽

銅仔書店的故事書在內地當成絕唱，書店五位先生的故事卻勢將蔓延下來，慘然成了我城一代一代人的 cautionary stories。可憐黨國禮義廉一邊色厲，強說人家犯法；一邊內荏，總不好意思條陳人家犯了何家法，要勞煩強力部門偷呃拐騙挾當事人糊塗入於難逃的國境——我知我知，寧波當局剛已說過那是「非法經營」大罪，而我城人仔夾錢請的 CPU 要員前天更言之鑿鑿，誠實「相信銅鑼灣書店諸君應該涉及」中國刑法第十、第一〇三和第一〇五條喎！這位要員自是 Walter Benjamin 眼中心上的傑出 Storyteller，事關「Death is the sanction of everything that the storyteller can tell. He has borrowed his authority from death」！我今夜背脊涼了半截。Benjamin 的話從來是詩一般的猜謎語，我倒由此 death sanction 想起《淮南子．本經訓》上語及倉頡創書的天界反應：「天雨粟，鬼夜哭。」有了文字便有了 story，醜事穢事見不得人的事從此流傳久遠，是以高誘註云：「鬼恐為書文所劾，故夜哭也。」歹人化成厲鬼，也禁不住，阻不了，Storyteller 遂有了超越生死的

authority，故暴秦一向禁書焚書，誓要奪回那 monopoly of death sanction！但願書比（歹）人長壽。

Storytelling 本來只屬創作，況銅仔書店印的只是中山狼野狐禪財色權的夷堅志，如是我聞，姑妄聽之，何患焉？

《閱微草堂筆記》卷七上有個小故事，話說京師某道觀有狐，道士師徒建醮納財，埋數時發現少了數金，二人爭拗至三更未休，壞了狐仙清夢。狐曰：「新秋涼爽，我倦欲眠，汝何必在此相聒，此數金，非汝欲買媚藥，置懷中過後巷劉二姐家……何竟忘耶？」道士師徒聽後，掩口默然而出。

噢！人家的故事開口說中了閣下的敗德，還是悄悄扮作沒事人兒好，何竟忘耶？

《信報・北狩錄》二〇一六年六月二十至二十二日

長安不亂

甫自西安返，前輩友人笑我栩栩然一介長安歸客，我笑笑，豈敢豈敢！夢裏方知身是客，一晌貪歡，我樂在長安才是客，歸來只是我城又一人仔，任暑熱悶熱逼迫。Chang'an 遠比 Xi'an 有詩有趣，跟人家說我去了一會西安，人家想到的怕是灰樸樸的黃土地，貓兒聽了也張大嘴巴打呵欠，可是換轉說「客長安」，一忽兒便時空偷換，典麗風流，一陣盛唐吹過來的風。友人笑笑：「該地也是暴秦發跡之所，老弟小心。」

古今地理沿革從來煩人纏人，我從來糊塗，檢清人徐松《唐兩京城坊考》，開卷即云：「唐西京初曰京城，隋之新都也，開皇二年所築。」其下按語謂「周漢皆都長安，而皆非隋、唐之都城。文王作豐，在今西安府鄠縣。武王宅鎬，在今咸陽縣西南。漢都城在唐城西北十三里，自劉聰、劉曜、石勒、苻健、苻堅、姚萇所據皆漢城也。隋開皇二年始移於龍首原。」沒有暴秦的份兒，卻依然有前秦的身影——其實人家苻堅稱王立國時只叫「秦」，自號「大秦天王」，何曾有過那彷彿 ex 的掃興「前」度？

徐松怕我們誤以為其書枯槁，序中申明：「余嗜讀《舊唐書》及唐人小說，每於言宮苑曲折，里巷歧錯，取《長安志》證之，往往得其舛誤……作《唐兩京城坊考》，以為吟咏唐賢篇什之助。」

原來地理書京城誌竟是小說伴讀，蓋唐人傳奇多有以長安為背景者，其間里巷曲折不尋常，那兒的年輕人也頗不尋常。《東城老父傳》載：「今北胡與京師雜處，娶妻生子，長安中少年有胡心矣。」呵呵，天子腳下，竟有胡心，從長安到我城，豈屬偶然？年前靚仔車手作家韓寒做了本小說叫《長安亂》，其辭弔詭，一心盼望「長治久安」，卻早蘊亂逆之由。

長安是大都，自多小說。朝廷權謀絲縷，江湖風波沸騰，還有公子和佳人在里巷間的繾繾綣綣，綰成翩翩唐人傳奇，讓唐代長安成了一襟歷史想像，連《長安亂》裏的朝代不明，時勢不明的小和尚釋然從少林寺下山，茫然攜着愛侶（你看多 cool 多寒！）喜樂漫走，也只能默想：「眼下只好去長安。長安，多好聽的名字，國都，那地方除了從來沒有長安過以外別的甚麼都好。」長治久安啥？共和國對「治安」今世又別有一九八四的曲折理解，「長安」二字儼然是「和諧盛世」的古典新聲，我愛理不好理，那天只覺長安天熱，縱然不及我城無情苦熱，幸晚上更微涼，即思買酒買醉，亦步亦趨李白《少年行》之二：「五陵年少金市東，銀鞍白馬度春風。落花踏盡遊何處，笑入胡姬酒肆中。」

少年時念着末句，自然只想到胡姬洋妞索瑪莉，我今雖然中年心事，卻又何曾少改？最多人在長安，或會多想想金市在哪，索驥按圖一番。向達先生偉構《唐代長安與西域文明》第三節引過這首《少年行》，復引漢學名宿石田幹之助之說，謂金市即「指長安之西市而言。」多年後東洋另一漢學名家妹尾達彥在分析《李娃傳》與長安都城空間分佈時，更主張東市是官僚文化，西市卻是庶民文化之地，傳中鄭生之升沉顯晦盡與東西相應，即生一入西市便墮落人間，幾至街頭乞食，待雪中乞至城東安邑門李娃宅前，蒙娃以綉襦擁歸相救，命運即呈V形反彈。

我住的客棧既在城東，依《李娃傳》的理路，應是恰逢人生上升軌跡，我不好造次壞了好命途，不敢不忍出門西市去，猛抬頭，見大塊噫氣的萬達影城正午夜首映《Warcraft》，那是神魔人獸糾纏的老套故事，由 CG video game 變身 big screen，本無足觀，但今回女角是索過索瑪莉的 Paula Patton，從《天生不是寶貝》、《MI4》到《2 Guns》赤裸矚身走過來，我從來心儀這位黑白混血大美人，只是想不到我的長安胡姬竟是荷里活伊人！

戲散後，Patton 小姐沒有從銀幕上走下來，一如唐人小說裏的紅線、聶隱、霍小玉姑娘也不見得會蓮蓮款步走出那紙上長安，長安風月終是文學的、想像的。前輩友人問我：「長安風月場夜總會如何？」我道：「折煞小弟唷，從無見聞！」今世西安不是當日長安，當日長安尚有高雅人如孫棨者，戲筆述記長安北里冶遊地：「平康里、入北門東回三曲，即諸妓所居之聚也。妓中有錚錚者，多在南曲、中曲……」唐時坊里小巷叫「曲」，「曲折」的「曲」，「樂曲」的「曲」，既象形又會意。白居易《江南喜逢蕭九徹因話長安舊遊戲贈五十韻》笑吟：「憶昔嬉遊伴，多陪歡宴場。寓居同永樂，幽會共平康。師子尋前曲，聲兒出內坊……」彷彿是可一不可再的盛世盛會，音容宛在。我沒勝緣覽勝，甚至至今也尋不着五十年代古典文學出版社那一冊《教坊記》、《北里志》和《青樓集》的合刊本子，長年賞玩於掌心的卻是東洋文庫本齋藤茂的日譯本所附白文原文，不減風流。

今世盛世，共和國學界思古情幽，十多年前敦煌學大家榮新江在《唐研究》上呼籲仝人該亮出一門可踵步「敦煌學」的「長安學」來，年來回音漸成氣候，今年初中華書局已刊出《長安學研究》第一輯，舞着「長安學」的大旗，文獻考古史乘地輿，偏的冷的，彷佛應有盡有，卻少了北里香魂，歌榭心曲。白居易看了，孫棨看了，我看了，想念的還是那笑着春風的長安少年。

《信報・北狩錄》二〇一六年六月二十七至二十九日

台北人書

七月一，我們人多，他們權重，道統與政統從來不在一個天秤上，甚至不在同一個時與空，阿彌陀佛。我怕熱，賣甩我城一眾清流友朋，逃到世上唯一華民民主自由之地的首都，明月星稀，暗香浮動。

一早上，想到中研院逛逛，親近親近適之先生的人與物，人到埗，想起適逢有個高朋滿座的祖師奶奶展覽與會議：「不死的靈魂」——那個「的」字真叫人皺眉想死——遂趨前至文史哲研究所，展的除手稿外，居然更有祖師奶奶那麼的四頂阿毛假髮，說是晚年虱患（怎麼可能？），無可逃避天地間，故有去毛存菁戴假髮的壯舉，剛好抵消了《天才夢》上那叫俗人膜拜的天王式金句：「生命是一襲華美的袍，上面爬滿了虱子。」我愚魯，從來不覺得此中竟有靈光，事關稍涉世情者如何能想像生命竟會是一襲半襲華麗的袍？生命最多是洗舊了的底橫，自在與否，一概不足為外人道也歟。

看過阿毛假髮，怕前邊更有阿毛假牙，不想太倒胃倒楣，壞了午飯清興，急忙退避，抬頭卻見有講座海報，謂哈佛李惠儀暨本院院士將登堂說法。李小姐的書，我本本俱有，卻本本難讀（新作論司馬遷《報任安書》尚未到手！）。飛台北前諸事紛紜，錯過了李小姐在沙田大學的兩場俗講，好不傷心，可我小心眼兒，留心到李小姐在港給稱作台灣中央研究院院士，劇情彷彿抵消了康文署早前敬將「國立台灣大學」暱稱「台灣大學」的縮龍成寸，今回卻是畫龍添足，將「中央研究院」冠以無謂的 geographic delimitation，一如英國牛津，美國麻省理工，中國北京大學嘩嘩嘩，好不多餘！不識者不必說，識者能不識中央研究院始創於南京，後避日寇，豹隱四川李莊，民國兵敗後，渡海遷台，終落戶台北南港清靜地？

中研院是當年南京國民政府於艱難時勢中不忘學術的最高機關，一九二八年那張委任蔡元培為首任院長的聘書更實牙實齒叫「國立中央研究院」，斗膽叫中國凌駕於中央之上，後來如何省了「國立」二字，我便木宰羊，可我更感興味的卻是「中央」之由來，事關中研院也叫古典拉丁 Academia Sinica，念中只有「中華」和「學院」，一如 British Academy、Institut de France、American Academy of Arts & Sciences 等矢言以國家與學問為職志的赫赫大名，此中俱沒有「中央」的份兒，那為甚麼「中研院」不是「中華研究院」？連共和國也只叫北京的 CASS 為「中國社會科學院」，漏掉了那強悍君臨的兩字形容詞，然而，臥榻之旁卻也不容他人鼾息「僭越」，因此共和國多年來殊恨中研院，最初竟然誣稱「（偽）中央研究院」，一意秉承（偽）滿洲國和汪（偽）政權的修辭手術。後來視兩岸如一國，便順手提攜「中研院」為「台灣省中央研究院」，既愚亦妄。晚近的玩法是將一雙引號玩得神乎其技，只叫「中央」研究院，箇中深意涼意，你懂的！

我走對了空間，不對的卻是時間。

雖然人在中研院，還是要心虛再錯過一回李惠儀李小姐的講座，怏怏，便轉戰院中書店觀書，見當眼處放着奪目的一卷《中央研究院歷史語言研究所傅斯年圖書館藏敦煌遺書》！敦煌從來是邊陲荒苦地，跟中央風馬牛，可是中研院慧眼，早在草創初期即已刊行劉半農自法藏敦煌寫本採輯而來的《敦煌掇瑣》，越數年又出版了陳垣《敦煌劫餘錄》，其序文為陳先生寅恪所撰，早已成了今世敦煌學的感懷身世發願文，教我讀得魂飄塞外。

敦煌遺書從來是款款癡心斷章，說的不必是每一卷傳下來之未成完璧，卻是天壤間千年後從歷史邊陲荒苦地誤墮凡間的佛心塵緣，迷情繾綣。初識敦煌寶物自是緣於早歲讀王國維《最近二三十年中國新發現之學問》中那鏗然幾句：「自漢以來，中國學問上之最大發現有……敦煌塞上及西域各處之漢晉木簡，敦煌千佛洞之天朝及唐人寫本書卷……」想見的不是兀兀窮終苦一身，卻是王維一派的naked vision：

征蓬出漢塞，歸雁入胡天。
大漠孤煙直，長河落日圓。

余孤陋，竟不識中研院史語所珍藏有敦煌遺書五十一件，印出來也依然斷金碎玉，光彩照人，頗難明白既然海內外晚近敦煌學大盛，如此寶物卻緣何深藏不露，幾近千禧之際方為世人所知？張廣達試作解人，謂邇來政治偃安，更宜董理文獻，是耶非耶？

中研院雖是學術重鎮，「中央」二字卻始終與政治結緣。從前中研院長「由中研院評議會就院士中選舉產生，請總統任命之」。二〇〇六年一月《中研院組織法》給修改了，院長改「由本院評議會就院士中選舉候選人三人，呈請總統遴選並任命之」。我城人仔一看便知是「真間選」，院士直選院長不再，總統之職倒由「任命之」進化成「遴選任命之」的實權，首位經新法由總統（時為阿扁）遴選並任命之的院長是上屆翁啟惠，今年卸任，上月剛由新總統蔡英文據「排名順序」傳統遴選任命了廖俊智為新院長。樹大自然招風，遴選期間風風雨雨，又一城市大學校長郭位是三名候選人之一，中途退選，更修書致總統（時為小馬哥）以明志：「社會紛亂，大道不行、小道橫行，正直誠信之建言者，反陷流言攻訐之境，有違學術獨立自主。」

說的合該不是我城，卻肖極我城。

《信報・北狩錄》二〇一六年七月四至六日

洪荒偏憐火雞姐

火雞姐是泳壇傅小姐，這個「花朵」略無不敬，且又香甜又貼切，事關周星星《食神》裏的火雞姐是莫文蔚，除了牙齒出眾，更有情有義有大力（有冇樣就見仁見智啦！），二度救周生於水深火熱中，先是周生困頓中餓慌了，勁食嗱喳麵霸王餐（仲企圖勒索三十蚊睇醫生添），給廟街草莽打到飛街，浴血垃圾堆中，卻蒙火雞姐仗義送暖——從此那碗飯昇華叫「黯然銷魂飯」，有血有肉有叉燒！另一回周生登少林，欲拜師，給殺手千里追殺，又是火雞姐挺牙相救，可憐周生不嬲冇雷，怕死貪生，獨個逃到少林寺，給方丈收留，從此「方丈份人好小器」便不脛而走，光耀史冊，而今特府中最多方丈，噫！

傅小姐的火雞姐既有「洪荒之力」，九七大限前莫文蔚的火雞姐則綿裏藏針，冷對對頭人拖馬掃場揚威：「鵝頭，我只係個女人仔，你兇我咪兇我囉！」九七過後，「鵝頭」入了建制，化身黨國特府中聯辦，依然色厲，悠悠惡死二十年。

傅小姐那句「洪荒之力」招來萬千寵愛，我初看有點詭異，暗揣「洪荒」既指的是曠遠蒙昧之世，如何可以形容力之大者？據説這四字真言來自某小説，我沒讀過，不知其來龍與去脈，一眾鬼佬更摸不着頭顱與葫蘆。《衛報》翻作 magic energy，玄之又玄。我城 Standard 譯作 power of universe，嘗試以「宇宙」來疏解大力，既合「天地玄黃，宇宙洪荒」的來歷，若拈出《淮南子》中那兩句「往古來今謂之宙，四方上下謂之宇」，則更可坐實力量之充盈時空，偉哉斯言！

只是「洪荒」是「宇宙」的修飾語，不是宇宙真身本尊，寫的是宇宙初始之相，如讓 Stephen Hawking 來操筆，可會 blink blink 翻作 the Force of Big Bang？

《信報 • 北狩錄》二〇一六年八月二十九日

危城的摩斯密碼

不會是我太過上腦上頭吧？但怎生電影《危城》裏的對白句句有骨，吐出來的卻又是塊塊殷紅血肉？智叔跟保衛團團長青雲說：「呢次我哋點都要跪低！」青雲卻道：「今日跪低咗，你以為聽日你可以企番起身咩？」鏗然如黃鐘，應叫那位自許自吹「目標比手段重要」的準候選人見笑了。

那邊廂男神彭于晏又跟青雲說：「明知輸，點解都要做？」青雲說：「既然係啱嘅事，做咗，又有乜可以輸？」于晏撫鬚，會心微笑。

軍閥手下大將 Cool 爆吳京向手下曉以大義：「我哋嚟管治一個城，唔係嚟摧毀一個城！」莫非期待隔牆有耳，要黨國特府中聯辦暗中聽了，幡然悔悟（講笑啫）？

那座城不左又不右，偏叫「普城」，我只能讀作「合該真有普選的我城」！啍啍啍，對號入座，唔使帶位，我認㗎！

奇就奇在，那一串表面正確，暗裏卻又政治不正確的肺腑語，居然無遮無掩，不勞摩斯密號（由《無間道》到今天《使徒行者》，我們都樂此不疲！）的加密與解碼，便坦然玉體橫陳於列位看官眼前——係咪當國家新聞出版廣電總局死嘅先？然而，電影人求財求 like 求藝術，豈敢豈敢？

一回 Pauline Kael 說起黑澤明的《七俠四義》（試數數《危城》裏最後仗義死戰的是否剛好七俠之數？）笑謂「fighting itself is the subject」！似謂裏邊屢見不鮮的 formalization 及 stylization 幫助我們心無旁騖觀賞伊士曼七彩動作奇觀，遂不必細究微言大義。如是我聞，打打又殺殺的動作類型正好成就了銀幕上的摩斯密碼，叫大人先生們無暇審視那一番畫外之音？

我夢中遂聽見青雲高吟 Tennyson 的詩句：「To strike, to seek, to find, and not to yield!」

《信報・北狩錄》二〇一六年八月三十及三十一日

Guinness is Good

三杯兩盞 Guinness，怎敵他，晚來風急？

在倫敦嬉春，晚來晚不來，風急風不急，我總一週七天，每天三數品脫 Guinness，年中無休，怎敵無敵。回來落戶後，Guinness 還有但不是處處有，既沒有 Extra Cold 那條活水，呼吸着特區空氣，更連唇間舌上 stout 的味道也輕輕走了樣。一不留神，酒吧的本土 tender 太年輕，竟然不知 double pouring 為何物，不曉得途中住手靜候其 settlement，丟了 the perfect pint 神韻，渾忘了 Good things come to those who wait 的祖訓，分分鐘可大更可小！

話說當日 Edward Snowden 甘冒阿美利堅之大不韙，拿了萬千密檔，隻身走來我城美麗華酒店 1014 號房，擬交予《衛報》千里派來的接頭人 Glenn Greenwald 和 Ewen MacAskill。M是《衛報》老將，承老總 Alan Rusbridger（去年榮休，曾淺淺寫過〈吻下來，退出去〉三篇以誌其事）之命，特來現場壓壓陣、把把脈，相相 Snowden 的虛虛實實，更有言在先，「驗貨」完畢，M自會搖個電話予老總，那邊廂即問：「How's the Guinness?」如 Snowden 是堅料，M便會笑笑說：「The Guinness is good!」那是無間暗號，恐防竊聽風雲。從此 Guinness 的好壞繫上了自由世界的 civil liberty、global surveillance 與乎 heroic whistle blowing。Snowden 好像不愛 Guinness，彷彿成了不情願的健力士代言人！

我總疑心一切俱是《衛報》人的偏心英式幽默，如我是竊聽人，一聽便知話裏乾坤，所謂 coded message 其實只是 personal message 而已——噢，我恬不知耻，自認是人家圍內人了！年前看 Greenwald 書《No Place to Hide》和 Laura Poitras 紀錄影畫《Citizenfour》，裏邊俱不見有 The Guinness is good 這一幕，莫非二人俱是美國公民，所以不愛 good Guinness？那 Oliver Stone 新戲裏會否還有這段黑啤心事？

《信報‧北狩錄》二〇一六年九月十二日

水下我城

漢城從未沉沒，可是而今只許首爾！抹去支那俯首臣稱，Seoul 便煥然換上新 soul，人家不會錯的民族主義！尊貴準議員嘴上了了，將「中華」換成「支那」，伸張的是另一種民族主義，那叫「本土」，更虛無更善變的想像共同體，缺少 moral foundation，只是 source thesis，不是 normative 的高揚理想。我們昔日從來矜貴的是自由民主法治好品味的想像和實踐，因此自然而然抗拒暴秦金鋪藥房拖篋黨，一切俱是普世有牙價值，恕跟小眉小眼的本地無關，只顧一味本土，只怕有朝會陸沉水下。

今夏今秋今冬大英博物館亮出的大 show 叫 Sunken Cities，弔的是古代埃及的陸沉世界，傷心嘆息橋下的 lost worlds。原來姹紫嫣紅開遍，似這般都付與敗井頹垣已屬好命，世事哀沉又豈止於斯？敗井頹垣尚有辨識之資，叫你屍沉大海，怒海無蹤，滴血不存，在歷史上記憶中一筆抹去，那才叫恐怖 invisible，不是 H.G.Wells 的科幻《The Invisible Man》，卻是 Ralph Ellison 的黑色《Invisible Man》呢。今午我在館中看 Sunken Cities，魂遊想着我城一步一步深埋海底 submerging 中，年年月月日日 fall 呀

fall 啊，既是拾級而跌，更是無底線地墮墮落落——試想以「支那」蔑稱「中華」藉以貶損中共，一邊廂太抬舉了中共，試問中共暴秦如何能代表斯文中華？另一邊廂此輩無視「支那」在抗戰中所 acquired 來的 negative connotations，分明涼薄，居然不作胡兒卻作胡語，輕薄了許多不幸死者，那不是 anti-humanitarian，可憐更是 un-human 了，試問你我怎生忍心叫一眾六四死難者作支那人民？

古代埃及的怒海屍沉世界叫 Thonis-Heracleion 和 Canopus，從前是尼羅河三角洲西北角沃地大城，因臨水之便，商貿興隆，神人共居，二千年前悄然沉下了水底，成了 sunken cities，興亡遺恨，歲月無聲。我最感興味的是二城緣何而沒，魂無歸兮？水下考古家謂目前海底挖掘所得未及遺址十一，只敢細細聲推斷，二城沉沒，其故有三焉，即 seismic（地中海地震海嘯），hydrological（尼羅河氾濫水淹）和 geological（陸沉水下），最可能者是三者齊來，互肇其端，況水下有多片神廟神宮遺址恰在海床七米之下，專家說事非巧合，極可能是神廟建築太宏偉浩瀚，給原址帶來不堪壓力，土壤日久液化，由固體而液態，二城遂因盛而衰，屍沉地中海下。這「土壤液化」（soil liquefaction）雖份屬 engineering 的表述，可也是分外 metaphorical！書上說：Soil liquefaction occurs when the effective stress of soil is reduced to essentially zero，而 effective stress 正是維持土壤粒子聚合的 force。少了 effective stress，土壤粒子即星散如微塵，一瀉千里。

如「土壤液化」是個政治譬喻，我想裏邊那 effective stress 不該是勞什子「團結是力量」一類 solidarity，倒不如望文生義，直說 effective stress 是「生命中可能承受的壓力」，即 affordable strains，縱使人緊張不安，卻又未至於拖垮其人，然而已教人夙夜匪懈，不讓你 sleep walking into the abyss of oblivion！

「本土」雖然明晃晃號召齊齊拒共，但這 nomination 常叫我不安，彷彿是一爿太 complacent 的招牌，土產便好，無故來個 source thesis，少了 effective stress。講真，地產霸權仲未夠本土，近日那位粉人傑青，十年冇睇過五齣戲，惟以買樓為人生目標，就算細個參加少年警訊都只係為咗識人，識人為咗搵銀，搵銀自然為咗買樓，掂晒！如此本土，何足惜焉？

Common law 是英國榮譽出品，《普世人權宣言》是 UN 傑作，環保產業該先看 EU 指引，睇戲要睇莎士比亞，煲劇要煲英美神劇，AV 當然東瀛方才噴血，啤酒自然是 Irish Guinness，做人記得分黑白是非，一切俱與本土無涉，除非閣下 cosmopolitan 到本土代表地球，從此一切比較考量只許是 interplanetary 了。

從前我們沒有「本土」，事關如此二字不足涉獵八方，那些年我們崇洋崇英崇優尚智，土產是賣給不相識的遊人遊雲，我們何曾喋喋掛在嘴邊？

英倫文化人 Herbert Read 當年笑謂，古希臘人坐享優美詩歌、工藝、建築、雕塑、政治、科學，舉手投足都是文化，語言間偏沒有「文化」二字，it would never occur to them that they had a separate commodity called culture！他們只有生活中的各樣美好，生活即文化。弔詭地「文化」之為優雅始見於啟蒙運動，更流行於工業革命後，是時也，機械生產使日用器物變得尋常無趣，人們倒想念那超越尋常的美好，「文化」遂給 Matthew Arnold 定義為 acquainting ourselves with the best that has been known and said in the world！憶念文化正始於生活中的美好點滴消失，故 Herbert Read 正話反說，to Hell with Culture！

我城面對北方暴秦，點滴消失的是自由視野公義優雅和品味，正是 Arnold 口邊的 culture，不見得少了只顧買樓唔識睇戲的粉人傑青吐出來的本土價值。提倡「本土」而遺忘了崇優尚智，只會唆使我城尚餘的美好和文化土壤液化，沉淪到暴秦的水底。許多年後，水下考古家掘出來的不是 Canopus 和 Thonis-Heracleion 一類遺珍，卻是 a sunken city 的綿綿遺恨。

《信報 • 北狩錄》二〇一六年十月十七至十九日

戲語一束

星期一

我城每天多戲，喜樂悲愁，生死疲勞。我日常無事，看戲自多，遂有戲語妄言，何止一束？據説「兇手還未睡」，我卻好想睡。那是Janice Man 文小姐的驚惶犧牲戲，我怎敢忍心錯過一分半秒伊人魂迷的玉相？然而，戲裏人物太離奇，故事太曲折，無中生有，匪夷所思，一切直趨第五度人大自動波超然釋法，好人好者又點會諗到？我睇完都唔明，唔瞓等乜？

電影的外文名字叫《Nessun Dorma》，那是戲中人林家棟自謙不能懂的法文，實情卻是意大利文，通行英譯是None shall sleep！噢！還未睡不許睡的原來不只兇手一位，還有你我他她它！名字採自普契尼歌劇《杜蘭朵》頂有名的一段，成了文小姐戲裏努力經營的文本reference，施施然隱含施虐、報復、猜謎和謀殺。美艷冷冰公主杜蘭朵因祖上千年前為蠻人施暴，今世遂向男人設謎報復，下旨如有追求者能答中殿下三條謎題，即飛黃騰升駙馬爺，否則同我拖出去斬！嘻嘻！有王孫 Calaf 不只連下三座謎城，更向公主挑機，容許伊人反悔反口，條件是要日出前答中他的一條問題：「我叫甚麼名字？」公主一向嬌慣，當晚便下令全人類唔准瞓覺，陪她金枝玉葉無眠猜謎，猜唔中，全城人類都要死！

普契尼這一段從來滿有政治暗碼！話說普契尼也勤於愛國，長願大國羅馬復興，喜見墨索里尼當政，兼且自身也是法西斯黨榮譽黨員，論者便每愛將 Calaf 高唱的那段《Vincero Vincero Vincero》（英譯是略欠澎湃的 I will win！）視作法西斯一派的豪情祝願，難怪連不看歌劇的 Donald Trump，也要在競選大會上一播再播這票 Nessun Dorma 造勢，播的更是巴伐洛堤唱到開巷版本，累得歌王後人馳書普朗特，叫佢咪再有辱仙人。

星期二

家中亮着的是 Eugenio Fernandi 的版本，也許，不只 Donald Trump，人大大常委釋法在即，北京諸君想必更愛高唱《Nessun Dorma》吧，畢竟一切已盡在掌股之中。

Vanish, O night! Fade, you stars! Fade, you stars! At dawn, I will win! I will win! I will win!

月黯星沉，黎明前的最黑暗，有權有刀者自然笑唱自若，我們都成了赤裸裸給兇手綑在床上待虐無援的JM文小姐了。

週末前輩友人給我傳來業界代議士的號召，118今天Silent March: From the High Court to the Court of Final Appeal！我看後回覆友人：「又行？又沉默是金？我行咗好多次啦！次次釋法（除了剛果案那一回依足手續例外）都係咁行，維園週年六四燭光祭咩？一切如儀！」友人無語。我遂步入戲院漆黑中看Tom Cruise的《Jack Reacher: Never Go Back》！渴望的是戲名一般的豪情，更愛Tom Cruise在電影trailer裏的動人說話：「You think you're above the law. But I am not the law!」

Tom Cruise這兩句話明晃晃是代我城人仔說給人大大常委聽的，在沉默與喧囂之間，合該有深沉機智的話。果然，Tom Cruise演的Jack Reacher接着往下說：「So you should start running because I'm gonna start hunting-and when I find you, I'm gonna kill you all!」面對歹人暴政，和理非非silent march不會管用，惟願現世也有我城的Jack Reacher……

我賴在床上亂翻 Lee Child 的原著小說，壓根兒便尋不着 Tom Cruise 大銀幕上那段冷冷話，倒多了許多 Jack Reacher 紙上的思前想後，遠不及戲裏 Tom Cruise 明淨無悔的 star vehicle。我正疑心自己自作多情想多了，卻瞥見 Lee Child 在《衛報》上的訪問記，略云「It's a very fertile avenue for political statement」，而 Jack Reacher 正是那 statement。一朝醒來，Jack 赫然發現 the uniform doesn't fit，我們一覺醒來，也難免發現「一國兩制」doesn't fit either。

星期三

人大大果然釋法，豈止越俎代庖，直頭殺咗個庖。我城沉沒，怕連 Jack Reacher 也救不了，只好寄望於 Dr Strange 吧！可不是嗎？電影《Doctor Strange》裏我城繼倫敦紐約失守之後，正要給那魔君 Dormammu of the Dark Dimension 狠狠吞噬，時空本相如現實般盡被扭曲，萬劫不能復，Dr Strange 竟想到跟暴秦魔君討價還價。魔君大大，一隻手指便捽死 Dr Strange，可是 Dr Strange 給捽死前卻製造了一個 time loop（請唔好問我點整！），讓他不斷在魔君面前生而復死，死而復生，永劫回歸！魔君從此永遠甩不掉 Dr Strange, the pair become prisoners of each other! 噢！Bravo！如此才有討價還價的份兒，不讓魔君淫心得逞。

這又是個滿有啟示的故事，人家生來魔性，蠍子過河，不會理會烏龜我們的死與活，惟有如 Dr Strange 般吻下來，豁出去，魔君自惜其身，囊中獵物方才或有半截生機。然而，我們怎樣才能造就那個 time loop，讓魔君自墮其間，歷其永劫？記得《功夫》（都話唔係史提芬周嘅套咯）裏草蜢仔（佢係武僧金貴祥，唔曉唱歌跳舞嘅）給盲眼大師告誡：「You think wisdom is a flower for you to pluck. It is a mountain and it must be climbed!」我城人仔眼前怕有太多仰止的高山，一步一腳印。

人大大早已不必再唱《Nessun Dorma》，事關歌詞裏的 I will win 是自謙未來語，今天已換成 I've won again 的現在完成式，Jack Reacher 看不過眼，但也自悔一語成讖「I'm not the law」，Dr Strange 面對那異度空間，嘆息曰：「This doesn't make any sense!」

《信報 • 北狩錄》二〇一六年十一月七至九日

What the Pub

滿肚密圈，一心拜相，口舌便給，變色又變臉的前倫敦市長暨當朝外相（卻給May削去了Brexit mandate的重任！）Boris Johnson上週居然給逮個正着！話說《*Sky News*》的週末訪問裏，主持人不懷好意地笑問Johnson：「喂！家陣一身蟻的南韓總統叫咩名呀？」Johnson有氣，事關實在答不出來，卻偏帶世人先遊了一回芬芳花園：「We are not getting into a pub quiz!」繼而擲咪起身，以示不快。唉！只怪Johnson少看少聽k - pop吧，不然由唱《成人禮》的朴志胤到踏上《天國的階梯》的朴信惠，哪個不姓朴？隨便搭訕開口都中個President Park啦！

但Johnson怎會認衰仔？臨走前不忘撈個尾彩，挑機主持人Dermot Murnaghan:「I am going to, with great respect, invite you out to the pub, Dermot, so we can take these conversations further!」Murnaghan睬佢都有味，瞇着笑眼，反唇相稽一句：「Don't you want enlightenment ? You might be meeting her!」

可惜Johnson真係諗極諗唔起朴朴聲的朴總統，不然回馬槍一記：「I don't think

she could survive that long to be met!」語畢飄然而去啦，點似如今牙癢癢地怏怏而逃！

Johnson 出醜，大家開懷暢笑，可 pub quiz 實在不是說笑的玩意兒。從前嬉春倫敦，街頭街尾各 pub 各有 quiz night，歡迎大家隨緣組隊爭鋒，我多年來卻避之惟恐不及，事關一切太難，難到好似 Jeremy Paxman 的 University Challenge 咁款，我半條都答唔中，只好未曾產後，已然抑鬱。

嘻！我太謙了，多年來其實答中過一條咁多：請問壞鬼 Jack Nicholson 在《Shining》裏的酒吧鏡子上寫了甚麼 ominous 的鬼字眼？

答案是沒高潮沒懸念的 RED RUM，可是讓二字在鏡子裏倒影過來，即成了斑斑血跡的 MURDER，我曾為此倒抽過一口涼氣。

Pub 自身也是一面 looking glass，照見那深藏深邃的 Englishness，早已是一尊不倒的 institution，因是之故，去年十月共和國主席禮訪英倫，David Cameron 也彬彬禮請主席先生一往 Chequers 首相別墅半步之遙的 local pub The Plough at Cadsden 小飲淺酌，二人品的是 a pint of ale，下酒的自然是 fish and chips 了。我口舌上總不大懂得分辨 lager 和 ale，從來點的是至愛 Guinness，最緊要係 pull it straight from the tap, pause and wait。那天看着主席先生和 Dave 在鏡頭前人手一 pint IPA，背後是酒館牆上一列管用或不管用的獵槍，總叫人想起 pub food 中的 game pie，批餡是一眾打獵所獲的兔鴨雀鹿一類幸或不幸的飛禽走獸。我想 game pie 若翻作「獵批」，亦步亦趨，亦無不可，但瞥見相中主席先生笑容溫煦，何如鬼臉翻作「囊中物批」或「一國一制批」？我們都是小兔小鴨小雀小鹿一般的善類，給轟的一槍打了下來，從此俱安居於一國大愛的批皮裏，yummy yummy，批中物耳。

高瞻遠矚，難怪國家資本中富集團忽爾落寶落注，買起 The Plough at Cadsden，更即時改名「首相酒吧」（唉！咁咪多啖嚿魚囉！）且說：「The English pub concept is growing very fast in China!」

我是聽者藐藐，枳過淮已成橘，pub 到中華怕更 suck。不敢長洋人志氣，滅憤青威風，我們大國泱泱，上下五千年，釀酒飲酒評酒還少了？只差未是莫言筆下烹嬰下酒的「酒國」，卻未能有 the pub concept ——其實，pub 不是勞什子餐飲科學的 concept，卻是人間款款深情。

款款深情換來的是泡在 Pub 裏的日與夜，流連忘返我總是情願，一廂情願不在乎牽強的兩情相悅，Chinese Pub 是否九不搭八的 oxymoron 還待日後細考吧。

精研 British Pub 的文化人類學家 Kate Fox 十多年前鬼馬寫過一本《A Guide to

British Pub Etiquette》，市上難尋，眼下卻可在伊人主理位於牛津的 Social Issues Research Center 網頁上無料任讀，非常可觀。一起首 Fox 為大家提問一個不算 silly 的問題：What is a Pub？繼而自問自答：A "Pub" is short for "Public House". The publican opens part of his or her "house" to the public - a bit like giving a party in your own home every day!

少時翻看狄更斯的說部，看到「Public House」曾以為是公共屋邨，真少不更事唷！然而 Publican 面向群眾，總跟 Republican 的理想共和國政體不無相近，如此將 pub 放入共和國版圖之中，尚未算緣木求魚吧？

Fox 寫過那本 Pub 禮手冊後，更寫成了目光張揚的《Watching the English》（二〇〇四年初版，十年後復有增訂擴大版），閒情幽默，甫出版我便乖乖逐日坐在我的 Local Pub Lord Stanley 裏從頭到尾細讀一過，旁邊還有一隻緊隨日光移位（竟如夸父追日！）的 pub cat，書中自有說 pub 的一大章，娓娓道出 British Pub 小宇宙內有其獨異的 social microclimate，可視之為 a structured, temporary relaxation or supervision of normal social controls，恰可照見 pub 外的各款社會規矩禁忌，例如 pub 中常見非常抵死的 invisible queue ，一眾酒徒從來只會圍在 bar counter 外，一圈又一圈，卻永不會

falling on a line，跟pub外的排隊世界迥然有異。
沒有要排的隊，共和國國人或更優為之乎？

《信報・北狩錄》二〇一六年十二月十二至十四日

From the Cold

上、

寫過《花隨人聖盦摭憶》的黃濬秋岳，寫及傳說中他如何跟日方間諜交換帽子交換情報，手法有點不可思議的兒戲，跟今天傳說中俄羅斯駭客間諜藉 cyber operations 來滲透乃至左右美國選情的操作，彷彿是兩個平衡宇宙，一可怖，一嬉笑耳。我們跟 Obama 一般抿着嘴，乖乖靜候那 CIA 的最後報告，可惜總統先生看的將是無格仔四仔本，我們呢？看的恐怕跟將來美國政府對俄羅斯鬼的以牙還牙一般：「Some of it may be explicit and publicized, some of it may not be!」那是寒戰了吧？

寒戰冷鋒更忽爾吹進象牙塔學苑，可那不是尋常學府，卻是冷戰時幸或不幸出過 Cambridge Five 蘇俄密諜（或竟是 conscientious informers？）的劍橋大學——我少時不知有漢，無論魏晉，看電影《Another Country》方知人間曾有如此一段曲折。

上週末《金融時報》頭版故仔寫的正是新一輪的後冷戰劍橋諜影，話說頗富時譽的 Cambridge Intelligence Seminar 一眾主事人忽然鳥獸散，此中既有 MI5 的御用史家 Christopher Andrew（他那部磚頭書 MI5 豈止是 door stopper，直是 heart stopper！）和英美退役現役的情報頭子，諸君忽聞 Seminar 贊助人金主 Veruscript 公司背後恐有俄國資金，更恐怕是俄羅斯情報機關放在倫敦見得光的舖面（the front），借機左右其間絕高層次的 intelligence debates，故紛紛避之惟恐不及，爭先拜拜離場。當事人照例如戀情告急的男男女女般矢口否認，然而，一來君子交絕，不出惡言；二來諸君若是坦然肝膽相照，豈非自揭前此稍欠精明 due diligence？那是諜情世界裏不可輕恕的一髮錯誤。

畢竟他們合該是《The Spy Who Came in from the Cold》，**John Le Carré** 如是說。

中、

駭客駭入萬維網絡中，多了的是無遠弗屆，少了的卻是動人故事，試想 Ian Fleming 筆下的邦先生若長年對着尺幅千里熒光屏，運籌帷幄於噠噠鍵盤之上，縱是依然呷着 shaken not stirred 的 dry Martini，但零零柒的傳奇還能如何寫下去？不論是James Bond還是Jason Bourne流着的還是冷戰的血，跟virtual reality裏的Edward Snowden是足足隔了一個宇宙的異星人類，因此Oliver Stone的《Snowden》是電影版的political apology，Bond和Bourne二先生的卻是cinematic thrillers，雖說各有千秋，但卻是永不crossed的一雙歧途，是耶非耶？John Le Carré會怎生玩味，怎生回應？

今年John也寫故事，但寫的卻是《Stories from My Life》，畢竟已是年過八旬，走過二戰冷戰的人物，寫的間諜詭情故事也是從那個世界一起走過來，風風雲雲。他的《Tinker Tailor Soldier Spy》由當年的Sir Alec Guinness演到年前的Gary Oldman，風采不減，顏色不同，冷戰竟不過時！但John也不是一味冷戰諜影，在《Constant Gardener》裏寫的已是當代NGO失足誤墮第三世界浴血政治的不幸，一心栽花的善誦善禱未見得會開出人間的一園華彩。

John的過來人故事叫做《The Pigeon Tunnel》，書題迷離，我還以為是冷戰時代的暗號切口，卻是想偏了。原來John小時跟嗜賭父親走到蒙地卡羅，賭場屋頂上養着鴿子，時機成熟，鴿子便給捉去附近打獵場的地下隧道，鴿子在隧道中摸黑朝着光明亦走亦飛，衝出隧道盡頭便見地中海的蔚藍晴空，然後槍聲卜卜，天空下是閃着獵槍的打獵場客人，俟機而殺。僥幸逃出生天的鴿子不會翩然飛出地中海的羅網，卻會本能地飛回賭場屋頂的出生地，乖乖靜待下一回給捉進 Pigeon Tunnel 裏，永卻重回。

下、

Pigeon Tunnel 是永卻回歸，大概也是冷戰之後又冷戰的宿命吧。近日 Obama 怒斥 Putin:「Cut it out!」要斷的恐怕正是那周而復始的諜戰遊戲。然而，弔詭的是，只有在 the repetitive game 中，博弈雙方才有互利誘因避開可怖而非理性的 mutual annihilation，即所謂同歸於盡也歟。上週高壽辭世的經濟學諾獎得主 Thomas Schelling 正是道破此中曲折的理論高手。從前我的一位論文導師愛死 game theory 啦，書單上指定的一款正是 Schelling 的《Strategy of Conflicts》，我讀着讀着不算過癮也不算不過癮，但讀來總不及 John 的故事唄，畢竟故事方才傳神傳人。

John 半世紀後還記得 Ivan Serov 的故事，在 The Pigeon Tunnel 裏幽幽道來，那是冷戰世紀中的不老 game 兒。話說那年月 John 還在 MI5 掛單，給派往西德波恩長駐國會大樓刺刺這探探那，好像不太吃緊。多天下來 John 俱在國會公眾席上遇着一個不起眼的大塊頭，相視而不相語。一天，大塊頭走過來，自我介紹：Ivan Serov，蘇聯大使館二等秘書（文化）。Ivan:「You want drink some time?」John:「A drink would be great!」Ivan:「You like music?」John:「Very much. I am in fact tone deaf.」三兩問答之後 Ivan 逕說：「Invite us（還有夫人！）your house, we play good music.」

當天分道揚鑣後，John 即請示上級，一切彷彿有詐，但上級仍要 John 如言禮請 Ivan 伉儷回家作客，好摸個底。John 輕聲告訴我們：Rule one of the Cold War: nothing, absolutely nothing, is what it seems。

家訪那天，Ivan 帶着一把大提琴來到 John 的住處，可身邊的一位不是他夫人，卻是另一蘇俄大漢。Ivan 在 John 家大廳中先奏過一首莫扎特的大提琴序曲，繼而是一曲史特拉汶斯基，賓主盡歡。數週後，Ivan 給人間蒸發了，John 五十年後還在咀嚼那兩首樂曲是否曾有待解而未解的密碼？

《信報・北狩錄》二〇一六年十二月十九至二十一日

東京的書店

其實我不配說東京的書店，東京這麼多年來也只曾禮拜過十多遍，每遍最多也不過一星期，怎也及不上鐵粉時裝精四季朝拜東京的譜兒。可是知堂老人寫過一篇《東京的書店》，我幾乎每趟飛東京前也要重溫一過，好在心上重構那清末民初矜貴的氛圍，妄想踵步前賢，好摘那一片不墜的心花。

「說到東京的書店第一想起的總是丸善（Maruzen）……一九〇六年初次看見的是日本橋通三丁目的丸善，雖鋪了地板還是舊式樓房……」知堂寫的時候是一九三六年，人在北平，可依舊是三十年來的丸善老主顧，一路走來買的獵的訂的總是和洋文學雜學書，忘不了的是民前年月為編譯《域外小說集》而殷勤搜來的款款「被壓迫的民族之文學」，當然，「末了最重要的是藹理斯的《性心理之研究》七卷，這是我的啟蒙之書，使我讀了之後眼上的鱗片倏忽落下」。那鱗片的譬喻彷彿在向進化論致意，讀了藹理斯書便從獸類漸進而成人。藹理斯即大名鼎鼎英人 Havelock Ellis，所著《Studies in Psychology of Sex》，知堂讀了，忽爾悟道，「如學寫字的見路上的蛇或是雨中在柳枝下往上跳的蛙而悟，是也。」

那年是先smart phone的九十時代，我第一回拿着地圖喜孜孜尋得日本橋丸善，明知是戰後原址重建，不是知堂留戀過的真身，但癡想還是隔世相同的樂遊園地，踏着的尚是知堂踏過的一派門庭。我在那兒洋書部當然蹲下跳上地找過藹理斯，自然未遇，後來只在倫敦Gower Street的Waterstone二手部遇過零星的一兩卷，不成全璧，錯過了催人悟道的蛙與蛇。年前我才在網上找到廉宜的六卷一套《性心理之研究》，可惜只是今世沒甚幀裝的打印書，想來Ellis1939年謝世，七十有年多，版權湮滅，作品剛好流入public domain，隨喜翻印，以廣流傳，知堂今天合該高興。

奇怪的是知堂採自丸善的一套《Studies in the Psychology of Sex》共七卷，偏多出了一卷，可在一九三五年一篇《藹理斯的時代》裏知堂引過卷六跋語的一節，正跟我手上的相同：「In the moral world we are ourselves the light bearers, the cosmic process is in us made flesh.」

知堂譯作「在道德的世界上，我們自己是那光明使者，那宇宙的順程即實現在我們身上」。知堂非常喜歡藹理斯此節，鍾愛的更有接下來的兩句：「For a brief space it is granted to us, if we will, to enlighten the darkness that surrounds our path.」知堂遂有感而發：「到末了將火把交給接替他的人，歸於虛無而無怨尤。」

沒有知堂的火把，大概我也未必如許鍾情東京的書店，上月我便跑到東京丸善丸之內店，先爬上頂樓看洋書。今天在網上蒐洋書殊容易，但在丸善看洋書，總別有滋滋味，彷彿踏在知堂的舊日足印上，雖然在知堂年代尚未有丸之內的丸善。

我為了授課，自惴曾廣搜 property theory 英文大小書，那天在丸善我還是驚喜碰上 Christopher Pierson《Just Property》第二卷，前此孤陋，只蒐得卷一而已，嘻嘻，我彷彿瞥見知堂捻鬚微笑。

在文學部鋪天蓋地的是岩波書店《定本夏目漱石全集》，剛出爐的卷一，收的是大有名的《我是貓》——其實知堂老早說過此漢名欠了神采，事關日文書題作「我輩」云云，「與漢字原義相同，但是用作單數代名詞時則意仍云『我』而稍有尊大的口氣」。知堂文心精細，自因素來愛慕夏目先生的文章，既常逛丸善，說不定他手中的一部《我是貓》也是得諸此店，我便二話不說，抱來此定本卷一（其實家中早有《我是貓》原著初版復刻三冊本），不期書匣中更跌出小禮物來，那是一張夏目先生留學時代的名片，署名夏目金之助，想知堂一定曉得。

大概知堂不像魯迅般陰鬱隱諱，還是喜孜孜寫出《懷東京》來，一篇又一篇，那邊廂魯迅雖然不嫌朝花夕拾，但除了仙台業師藤野嚴九郎先生以外，彷彿總少了衷情與窩心，莫非日本於魯迅或只是繚亂的愛與憎，於知堂卻是無愁的愛與誠？知堂因谷崎潤一郎《憶東京》而寫出自家的《懷東京》，說得溫柔：「我愛好那個地方，有第二故鄉之感。」而對第一故鄉，知堂卻少不了叫人皺眉的嚴刻話。魯迅呢？只謂：「東京也無非是這樣，上野的櫻花爛漫的時節，望去卻也像緋紅的輕雲，但花下也缺不了成群結隊的清國留學生……」後來更不屑東京，跑到仙台學醫了，在那裏看到國人示眾給國人麻木圍觀的片段，無聲吶喊，遂有他日文學的魯迅。

知堂不愛吶喊，卻愛在緬懷東京的書店，丸善以外，便是神田一帶的古書佳店：「神田一帶的舊書店還有許多，挨家的看去往往可以花去大半天的工夫，也是消遣之一妙法。」不曉得百年前的神田是何等規模，但今天這一帶逐戶挨家的看去，絕不可能只是大半天的工夫，我每次朝拜東京，也最少過來神田兩遍，每遍大半天，但也不過沿着神保町一街順蹓，日光中開始，往往走出來時便猛見當頭月色，當然手上自是少不了一包又一包的陳年漢學大著，如一尊又一尊雲鬢花顏金步搖的不老佳人。這回冷雨中我在一誠堂裏搜得狩野直喜名作《支那學文藪》和《支那小説戲曲史》兩種，書齡雖只是二三十年間，卻端莊古典得要命，靜待紅袖好添香。

書緣彌深，我在大雲堂中竟還碰上四十年前吉川幸次郎譯註的《杜甫詩注》五大冊，書匣猶存，一切無恙，我便端來呈送國文老師，但願人書俱喜。百年前某一天知堂在神田「看過幾家舊書後忽見行人已漸寥落」，這一天神田雨冷人疏，我忙將頸項縮藏在領巾裏，湊着地上雨漬映照出來的昏燈，徐徐歸去。

《信報•北狩錄》二〇一七年二月十三至十五日

神奇兩女俠

文題致敬致意的不是三十年前可敬可愛的甘先生那齣神戲，而是眼下謠傳隔空相峙的Gal Gadot和Ashley Judd兩位Wonder Women! Gal Gadot是新一代大銀幕上的Diana Prince暨神奇女俠，從《Fast & Furious》五、六集一路走過來，那年月她是前以色列情報機關Mossad特工，美貌與義氣並重，最後臨難捨身，為的是救回矇眼情人Han的一條小命，從此不再Fast & Furious，轉場後倒成了更wonderfully fast and furious的《Wonder Woman》，吔吔吔！然而，銀幕下伊的身份一切不變，還是那頂着桂冠的以色列小姐，當過兵，has kicked some ISIS ass，擺明車馬愛家愛國。黎巴嫩在首映前一天遂禁映《Wonder Woman》，理由是於法有據，Gadot小姐是以色列土產，交戰國（以黎二國之戰始於一九四八，雖非於今尤烈，可是於今依然！）的可人兒，自是不容進口，順理成章，何況今年六月恰恰又是「六日戰爭」的五十週年！

令人略略不解的倒是boycott的聲音在美國本土竟也隱隱有所聞，我驚見有網媒特地挑出Ashley Judd，說Judd小姐是liberal feminist snowflake（snowflake據說暗指納粹屠殺燒屍後飄在天空的 human ashes，大概也是人渣吧！），眼紅 Gadot 小姐熱手執了 Wonder Woman 這個熱煎堆，故順勢借同情巴勒斯坦人的因，來打擊以色列小姐的美果云云。我素來不能洞悉網媒世界的是非虛實，一向聽者藐藐，但十多年前確曾聽聞荷里活屬意 Judd 小姐化身神奇女俠。我從《Double Jeopardy》以來即偏心 Judd 小姐，那些年伊嬌美嫺淑，又是哈佛 JFK 學院畢業生，長年關注的議題是 gender-based violence，美麗與智慧並重，就算現在略過花時，但在《Divergent》系列中演女主角的媽媽，依然剛毅智勇，還我本色。《Wonder Woman》從來有 double identities，戲裏戲外，最宜自有故事的演員隆重登場。

超人的另一身是 Clark Kent，蝙蝠俠是 Bruce Wayne，Wonder Woman 的另一身既是秘書小姐 Diana Prince，復是 Amazon 族的 Princess Diana，高人馮睎乾剛在週日「蘋果樹下」說亞馬遜人說得古典，說得神奇，不應錯過，倒是 Wonder Woman 為何偏生出自亞馬遜族，此中更有曲折傳奇，亦幻亦真。

哈佛年輕美國史教授 Jill Lepore，於二〇一四年已得風氣之先，玉手妙成了一大卷《The Secret History of Wonder Woman》，上窮碧落，遍搜人間幾乎一切已刊或秘藏的 Wonder Woman achieves，彷彿無一字無來歷，既幽幽細說 Princess Diana 的悠悠身世，復娓娓道出其創作者 William Moulton Marston 的生平時代，Lepore 小姐的自我期許教鬚眉輩肅然起勁：the story it tells places wonder woman not only within the history of cosmic books and superheroes but also at the very center of the histories of science, law and politics!

原來茲事體大，《Wonder Woman》始創於一九四一，作者 Marston 是天才人物，也是自身家族與紛紛二十世紀初葉的時代先行者，於心理學及女權思想上只有瞻前沒有顧後，更是 an expert of deception，居然發明了測謊機——難怪神奇女俠手執「神奇豆沙索」了。Lepore 書上告訴我們，Marston 一生俱擅於偽言藝術，我們感激，否則何來無中生有的《Wonder Woman》？

那為甚麼 Princess Diana 是 Amazonian？遠因自是 Amazons 神話：once upon a time, there was a land of Amazons, an ancient matriarchy that predated the rise of patriarchy。

近因當是 Marston 的妻子 Sadie Elizabeth Holloway 了。

Holloway 是婦權英雌，少女時代修業於女子學院 Mount Holyoke College，一八五一年美國獨立日七十五週年當天，學院請來飽學之士 Hartwell 在眾少女席前演講，講題竟是《The Amazonian Declaration of Independence》。Hartwell 笑謔的 Amazonian Declaration 其實是美國另一婦權女將 Elizabeth Cady Stanton 於一八四八年仿《獨立宣言》而寫成的《Declaration of Sentiments》，其文踵步《宣言》，卻別出機杼：「We hold these truths to be self-evident: that all men and women are created equal...」明晃晃將 Founding Fathers 口中的 all men 掰成 all men and women，最後是曠野上的吶喊：憲法權利，不分男女！

此中最吃緊的權利莫如教育和投票，而後者更是橫空出生的重中之重，是以十九世紀初的婦權勇將便索性叫 Suffragette。

Holloway 跟 Marston 青梅竹馬，相愛彌深，伊人明媚慧黠，既是 Suffragette，也喜歡古典，喜歡古典希臘的一切，自然衷愛 Amazon 的神話傳奇，必視 Amazonian 的稱號為禮讚，嫣然一笑。許多年後，已是一九四〇，那年月美國女性早已掙得憲法保障的投票權，但剛面世的漫畫超級英雄只有超人和蝙蝠公子兩位，據説 Holloway 聳聳肩，肘子輕碰 Marston，嬌嗔道：「Come on, let's have a superwoman!」Marston 那時已是享大名的心理學家，然而他是藍血 Renaissance Man，周身刀，張張鋒利，為甚麼跟 DC 漫畫拉上關係，那是另一個 story of interesting times 了。

為了Holloway心上的superwoman，Marston寫出了《Princess Diana of the Amazons》和她的super heroine另一身，本名Suprema，後來DC編輯不取，叫《Wonder Woman》。

《信報 • 北狩錄》二〇一七年六月十二至十四日

不應有恨

許鞍華是最最抒情的作者導演，作品裏縱有大時代，也不過是Lyric的淒迷注腳，由《胡越的故事》裏異鄉人殺手周潤發，《千言萬語》裏褪下脂粉的李麗珍，到《黃金時代》裏愛愛恨恨的蕭紅湯唯，背後縱有千般越南革命、九七大限和民國亂世，但各人口中心上吟的還是首首Lyric抒情詩，套用陳世驤先生當年的說法，那是「詩言志」，吐出的是一己的慾望、意向和懷抱，個人得很，小資得很，從來不屑是不必是揚眉大敘事下被扯線的虛空人偶。

看到《明月幾時有》這般的戲名，還不抒情？然而，不忍說不堪看不忍看，但那一本戲卻是難看，戲裏的香港好像只是護送南來文人北歸的踏腳石，又或是抗日戰爭勝利前奏的一隅，大時代大國度裏的可憐小板塊，連最慧黠的周迅，最老練的Deannie姐都敵不過恢宏敍事的沉悶黑板，起舞弄清影，何似在人間？

電影開篇處，蟄居於Deannie周迅母女樓上的沈先生是沈雁冰茅盾，後來跟鄒韜奮、夏衍諸先生一道給東江縱隊護送逃離淪陷中的香港。戲裏未遑交代的是那些年香港為甚麼一下子薈萃這麼多南來文人？茅盾又為甚麼會潛龍香江？

且聽茅盾的夫子自道：「抗戰八年中，我曾二度客居香港，一次在一九三八年，共十個月，另一次是一九四一年，住了九個月。兩次來港，都負有任務，三八年為了創辦《文藝陣地》，四一年是要和其他同志一起開闢『第二戰線』。」任務自然是黨交下來的，而「第二戰線」是文宣也是意識形態的戰線，既為抗戰也為抵制國民黨，是我與敵、左與右的周旋較量之所，一切端因那時還是殖民地的我城，尚能自外於中國的 grand narrative，是革命道旁的一溪活水，最宜照見那明月當頭。

遙望宋皇台，煙雲鬱不開。
臨風思北地，何事卻南來？

身南來而思北地，且出之以吟咏者，那是一九三七年的郭沫若，時甫自亡命十年的日本回到上海，不旋踵上海又淪為孤島，郭氏即浮海南下香港，同船的還有後來跟茅盾風塵僕僕的鄒韜奮。諸君南來，為的是香港尚是安全之地，尚能在殖民地檢查制度下言之有物，或在我地開闢「第二戰線」，又或豹隱須臾，伺機龍歸大海。郭氏那時住在灣仔六國飯店，雖悵然有感宋皇台，但不必太寂寞：「由上海撤退的朋友，經由海路南下的，大都以香港為中繼站，在這兒停留一會之後再轉入內地。因此，在這並不怎麼寬大的島市，只要你一出街去，便差不多隨處都可以碰見熟人。」那是亂世中的一道奇異風景，光照我城，雖是抗戰大敍事的一章，但本身已是一台風采，拍案驚奇，因此《明月幾時有》裏茅盾夫婦和鄒韜奮給護送到東江縱隊的船上，甫入艙中，即見位位故人，有夏（衍）先生啦、柳（亞子）先生啦，還有梁文道飾演而我對不上來的某先生啦，不一而足，此中本事見於茅盾脱險後寫的《脱險雜記》：「通過一條大船，到了又一條大船上，我突然怔住了。這哪裏像逃難，這簡直像開會；許多熟面孔全在這裏了，鬧哄哄地交談着十八天香港戰爭中各人的經歷。」

而戲中的方姑周迅也略有所本，只是正邪有別。茅盾《生活之一頁》憶述香江歲月：「昨天，房東的一個女親戚，『避難』來了；天曉得這位二十多歲的女人是幹甚麼的，但她不但能講上海話，且有一雙『內行』的眼睛。」此妹的「內行」是自求多福，掃走抗日分子，而周迅姑娘的「內行」卻是熟背沈先生的《黃昏》。

「風帶着夕陽的宣言走了。像忽然熔化了似的，海的無數跳躍着的金眼睛攤平為暗綠的大面孔。

遠處有悲壯的笳聲。

夜的黑幕沉重地將落未落。」

文章寫於一九三四年，文藝腔腔，意象堆砌，但常見於茅盾的文選，我手邊的一卷是《中國現代作家選集》叢書裏的茅盾卷，香港三聯書店一九八二年初版，裏邊自有《黃昏》，我那年月尚不歡喜，今天依然。周迅姑娘，你為甚麼那麼偏愛《黃昏》？還要是那麼的幾段？咦！明月幾時有？至少黃昏未有。

將文字文本嵌入流動影像之中，明月也好，黃昏也好，總覺生硬，總覺艱難，《明月幾時有》搞得不好，齟齟齬齬，彷彿不幸的「一國兩制」。茅盾在《黃昏》裏試寫的是戰前亂世中的鬱悶心情，寫過風也寫過夕陽和海浪，為的是鋪陳文末二句：「在夜的海上，大風雨來了。」那合該是沈先生那年心上欲來未來的左翼革命大風雨。

茅盾潛龍香港之際，辦雜誌，寫雜文，卻幾乎沒有沾上我城的血肉，胸懷的從來是國內和歐洲戰場的局勢，例如那篇《祝「中華全國文藝抗敵協會」》，開宗明義：「抗戰的烽火和民族解放的號角，已經使全國派別不同的文人都團結起來，在統一的組織之內貢獻他們的心力了！」

那些年是存亡絕續之秋，家國岌岌可危，統一在抗戰的大纛下是應有之義，可是今天大國崛興，卻還時刻不忘這種老調，那是太玻璃心還是高處不勝寒而別有用心？

舍下藏有一函五冊景印本《茅盾手跡》，中有一卷《紅樓夢雜抄》，筆墨逍遙，不應有恨，許是沈先生革命風雨後的沉潞好心情。

《信報・北狩錄》二〇一七年七月十至十二日

如意雜碎

寫過「秋日如意」四字後，人便回來了倫敦。這兒這幾天天氣漂亮得不得了，直如剪短了流水秀髮的Janice Man小姐，朗朗然、燦燦然，一任良辰隨風，留在花與葉之間。旅館在南岸，真箇SouthBank，窗外是一箭之遙的Tate Modern和Tate Modern前的靜靜河水，年輕時我住過的學院宿舍樸直地叫河畔樓Bankside House，今天還在，在Tate Modern背後躲着，留住昨天，似水流年。

SouthBank今天自比當年我念書時更繁華璀璨，尚幸情韻未改，還是文文藝藝，藝藝文文，熱鬧少不免，可未見神州旅行團從雲中紛紛而來下，便知守住了各人心上的那杯茶那杯咖啡和那瓣心香。今早起來，在房中啖過兩口Single Malt，便跑到隔鄰的酒館喝我的一杯咖啡，咖啡是尋常不過的黑咖啡，眼前是尋常不過而亮麗的Thames，雖是繁忙水道，卻框着了南岸赫然的一道人文采風。SouthBank是錦心綉口的福地，養心養氣的玲瓏之所。我偏心，總覺得連British Film Institute側邊橋底的滑板塗鴉場板仔也是一派斯文乾淨，創意盈盈，隨便隨時是隱了身世的幾個Banksy先生，居然跟前邊的舊書攤言笑晏晏，眉來眼去，便知一切不可能是高薪養庸下的庸官所能想像出來的西九河蟹和諧。一回，我在那兒書攤上撿得一大部六十年代牛津復刻 Thomas Rhys Davids 的巴利文英文字典，一下子想到陳寅恪先生在《與妹書》上說及歐洲求學搜書之便，對照國內的寒傖，今之視昔，又竟然是後之視今。陳先生或會俏立那兒，負手笑看滑板仔那「獨立之精神，自由之思想」？

我從滑板塗鴉場邊轉入 BFI，當年自是我流連忘返的情願之地，今天依然，今天還早，票房還未開售，我趕上前去看看熒光屏上的節目表，七時四十五分是《沉默的羔羊》，這本戲我看過又看——吓？咩話？今晚竟來了真身 Jodie Foster？

* * *

寫過「秋日如意」四字後，人便回來了倫敦。在旅館中翻開新刷的 Shami Chakrabarti《Of Women》，滿以為是沒有季節的議論文章，怎生料得開卷處應節如是云：「It is autumn again. That shouldn't matter but somehow it does.」It does indeed！事關這個秋天英倫實在太多性事，今週《Private Eye》封面一刀劈下來，標題笑謂：

「House of Commons to relocate during building work」，下邊放着 Soho 區的一大張 Sex Shop 玉照，我見猶憐。先是前幾天 Sir Michael Fallon 因摸髀而吻別了國防大臣之職，繼而有不止一男子指控 Kevin Spacey 在 Old Vic 任上笑裏懷春，借 casting 為名，揸摸志在青雲的潛質男藝人，儼然又是荷里活性擾大亨 Harvey Weinstein 的隔洋同志翻版，一時間風聲與鶴唳，猿嘯又雞鳴。

斯時也，Jodie Foster 飛來 BFI，為最新 remastered 版《沉默的羔羊》Q&A，在座如我者自會暗忖主持人板斧如何，會否將科士打小姐拉進性擾與女權的密林裏？一晚下來，主持人未有明刀明槍，最多只從側門嘻嘻輕問：「當年拿下《沉默》的角色有難度嗎？」一條淡出鳥來的行貨問題卻 cue 來影后瞪大亮睛睛說：「難呀！那年我已有一尊金人仔在手，躊躇滿志，搖電話給導演說：我有興趣喎！怎料導演回話：我有人選啦！謝謝兼拜拜！」主持人見機不可失，忙點問：「哪你做了啥才扭轉乾坤？」影后說：「我便漏夜飛到導演處，呱呱說我上回在《暴劫梨花》中演的是 rape victim, a woman to be acted on，今回我願演 Agent Clarice Starling, a woman who acts on！」往後的已是電影史了，從此科士打小姐演的泰半是 heroine，由《Panic Room》（記得戲裏她的女兒是誰嗎？），《Flightplan》到《The Brave One》，由 acted on 到 act on，分明是不曉沉默的羔羊！

我不算是影后鐵粉，但好像沒錯過伊人的半部戲，我最愛二十四年前的《Sommersby》，淼淼柔情，港譯《似是故人來》。

*　*　*

寫過「秋日如意」後，人便回來了倫敦。科士打小姐的《Sommersby》是「似是故人來」，寫的是美國南北戰爭後回來了丈夫，人卻溫柔了，誠實了，還會在昏燈下朗讀荷馬史詩，從此深愛着妻子、土地和生命，似是故人卻原來根本不是故人，妻子和鄰里沒有懵懂，也沒有點破，情願他是此刻更幽情的他……Personal identity 原來不是誰是誰，而是誰變成了誰。這些年，我差不多每年都會回來，似是故人，可我卻更希望是不似故人，最少能在燈下看完荷馬吧。

巧合如滿樓的風，昨天《衛報》社論居然說的是美國古典學者 Emily Wilson 新譯的《Odyssey》，這是英語世界首個女性操刀的荷馬譯本，視角當有異於從前古典的 Chapman 和企鵝今世的 Fagles。奧底西斯自是 Trojan War 過後萬里歸來的故人，風中雨中，翻譯怕也是一種千帆過盡的歸程，回來後的似是故人也不似是故人，認得還是不認得？

每逢十一月，英倫幾乎人人心上胸前俱別着一瓣 poppy，新紅鮮紅，認得那是 Flanders Field 上開滿的花，不是滴血，卻是 Remembrance 中的殷殷切切，追憶的是大戰中凋零的位位故人。每逢秋日，英倫酒館例必放着大堆紙製 poppy，捐獻隨心隨緣，彷彿是隨手可摘的詩。WWI 中最多詩，寫滿了蒼涼的戰壕，淅淅瀝瀝，連詩人 Wilfred Owen 的家書也是詩，一九一四年十二月他寫給母親的信上自問自答：「Do you know what would hold me together on a battlefield? The sense that I was perpetuating the language in which Keats and the rest of them wrote！」原來「愛國」二字竟是由詩而起，因詩才有不願受奴役的起來起來，前進前進，然而，《進行曲》卻從來不是今天的詩。

《信報 • 北狩錄》二〇一七年十一月六至八、十三至十五日

Ultimately flawed

那天路過從前念書的學院，隨意遊走，見 Old Theatre 前放了一張方桌，桌上全是一疊一疊 Gordon Brown 新鮮寫好的自傳《My Life Our Times》。我算是英倫政治人物回憶錄的小粉絲，挑的不一定是前首相淡出江湖後的一面之辭 personal statement，更愛看最終未能攀上終極大寶者的惋惜自解與自嘲，例如 Lord Michael Heseltine 十多年前那部《Life in the Jungle》（我還記得蒐於 Covent Garden 早已煙滅灰飛的 Books Etc），最愛看其中憶述扳倒 Margaret Thatcher 的一段後台大龍鳳，對照戴夫人許多年後的回憶錄第二卷《The Downing Street Years》裏的相同章節，彷彿法庭上原告與被告各說各好話的 expected suspense 與 suspicion，雖然最終沒有一錘定音的事實裁決，但芥川龍之介《竹藪中》與乎黑澤明《羅生門》的精彩之處卻是各人視覺的隨人轉換，甘心情願放棄那人間不曾有過的上帝眼睛。

我拿起《My Life Our Times》，趕緊挑來看的是傳說中那 Granita 之會，手指忙從書尾索引上順流滑下去，果然，有那麼的一條叫 Granita deal！

喜歡吃英倫政治秘辛花生的必然聽過那間叫 Granita 的餐廳，一九九四年工黨黨魁 John Smith 忽爾暴斃，百駿競走，能者奪魁，那時的能者或自命能者的自不只一位，黨中更有舊派與新派之爭。新派便是後來改寫黨史與歷史的 New Labour，此中最最頭臉人物，論功勞、論資歷，以至論 John Smith 生前有加的青眼，那時只會是 Gordon Brown 而不是後來榮登大寶的 Tony Blair。一路走來，Brown 跟 Blair 搭檔在 Smith 麾下推動 New Labour，矢志修改黨章，磨去一眾工會工團的陳舊勢力，放棄自一九一八年以來那 blanket commitment to public ownership，使工黨在選舉連連敗北之後重新變得 relevant and electable。Smith 去世時，Brown 是影子財相，Blair 是影子內政大臣，Brown 回憶說：「more than once, Tony said I was the senior partner to our relationship.」——當然，一切如此直至 Granita。

Brown 回憶中的話，Blair 曾否說過？我此刻手邊沒有 Blair 的自家回憶錄《A Journey》，不敢說，不好說，但記得二人對 Granita 之會的回憶卻是大異其趣。我們從前聽說那一年 John Smith 猝逝，Brown 與 Blair 俱有問鼎繼任黨魁之志，風乍起，雲暗湧，項羽乎，沛公乎？誰先率眾走入那咸陽關中？

Brown 說：「I believed that I was the best candidate to take over from John!」彷

佛項王那一句：「彼可取而代之。」但贏了歷史的總是別人。

傳說是一九九四年五月三十一日，Brown 與 Blair 走進 Granita 餐廳（餐廳卻偏偏在 Blair 家附近！），一輪密議之後，二人走出來各自歸家。Brown 從此讓 Blair 角逐黨魁之位，甘心退在其麾下續任影子財相，君臣之序定矣，鴻門宴後的一瞬風景。迷人惑人的是在 Granita 之中二人說過哪些話？交換過哪些彼此不能拒絕的條件？Brown 詭笑說：「I always smile when commentators write that we hammered out a deal in the restaurant!」Blair 好像倒沒有太曲折的敘述，卻有提到從此二人分工，議定一旦當選，Brown 可全權料理財金政策，唐寧街十號不插手十一號的事情，衡諸後來史乘，這故事大致不太離譜，且多年後《衛報》撈得一份密件草稿，內含「Tony's guarantees about (Brown's) control of economic and social policy」。然而，該密件沒有說破而歷來紛紜聚議的是，Blair 有否向 Brown 承諾只任一屆首相，then shall step down in the second term？

Brown 說得斬釘截鐵，只是後來有人背信食言，一切只為賺得 Brown 當天讓路？果如是，Brown 會否想起 Macbeth 裏，風雷雨電之中，一眾女巫向 Macbeth 預告彼將登基之後，轉向 Banquo 說：「Lesser than Macbeth, and greater. Not so happy yet much happier!」

Brown 後來遠比 Banquo 命好，性命得保之餘，最終還是登上 Prime Minister 的寶座。是否 greater？那留待青史裁決好了；是否 happier？恐怕未必然。

Brown 說 Blair 在 Granita 之前，明言一諾只做一屆首相，話說其時子女尚幼，一屆五年之後，剛好少年青澀最惡搞，Blair 志在適時下堂求去，專心 parenting，故「一屆首相」正其宜也，Brown 遂 stood aside，黨史歷史便這樣寫成了。吓？講真㗎？

Blair 從來否認有此一諾，後來的歷史是大家懂得的：Blair 一做十年，贏了三次大選，二點五屆之後方才退位，旋任中東和平特使暨天價富人顧問，當然子女也逐一成人，不必要求全職 parent 的操心。Brown 說，Blair 在 John Smith 猝逝之前一再說過從來未敢有染指黨魁之志，可後來竟踴躍出選，當仁不讓，誠政治人物多變的偽術顏色，那麼 Brown 為甚麼竟會逗趣得相信 Blair 的「一諾一屆」（if any）？難怪觀察工黨多年的 Andrew Rawnsley 在週前《觀察家報》上的書評笑說：「Brown was oddly naive to think that it（the promise）was bankable!」Rawnsley 的文題作〈Formidable but Ultimately Flawed〉，意謂 Brown 是不可多得的 formidable 財相，卻難成就那 ultimate 的終極大寶，最終成為史上少有未嘗領軍贏過大選的英國首相。

「The job otherwise defeated him!」Rawnsley狠心蒼涼如是說。

那天我在Old Theatre付了書錢，站着趕看Granita的魔幻傳奇，只覺得人生錯了一着，已是flawed eversince，那所謂ultimate的flaw其實早早種在雲似淡風似輕記不起的那一天，我不悠然。

學院幫忙賣書的小妮子見我看得幾乎淚盈於睫，幽幽地道：「Sir, Mr. Brown is giving a lecture shortly at the theatre, care to join?」我慌忙走進講堂，座無虛席，Mr. Brown說得輕鬆，說得飛揚，彷彿早已沒有殘留的心事，我聽得悠然。講後我拿着書乖乖排隊拿簽名，Mr. Brown沒欺場，寫了上款還跟我用力握握手，我自然不會oddly naive得不認得人間的marketing，但我那刻此刻也寧願相信他真的曾經信過Blair的話。命運沒有flawed，只有ultimate。

《信報 • 北狩錄》二〇一七年十一月二十至二十二日

天人五季

藍湖上浮一蕭寺，放乎中流，寺中二僧，一老一少，話也不多，此外便是稚貓一隻，還有寺邊繫着的一葉扁舟，是波心蕩，冷月無聲。構圖一派古人枯山靜水，也可能是豐子愷的幾筆漫畫人間，起個甚麼題目才好呢？不如不惜墨一點，題一首東坡《秀州僧本瑩靜照堂》：

鳥囚不忘飛，馬系嘗念馳。
靜中不自勝，不若聽所之。
君看厭事人，無事乃更悲。
貧賤苦形勞，富貴嗟神疲。
作堂名靜照，此語子謂誰？
江湖隱淪士，豈無適時資。
老死不自惜，扁舟自娛嬉。

從之恐莫見，況肯從我為？

查初白註云，宋治平四年，僧慧空住嘉興招提院，院內有靜照堂，東坡介甫諸公皆有詩。慧空即本瑩字也。我偏心，總覺得連這條小註也不忘留白，深怕壞了靜照堂日與夜的靜。

其實大早說的不是畫，卻是戲，還要是性本暴烈的金基德十四年前的一本舊戲，英文戲名是《Spring, Summer, Fall, Winter... and Spring》。那年人在倫敦，跟友人在 Curzon Soho 初看，一片驚艷，嘖嘖嘖拍案稱奇，還笑笑說那一刻我們還是情慾汗滴的夏季，事關戲分五章，每章一季，追摹的是人間的生老病死與乎斷或不斷的永劫輪迴，我見不憐。那些年友人和我還年輕，還有淺淺的夢，未嘗入秋，遑論幽幽玄冬，懂得戲裏的靜，卻未曾親歷戲裏藍湖冰結後刺骨的枯寒——快跳飛接至十多年後的今天，多得從來不痛不癢的西九 M+，居然巧立了 Stillness in Motion 的名目，說是探尋電影與水墨空靈的對話，為我重映了一遍這戲，提醒我人間早換了季節，季節換了人間，人生不夏。

戲名官方漢譯是《春去春又來》，彷彿Google Translate，狠心在靜照堂上着糞，何如譯作《天人五季》？自然，催我想到的卻是佛書上的「天人五衰」吧。

《信報・北狩錄》二〇一七年十二月十一日

Churchill...

...the Professional！今天看過《Darkest Hour》的莫不稱道 Gary Oldman 演技神級，好像忘了當天歷史回帶，在銀幕上重塑勝利 V 手勢暨雪茄不離口的 Winston Churchill，大家俱曾驚訝於選角者的嗜痂偏鋒，如何大膽將 Winston 對上狂放的 Gary？

我們這一代人 impressed by Gary Oldman 的一定不會是《夜神起義》裏那忠厚 Jim Gordon，卻是《Leon the Professional》裏的嗑藥黑警 Norman Stansfield，一邊聽着貝多芬，一邊大開殺戒，稚子何辜，終亦不免，其狠心涼薄，倒反照出殺手 Leon 的一派溫煦柔情，Gary 演來張狂放肆，說來也巧，不旋踵他在《Immortal Beloved》裏演的便是詭異暗黑的貝多芬，arrogant and irascible！

來到 Darkest Hour 裏的 Winston，Gary 的演出其實遙接《Leon the Professional》和《Immortal Beloved》的歇斯底里，是多年來累積的轟然爆發，一切彷彿 Winston 在一九四〇年五月十三日於下議院風雷演說前的一番功夫，Winston 在《二次大戰回憶錄》卷一《戰雲密佈》中寫道：「I felt as if I were walking with destiny and that all my past life had been but a preparation for this hour and for this trial！」然則 Winston 跟 Gary 一般 dramatic，在六十五歲前練就的一身 strength，旨在順理成章向人民呼喚：「Come then, let us go forward together with our united strength！」

Winston 演説是 rhetoric，rhetoric 是好一齣 performance，Gary 自是懂得，可是 Winston 懂得更早，早在他的《My Early Life》裏，他便曾仔細觀察其父 Lord Randolph 政海生涯的起伏，旋下一轉語，謂其父一生志業依賴的不是「his words and actions, but by the impression which he personality made upon his contemporaries」。警哉則言，雖然 Winston 往後經營的演出靠的還是他 mobilised 的 English！

《Darkest Hour》裏有一幕寫到邱吉爾夫人柔情安慰行將覲見皇上以準備接掌國璽的 Winston，輕拍他肩膀説：「Just be yourself!」Winston 即秒速搶道：「Which self?」然後逕自走到牆邊，看着滿牆掛着的許多不同帽子，彷彿告訴我們他正在用心挑選一個切合場景的 persona，好在皇上跟前上演一場好戲，尤是他曉得皇上根本不喜歡他，屬意的是對頭人 Lord Halifax。

下一幕 Winston 跟 George VI 在白金漢宮中對峙時，沒話有話，皇上無可奈何：「So we have to meet regularly?! How about Monday afternoon at four?」Winston 圓睜點眼：

「Four? I have to nap!」一下子將權力高下演了出來，都說 Winston 從來 dramatic，可不是嗎？

「In War: Resolution/ In Defeat: Defiance/ In Victory: Magnanimity/ In Peace: Good Will」那是銘刻在《二次大戰回憶錄》卷首金句台詞，我有時會誤以為是《星球大戰》每集開首黑暗中悠悠升起的序幕。《星戰》是 melodrama，我們其實愛死 melodrama。

二三年前 Jonathan Rose 寫了一本又紮實又饒有興味的《The Literary Churchill: Author, Reader, Actor》，仔細爬梳 Winston 一生文章演說，看他在政治生涯中如何演出一幕又一幕的 melodrama。Rose 採來的 melodrama 定義是：「a world of absolutes where virtue and vice coexist in pure whiteness and pure blackness and a world of justice where... good triumphs over and punishes evil...」黑白分明，邪難勝正。

持此觀之，Winston 改變英倫朝野的那一場風雷演說：「You ask, what is our policy? I will say: It is to wage war... with all our might and with all the strength that God can give us... against a monstrous tyranny...」絕對melo，絕對drama！

今天我城稀罕的偏是這樣撩人的melodrama！

《信報‧北狩錄》二〇一八年一月九至十一日

優雅地佬去

我知我知，連家母都嫌我煩，一再重複靜安先生的遺囑：五十之年，只欠……

然而長髮吻感的伊健明明只稍長我兩個月，卻已優雅地走到台前，為我們的退休生活籌謀打算。（男）人老了，不珠黃，卻變佬。「佬」於我一直只是漢語名詞形容詞，看完《列佬傳》，方曉得也是個描寫芳華閃逝的慘烈動詞。

《列佬傳》不是《烈佬傳》，但黃碧雲小姐看了，諒必不會皺眉，倒會會心甜笑吧。事情是這樣發生的，有兩位諸事作者取名「佬訊」，但嘜頭卻是魯迅的頭像，我自然注目，想「佬」「魯」同音異調，算是玩食字格的 passing off，遙向樹人先生致敬吧。《列佬傳》一望而知寫的是一眾熟男，物傷其類，我不禁啟卷，喜見書頁間指點品評的正是人間眾佬的衣着打扮，沒有惡言，最多尖酸，然而甫寫到哥哥的情迷高踭鞋，寫到哥哥未滿五十而縱身一躍，芳華絕代，筆下卻款款深情：

「人生就是細水長流，淡淡的 fade away，定必比只有一剎的 burn out，蘊含更多的甜酸苦辣。所以，唔好死。願諸君優雅地佬去。」

哥哥如是，靜安先生如是，各以他們藝業璀璨的身前和灰飛煙滅的身後譜成綿綿傳奇，不僅天人永隔，卻是擺渡至一個跟眾佬絕緣的宇宙，讓我們呆在當下。To 佬 or not to 佬？That is not the question！問題只在能否如佬訊所願：優雅地佬去。

「可堪孤館閉春寒，杜鵑聲裏斜陽暮。」

書上哥哥芳華絕代一章之前，佬訊寫的赫然是 Albert Camus，就是歷史上那張豎起大衣領抽着煙的 icon 照，照中卡繆倥傯間回眸，彷彿笑問拍照者在影咩春天？而哥哥一章甫畢，接下來意想不到跳接的是佬味飛揚的林雪！敢挑林雪的 wardrobe 來寫，還要踵步哥哥之後，果然心眼瑩然，眾芳同列。若 Camus、哥哥、林雪俱是佬的優雅，那種優雅想來不只是 graceful，更是 thoughtful 吧。

Albert Camus 是將人間困境與詭異故事共冶一爐的智慧人；哥哥風華一代，無庸贅說！林雪呢？佬訊教我們這樣橫看又側看：「一部電影可以沒有林雪，但有林雪的電影總令人期待。」我自然想起《放・逐》裏他一身灰黑長褸 look，拎着手提大鎗袋，念念有詞：「一嚿黃金重啲？定係一嚿乳房重啲？」這片段大可鑲進 Camus 的小說《The Fall》裏，跟書上主人翁的連串獨白協奏，錚錚然有回聲。

去年杪大名鼎鼎且是美人的芝大教授 Martha Nussbaum（伊的頭銜長之又長：

Ernst Freund Distinguished Service Professor of Law and Ethics jointly appointed by the Law School, the Philosophy Department and the Divinity School）壽屆從心，跟法學院同僚 Saul Levmore 不務正業，合寫了一卷對談書叫《Aging Thoughtfully》，甫開卷即引人進入美麗風景線：「This book is about living thoughtfully, and certainly not about dying, gracefully or otherwise.」說的也是如何優雅地佬去。物傷其類，滿懷 empathy 的我自然漏夜追看，看到 Aging Bodies 一瓣，不乏新見，謂我們對老去的身體變化頑固地有 disgust 和 shame 的 stigma，例如看見臉上的皺紋、壽斑和幾乎彈唔番出嚟的皮膚，我們即自慚形穢，這種 stigma 料跟人類的進化及人間的厭惡死亡（老去佬去即更接近死期）有關，然而 Martha 告訴我們：「Giving way to a social disgust-stigma means finding oneself disgusting!」情何以堪？「優雅地佬去」正是尋找方向方法不去嫌惡自己，說得明白點，其實是做個咪鬼乞人（自己和他人）憎的人，因此《列佬傳》中喜歡一 pair pair 比較，教人要做楊岳橋，莫做周浩鼎；懷念翳鬚曾，莫作 bow tie 曾；但無論如何，人要有不賣的臀部，因此不論是西環的契仔還是西環的契弟，大家都唔好做嘞……

優雅地佬去是大學問，我想起身前身後俱叼着雪茄的鄧爵爺。

《信報 • 北狩錄》二〇一八年二月二十及二十一日

我們的 St. Patrick

在倫敦嬉春的年代，跟一眾友人度過了好幾回 St. Patrick's Day，當然全在酒館不清醒中度過，讓墨漆的 Guinness 消磨着青春或不再青春的泡沫，那燈影觥籌之間曾是我的美好時光，我常笑笑，人笑癡，也癡笑人吧。

回來我城後，Guinness 喝得更兇，St. Patrick's Day，記得不記得，記起不記起，還不是照過如儀？獨偶爾在尖咀地窖 Delaney's 中轟飲過去，方才記得，夢與現實之間，原來也曾有那麼一方共耕的淨土——異域的一爿 Irish Pub！當年倫敦友人中有幾位 Irish 揚眉女子，俱是我的包租公睡過未睡過的伊人，醉中常央着我這人仔一起坐船到 Dublin 去，彷彿煙雨濛濛，桃花源蹤，我便想起喬哀思筆下的款款 Dubliners 來，例如客棧女主 Mrs. Mooney 的荳蔻年華掌上珠 Polly Mooney，她愛唱愛唱：「I'm a... naughty girl. You needn't sham: You know I am.」說話時總不忘 had a habit of glancing upwards，一派美麗反白眼，不讓《第一財經》的藍衣相宜小姐專美。

我又想起革命導師恩格斯在《The Condition of the Working Class in England》

中對愛爾蘭新苦移民的不屑觀察：「These Irishmen who migrate for fourpence to England... the worst dwelling are good enough for them; their clothing causes them little trouble... shoes they know not... whatever they earn beyond these needs they spent upon drink」！

恩格斯的大作既寫成於一八四五，那銷金又銷魂的 drink 我便不難推定是始釀於一七五九年的 Guinness 了。據說 Guinness 出身於 Dublin 的 St. James Gate，傳到不是 Catholic 的英倫及不只於英倫的世界更大放異彩，主人 Arthur Guinness 是愛爾蘭人卻又好像不大囿於愛爾蘭民族魂，竟主張英人管治，於我來說，Guinness 總戴着那麼一頂政治不正確的 defiant creamy white hat，恆浮在墨色的苦酒上，黑白意分明！噫！將進酒！

《信報‧北狩錄》二〇一八年三月十九日

不是知更鳥

從前天真，以為站在蝙蝠俠身邊也讓底褲外露的一位姓羅名賓，不知有漢，更遑論Robin是知更鳥，慧黠有神，連夕爺也曾寫過，千嬅也鶯聲唱過：「知更鳥／甜言蜜夢中比你熟性／不敢去午夜啼詩。」A.A.Milne的詩中卻最多Robin。

原來Christopher Robin最不喜歡Christopher Robin，從前在Ann Thwaite寫的A.A.Milne傳記中略略讀到，書上引了A.A.Milne在小說Chloe Marr中幾句淺淺白白的話：「You love your children, you will never stop loving them.」沒有人會疑心話中有半分虛假，事關「love」的宇宙太遼闊，汝之所愛，彼之所恨，俱在其中，相容又相悖。試看Christopher Robin在其回憶錄《The Enchanted Places》中的回禮：「I was the wrong person in the wrong place with qualifications nobody wanted... Other fathers were reaching helping hands to their sons. But what was mine doing?」

Christopher Robin既是Winnie-the-Pooh的玩伴，也是A. A. Milne的兒子，既以other fathers vs mine對舉，兒子的心該傷透了吧？

許多年前每隔一陣子，總愛從倫敦跑到牛津 Broad Street 上的 Blackwell 看書買書，有時跟友人一道，有時單拖一個，那天是單拖吧，在二手部撿來這部 A. A. Milne 的傳記，才五英鎊，更驚訝的是傳主的生平與時代殊曲折，跟我翻過的 Winnie-the-Pooh 淨好故事頗不相侔，追讀下去，竟見這一段父子情仇，彷彿是永恒，不要問卻偏偏不能不問：

「But what was mine doing?」

那年月家父早已仙逝，不必以現在進行式提問，但那 past continuous tense 問的縱然不是個 rhetorical question，也許也是一截丟不下去的怨咒吧！

電影《Goodbye Christopher Robin》告別的既是故事主人翁的童年，也是主人翁銳意擺脫的一重 fictional 身份，其間的分別不是真與假，而是幻與真，彷彿一塊鏡子中的裏與外，外與裏，花和鏡中花，Robin the fictional and Robin the boy。

Robin the boy 不喜歡 Robin the fictional，不喜歡他以他之名，揚才露己，更不喜歡父親 A. A. Milne 之所以馳譽天下，憑的是 Robin the fictional，不是 Robin the boy！許多年後當 Robin the boy 已長成 Robin the man，還是意難平，在《The Enchanted Places》的後記裏幽幽寫道：it seemed to me, almost, that my father had got to where he was by climbing upon my infant shoulders, that he has filched from me my good name and had left me with nothing but the empty fame of being his son.

Oh! My good name！賜余以嘉名！名字界定了身份，也界定了誰和誰的關係。原來 Robin the boy 有過許多名字，小時太小，讀不出 Milne 來，倒錯讀成 Moon，爸爸聽在耳裏，從此只叫兒子做 Moon。兒子應該很歡喜，Moon 這個小名從此成了父子之間的一個密碼，一片 exclusive territory，好個 enchanted place，因此我疑心 Moon 之厭惡 Christopher Robin，不在於盛名之累，卻在於那可惡的 Robin the fictional 霸佔了他的血肉爸爸。Moon 最愛黏着爸爸。

世間的兒子也會希望黏着爸爸？

小雲雀翻開我家中的一卷 Winnie-the-Pooh，其題詞曰：To lay this book in your lap/... Say you like it?/... Because it's yours-Because we love you.

《信報 • 北狩錄》二〇一八年三月二十七及二十八日

我城的衣冠

滯留我城的日子，無緣朝聖的人家地方總開着綻着這樣那樣百花的芬芳。小雲雀甫飛雀傳書，謂倫敦 Tate Britian 的 Modigliani 大展剛苦候了我四個月的光景，唔嚟嘅始終唔會嚟，等埋先開飯殊不切實際，已經食住等啦，拉閘埋數你都未到，咁就唔好怨人，惟有怨己。係囉，我都係怨自己，為甚麼人家去年十二月廿三日開 show，我偏要二十號狠心飛走？惟有借子華神金盤未㖨口前的金句解語解畫：「搵食啫，犯法呀！」

唔犯法咪犯賤囉，剛在郵箱中採來新一期《Royal Academy of Arts 季刊》，我忝為 RA 之友（其實人人皆可，年費才一百英鎊！），自然受邀恭臨修復後依然雄峙於 Piccadilly Circus 上的真身：Friends Review of Transformed RA take place on 16, 17 & 18 May！唔……我應該唔得囉，唔好意思！

其實一年之中最多只有三四星期賴在倫敦，趕不上的總比趕上的多得太多，委實與人無尤。倒不如就地留心目前眼下，讓眼睛與靈魂少點受辱，雖然一切並不容易。

先祖母往生後蓮位供奉於沙田般若精舍，小園清靜，貓鳥和諧，入門三進，我常愛走入第三進的小殿，香火不盛，金身釋迦佛像前早有蒲團放着，蒲團朝裏凹入，彷彿嵌着許多人的虔誠功德。殿內懸有幡帳，隨風而漫，我移眼壁上，見有心經補壁，凝睇間，見是我城名宿賈納夫的一方墨寶。

一座城市的風景便是給這樣的補壁撐起來，不比煞有介事的商場 Art Basel 又或是開山裂土的擎天巨剎，般若精舍只是方外小寺，蓮位靜庵，不必預約登山，最宜隨喜請進。賈先生也不以書家名世，然其所寫《心經》骨肉勻稱，常在行楷之間，字在觀自在。去年蘇富比有一小系列拍賣，顏曰《賈納夫舊藏名家作品》，中有溥儒、徐悲鴻與黃君璧，而溥儒的一件《湖山幽趣》更有賈先生題跋，筆趣意趣俱到，其文曰：「西山逸士畫名滿天下，為北宗第一人，與余交厚。己亥索書，並報我以精繪絹本小幅山水八幅，並云此乃隱居西山時所作，洵非率尔之筆……」溥儒是舊日王孫，不作飛入尋常百姓家的台前燕，倒隱入於西山日暮處，而與賈先生遊。賈先生治事於我城大賈胡文虎處，胡先生曾斥鉅資予般若精舍，興辦安老事業，環環相扣，我遂在精舍小殿風涼中看到賈先生的心經墨寶。此中若更有傳奇曲折，許公禮平必然知之且已久蓄胸中，但願有暇狀寫丹青，聊記舊日風雲。

從小殿中退出來，跨出門檻，來到花圃魚池間，回頭看精舍大門匾上「般若精舍」

四字，方圓飽滿，題字者是虛雲和尚。我城歷史小書曾記載，此處原是道場靜修之所，後來方才大開門戶，一九四八年更經虛雲和尚正名「般若精舍」，弘法流傳至今。嘗檢《虛雲和尚年譜》，民國三十七年戊子年條下，惟見「赴香港沙田慈航淨苑（院）道場講經……又至東覺蓮苑拜懺。事畢，回雲門。」未見有般若精舍的故事，誠事了拂衣去？

我城人仔未必人人有閒欣獲勝緣，在精舍流連忘返，看字吟風。走在街上，見的盡是傖俗不能成文的招牌，又姹紫又嫣紅，有時還無端襯着走馬般亮晶晶閃星星的花燈（我好亂啊……）。其實足浴茶記三弟米線之流，縱是邀得賈先生虛雲和尚再生題字題匾，也不可能將俗流化清流吧——粗話怎樣寫也只能是粗話。

精研傅山書法交遊的白謙慎喜歡在共和國老家亂逛，搜羅各路平民書法。平民書法也者，即一切能見於公眾空間的文字書寫，如鋪頭招牌、燈箱廣告以至乎廁中的溫馨提示，栩栩乎道在便溺，唾手可得。這一路平民書法，各有實用功能，不在乎借書寫以抒懷，不是有意為之的藝術，是未經「經典化」（canon-formation）的筆墨，還不是供人禮敬的書法。白謙慎有興趣探討的是這類書寫將來如何可能戴上光環，走進廟堂，成了供後世模仿學習的書體？白謙慎叫我們不要笑得太早，聰明點出漢唐墓誌碑刻與乎眾多敦煌文書，當年也不過是沒名沒姓的刻工和鈔胥的作業而已，今天碑學縱非大盛，但也是學書人的圭臬，而近年所謂「敦煌書法」也在為良莠不齊的敦煌出土借據、帳籍、佛書和賣身契等賦以正朔地位，正朝着「經典化」而走，因是之故，今朝的平民書法自是不容小覷，白謙慎遂將荒地上一爿理髮店「娟娟髮屋」招牌對照波士頓大學藝術館的一面吳昌碩匾額「與古為徒」，那是 low brow 對着高眉，彰顯的是 glorification、gentrification、socialization 和 institutionalization 等等等對藝術生成的支配力量。

那麼，我們或要警惕，今天我城滿街足浴茶記三弟米線之流的惡劣招牌書寫與乎霓虹裝飾，他朝或會被錯解作我城的楚楚衣冠，人間藝術，到時賈納夫先生與虛雲大師魂在天上也怕要皺眉了。

《壹週刊 • 人間餘話》二〇一八年四月十一日

Remembering them

上、

小城傖俗猶自可，小小大橋叫 mega bridge，mega 的其實不是建築不是耗費，卻是人間對灰撲撲無情硬件 monument 的癡癡迷迷，一日逼爆，一宿無話。大國呢？十一月十一日是聰明伶俐的光棍日，買買買買（我都好鍾意買嘢，但總不必急在一天吧），不是 Armistice Day，今年更是珠海航展的壓軸日，揚威天下的是未見七色的彩虹隱形無人戰機，是 arms，不是警惕 conflicts 的 armistice。當然，一九一七年八月十四日向德國及奧匈帝國宣戰的是舊中國北洋政府，不是今天已然崛興的風采新中國，故一百年前結束 the Great War 的 Armistice Day 自是人家的綠楊春色，不是我們的世家本紀，何況人家 Armistice Day 翌年的巴黎和會，喪盡中國的權辱盡中國的國，國人自應立於歐人之外，不必一般見識！可是，厲害的國吖，當天北洋政府派往歐洲戰場的還是中國人，他們雖不是 combatants，但也上戰場，掘戰壕，尚有小部份充當坦克工廠技術工人，萬里飄零，風霜雨雪，還有西班牙流感，自有死傷不能返國者，remembering them 也是應有之義，由衷之德吧。

在《梵爾賽條約》諸般不是之中，第二二五條載：「The Government of the Allied and their associates and the German Government will ensure that the graves of soldiers and sailors buried in their respective territories are respected and maintained.」那彷彿更是生者和死者之間的 honour pact。

戰場上沒有快樂聖誕，多的是猩紅帶血不帶頭的屍體，死者不知，生者不能辨，英倫 Imperial War Graves Commission（帝國歿後，改稱 Commonwealth War Graves Commission）採了 Rudyard Kipling 之議，敬稱這些 unidentified 的犧牲者為 Known unto God！

人在做，天在看。

中、

浩浩乎平沙無垠，敻不見人。河水縈帶，群山糾紛。黯兮慘悴，風悲日曛……亭長告余曰：「此古戰場也，嘗覆三軍，往往鬼哭，天陰則聞。」傷心哉！秦歟？漢歟？將近代歟？

李華寫《弔古戰場文》，因弔而有論，因論而有感，既是痛史，也是人間的不平情緒，少年時我們都讀過背過，我只嫌文中太多悲哀字眼，嗚呼噫嘻，時耶命耶，一切太露，如烤得十成十熟的 Sirloin，剖開來，倒不見漫出來的鮮血了，遠不如風中露中野地上那片綴滿 poppies 的一望一色花海：

In Flanders fields the poppies blow/Between the crosses, row and row/That mark our place...

從此每年十一月在酒館中我們都採下一朵 poppy，別在襟上，remembering them，那款 sentiment 不一而足，亦 abstract 亦 private，心上生花。Remembrance 是不忘，是 recognition，也是不滅心香，苦的酸的幽幽的計算的 heroic 的，各懷各的心事，並不止於興亡遺恨的一筆過大敘事，delicate 多啦。今年是 Armistice Day 百週年，歐美元首（共和國主席應是忙於紀念改革開放四十週年，未克赴會）如何聚頭憶記 the Great War 自也讓人各有各的詮釋，十一月十一日那天 Merkel、Macron、Erdogan、Trump，還有 Putin（May 要留在倫敦的 Cenotaph！）齊齊走過凱旋門，旋轉往梵爾賽宮主持

Macron催生的首屆Paris Peace Forum開幕禮，Neil MacGregor在上週末的《FT》上說，那是從forging a common memory到having a shared imagination of the future，詩意詩意，側聞Forum中馬友友將以UN Messenger身份赴會，道出他的和平願景，馬先生屆時憑的是說話？還是音符？

下、

二〇一四是歐戰爆發百週年，劍大出版社刊出了《The Cambridge History of the First World War》，一套三大卷，主編人是耶魯的Jay Winter。Winter是歐戰大行家，自無疑問，我記得我還在念書的九十年代，劍大甫推出Canto Classics叢書，裏邊便收了Winter的一卷小書叫《Sites of Memory, Sites of Mourning》，副題作《The Great War in European Cultural History》，寫的是歐戰，但着墨處是歐人如何透過對大戰的collective remembrance，重行記憶，詮釋，創造甚至扭曲大戰的種種，creative and selective的不只有歷史書寫，還有一切生活中的memorial and mourning，我看着新奇新鮮，便從馬先生的曙光書店裏嘻嘻挾卷而歸。是以年前一見《劍橋歐戰史》屬Winter

主編，便暗揣其理路自不尋常，趕忙訂下，誓願要在 Armistice Day 百年祭前終卷。當然，一切誓願，終歸虛無！我近日方才抱起佛腳，細讀第三卷 Civil Society 終卷部份 Reckoning（怎生譯好？思量有時？）的一連三章：《The War Memorials》、《the Dead》、《the Living》，裏邊自有述及歐戰中死去的中國人。

我城沒有忘記，最少上週日的《Sunday Morning Post Magazine》封面故事《Casualties of Peace》說的便是這一群 Chinese Labour Corps（CLC，芳鄰毛小姐也寫過一遍），還介紹了一場英國華人民間 campaign「Ensuring We Remember」，爭取在英國為這批戰時華工豎立 permanent memorial，一切進行中，早籌得二十五萬英鎊（包括共和國捐出的五萬鎊），從河北石家莊訂裝巨形華表，本趕在 Armistice Day 百年祭日立於倫敦 Royal Albert Docks，那是 CLC 當年上岸之所，但不巧石家莊市政府為了清新空氣，最近禁了石雕行業，華表沒有雕成，「Ensuring We Remember」不思量，自難忘，惟有另尋出路。主事人說，一切暫緩，寄望明年巴黎和會百週年五四運動日吧……

《信報 • 北狩錄》二〇一八年十一月十二至十四日

Freddie 的葬禮

小時候沒有音樂滋養的幸運，古典的流行的爵士的藍調的樂與怒的，一律未聞不聞，孤陋得太羞人。後來有幸在倫敦各大音樂廳暨 Jazz Cafe at Camden Town 中囫圇小補，耳朵終可略略走出前世，迎來今生。然而，雖曾在城西慣見 Dominion Theatre 祭出《We Will Rock You》的大纛，隱隱知道此 Queen 不同於藍血的 Her Majesty，但還是懵懂，只曉得有《溫拿狂想曲》，卻不知有 Bohemian Rhapsody。

不知怎地，自從許鞍華《男人四十》叫《July Rhapsody》後，Rhapsody 於我便不狂不想，彷彿只剩下「當時已惘然」。

看《Bohemian Rhapsody》也曾惘然，結束處主音 Freddie Mercury 死了，黑幕上亮出 he had a Zoroastrian burial 字樣。

Zoroastrianism 是源自波斯的瑣羅雅斯德教，因教主 Zoroastre 得名，Zoroastre 即古希臘人口中的 Zarathustra，我國古人曾翻作「蘇魯支」。尼采的《Thus Spoke Zarathustra》，今世通譯《查拉圖斯如是說》，魯迅硬譯《察羅堵斯德羅緒言》，沒太多人理會，徐梵澄筆下復古，叫《蘇魯支語錄》。我國古人卻不理人家教主淵源，只叫 Zoroastrianism 祆教。陳垣當年《摩尼教入中國考》云：「（其信徒）拜光又拜日月星辰，中國人以為其拜天，故名之曰火祆。祆者天神之省文，不稱天神而稱祆者，明其為外國天神也。」其為中國中古三夷教一種，宋僧贊寧《大宋僧史略》中有此一條，廣受引用：「火祆教法本起大波斯國，號蘇魯支，有弟子名玄真，習師之法……後行化於中國。貞觀五年，有傳法穆護何祿，將祆教詣闕奏聞。」

大波斯國興衰之間，祆教亦起亦落，後阿拉伯回教徒征服波斯，祆教徒亡命出走，逃至印度西部，開枝散葉，印度人呼其人作 Parsi，清人翻作「巴斯」，Freddie Mercury 其祖上是巴斯。

火祆教研究自陳垣撰《火祆教入中國考》以來，漸成顯學，於中外交通史、比較宗教學以至兼採敦煌文書以發明上，創獲繽紛，名家一代接一代，自陳垣始，續有蔡鴻生、林悟殊、張小貴等，這還只是一張國人名單，縱目東洋俄國，更亮麗輝揚，年前我一翻張小貴《祆教史考論與述評》書後羅列的文獻，即有近百頁之多，好不咋舌！此中更有研究巴斯與清代近代口岸商人者，如郭德焱即著有《清代廣州的巴斯商人》一卷，連祖師奶奶在《張看》中也寫過巴斯，不算研究，只寫伊人滯港年代，一位巴斯男孩約會她的閨蜜炎櫻看戲，最後三人不成虎卻成行。

其實我城曾經不只是大灣小鎮，徒有拖篋男女，更是一派multicultural，萬商雲集，巴斯自曾來港留港經商營生，今天黃泥涌道上尚有一個巴斯墓園，門外勒石銘刻：「此園係巴斯國人所建安葬本國之人，別人不得便葬，建立於本國紀一千二百二十二年，耶穌一千八百五十二年，特啟。」誠素書穆穆。

祆教雖然還是叫Zoroastrianism，但已是瑣羅雅斯德教東傳甚至入華華化後遞嬗而來的新版，其殯葬儀式，據云，瑣教是天葬，鳥獸噉屍，有屍台，然祆教則讓屍首風化，遺骨甕中，可是，黃泥涌道上墓園已是個土葬故事了。那麼，Freddie呢？我只找到《Daily Mirror》一九九一年十一月二十八日的報道，只說他在West London Crematorium的葬禮沉靜深思，遵循的是the ancient Zoroastrianism faith，僅二十五分鐘，出席者惟至友至親，除Freddie雙親外，還有Elton John，Queen的三位戰友，更有風中淚中的Mary。Freddie靈柩徐徐移入crematorium chapel之際，播的不是Queen的作品，卻是《You've Got a Friend》，Aretha Franklin的騷靈版。

《信報・北狩錄》二〇一八年十一月二十七及二十八日

人之初老

《House of Cards》來到 Post-#MeToo 第六季，讓 Claire Underwood 坐上了總統大位，不叫 President Underwood，回復娘家本姓，叫 President Hale，還延攬了清一色的揚眉女子內閣，笑傲江湖第一天，Claire 問一眾閣員，嫌棄女性者叫 misogynists，那麼 man-haters 叫甚麼？一眾默然，Claire 說昨晚睡不好，起床查書，原來叫 misandrists！沒有人懂，只因我們的文化裏沒有流行 man-hatred！

人家只說「60s is the new 40s」，沒有「老中青」的是非分界，智商高官卻偏說「六十中年」，聞所未聞，其故不在 life expectancy 有否未來憧憬，而是人生過了六十年，怎麼還忍心說成是人壽百二的一半？尚有悠悠六十下半場，豈不殘忍？豈不叫人心痛？「六十中年」即如 misandry，其實是常識以外的 nonsense，特府高官庸妄，為求削去蠅頭小福利，自鑄新詞攪屎棍，還要涎着臉嘻嘻復嘻嘻。

國史上有昏君明君求仙求道求永續連任，在乎的是「長生不老」，不是「長生不死」呢！我們睜眼看着特區首任特首樂悠悠，能不嗟嘆「老而不死」？可見一些人的「有幸老」較諸「不幸死」更sinful！

Simone de Beauvoir的《The Second Sex》議論者眾，但伊人另一大著，英譯題作《Old Age》，更不乏如珠妙語：「It is old age, rather than death that is to be contrast with life. Old age is life's parody, where death transforms life into a destiny: in a way it preserves it by giving it the absolute dimension.」跟生命狠心作對的不是死亡，而是垂垂老矣。

這大概也是知堂老人的知言：「因為我是老頭子轉世的人……其不能討人們歡喜，大抵是當然的了。」

說世人不愛老人，為的是老人世故頑梗，不容易敷衍對付，跟特府心事最最風馬牛，彼等倒咬定老人孤弱，最可欺之以方！否則，慣替市民花大錢的高高官又怎會小器，只為了蠅頭小福利，錙銖盡計？還不是那款「I do because I could」的獻世豪氣！

如相信「五十年不變」只付予特府年壽五十，今天特區才芳齡二十二，中年未到，合該是花樣年華，怎麼已一味剛愎庸妄，世故得只剩下「每依北斗望京華」的用心良苦？那麼老還是不老，無關宏旨，人心變壞，只爭朝夕，噫！

二〇一八於我是只欠一死的五十凶年，嗡嗡嗡的寫過不只一回了，二〇一九啦，而今還在，既怕死復怕老而不死，真欺人。昨天讀黃偉文先生在《明周》專欄上寫〈初老指南〉，嚇得我吖，所列出的六種初老特徵，我應有盡有，例如件長褸極靚但重逾五公斤，打死都唔會買，買咗都唔會着啦；又例如仲有兩個街口都唔願行，寧願有 US secret service 一般的司機全天候追蹤接送……餘者不及，恕不一一了。黃先生跟我算是近齡人，筆鋒常帶感情，當年寫《陀飛輪》說的一切憑弔心事尚是名成利就花好月圓者的獨家專利，於我無關，但「初老」的特徵卻是貴賤無分，有沒有過初衷，俱一視同仁。最可惡的是，黃先生不是叫我輩認老，只是邀請同仁齊齊承認「初老」，門檻咁低，怎生拒絕？

十九年前翻看 Roy Porter 那本《Gout: the Patrician Malady》，亦醫學亦文學亦哲學的一部優雅文化史，封面是 James Gillray 那張非常恐怖的鬼怪咬腳圖，為的不是了解老男病情，而是歡喜裏邊寫的名人 gout 故事，有 Edward Gibbon、Immanuel Kant、Samuel Johnson，滿天星星。這幾天我沾了前賢的光，不良於行，臥床攤住嚟嘆，不能喝 Guinness，只好吃不常有的 Guinness 薯片。

《信報‧北狩錄》二〇一九年一月二十一及二十二日

老杜誌

「老杜誌」不是「杜老誌」，後者是已成歲月黃花的灣仔風月老場，沈先生西城在蘋果樹下早傷弔了好幾趟，前者則是哀我詩人杜甫給特府庸吏擺了上枱又一回，是是非非。

「人生七十古來稀」！隨隨便便挪來移作那 obsolete 的 mortality projection，倒不是缺乏科學根據，而是欠了詩學基礎。杜甫《曲江》二首寫於詩人難得當官的長安時代，時任肅宗左拾遺，即乾元二年（七五八），詩人還未滿五十之齡。《曲江》之二前半截詩云：

朝回日日典春衣，
每日江頭盡醉歸。
酒債尋常行處有，
人生七十古來稀。

杜甫那時未老，才四十六，雖授官職，可既無事可做，更無錢買酒，典衣日日，酒債處處，慘！古來稀的七十，略如勁歌金曲男歌手獎，杜甫大概不稀罕，事關青壯之年已然亦貧亦病，窮即是病（《我不是藥神》裏的醍醐金句！），如有七十，臨老一定唔過得世，是以此詩結語方是「傳語風光共流轉，暫時相賞莫相違。」那是想到古來稀卻過唔到世的七十，一定衰過而家為酒債而典衣的四十幾，故不如眼下暫時相賞，莫失莫忘。

孤證難鳴？不！前一年，即乾元元年，安史亂後，肅宗返長安復位，遂清算位位嘗仕「偽朝」的舊臣，中有鄭虔，杜甫老友，年逾七十，得不死，卻遭貶外放，星火之間被拖篋走人，杜甫未能面送餞行，還是寫了一首題目長長的《送鄭十八虔貶台州司戶傷其臨老陷賊之故闕為面別情見於詩》，以誌其情。詩題即小序，原委明明白白，中有「臨老陷賊」四字，怵目驚心。

我城長者，或有感焉？

杜甫送給老友鄭虔那首小詩，傷其「臨老陷賊」，誌其「無端永訣」，詩云：

鄭公樗鬢老成絲，酒後常稱老畫師。

萬里傷心嚴譴日，百年垂死中興時。
蒼皇已就長途往，邂逅無端出餞遲。
便與先生應永訣，九重泉路盡交期。

此中最泣血的是人家朝廷喜慶「中興」（其實不過是V形谷底回升一點點）之際，鄭氏卻遭嚴譴，臨老垂死不堪憐。我常暗揣，所謂「陷賊」，面子一層自是「職官安祿山偽政權」，那是國史正朔觀的必然結論——近年學界已漸聞異聲，如北大榮新江及日人森安孝夫諸先生，俱主張從中亞史角度重新審視安祿山的大燕政權如何顛覆唐室李氏一脈——但以鄭氏遭厄而論，臨老所陷的更是中興之主肅宗的official retribution，那又何嘗不是裏子一層的賊？須知《新唐書．鄭虔傳》（《舊唐書》無傳，復旦唐代文史名家陳尚君以為，因鄭氏與杜甫多有交往，故補傳）提到鄭氏身在大燕朝中，卻「潛以密章達靈武（時肅宗即位之所）」，暗通款曲，以示不忘正朔，可肅宗回朝後，依然清算。近年洛陽出土《鄭虔墓誌》，中有「非其罪也，國之憲也」八字，果然無奈。

於今特府倉廩猶實，歲入無豫，既可隨意浪擲公帑起呢起咯，卻為了省得一塊半毛，嘻嘻打劫初老已老之人，賊還不賊？

人生七十古來稀，只因苛政叫人不好活下去，如不作賊，便只好臨老陷賊。可幸老杜只活到五十八，自難及見如此一切。特府斧鉞輕削，飛花一片，自得其樂於「一片飛花減卻春，風吹萬點正愁人」。也還是《曲江》中傷心的兩句，智商庸吏大概不會引用。可自宋代以還，老杜詩名日赫，詩史云乎，早給廟堂化（canonised）成忠君愛國，政治正確。一九五九年蔣兆和畫了一幀水墨杜甫像，今藏森森然的中國歷史博物館，一臉苦大愁深，自難壽逾古稀了。

老杜給廟堂化後，一如蔣兆和那幀畫像，一臉憂國又憂民，愁深苦大，很不過癮。二〇一二年正值老杜一千三百歲冥壽，有好心好事網民拿蔣氏杜甫像 re-created 一番，讓老杜穿上美國隊長戰衣者有之，配上美少女彩衣者有之，擲去詩筆而手提機槍者有之，等等等等，這一組尋他開心之作開心題作《Du Fu is Busy》！現在連特府削去初老者一片飛花小福利，也要憑借杜句以登場，老杜果然 busy。

剛過去的一週，我憂患臥床，不得出遊，老杜也忙於在我耳邊喃喃自吟那首《百憂集行》：

「憶年十五心尚孩，健如黃犢走復來。庭前八月梨棗熟，一日上樹能千回。即今倏忽已五十，坐臥只多少行立。」

我對號入座，慘不忍聞。醫生囑我停杯止酒，老杜卻不曾聽話，他只愛說：「人人傷白首，處處接金杯。」又或「淺把涓涓酒，深憑送此生。」再如「此身飲罷無歸處，獨立蒼茫自詠詩。」我偏愛《絕句漫興》裏的瀟灑語：「莫思身外無窮事，且盡生前有限杯。」

從前不信生前竟是有限杯，邇來舉步維艱，連心愛的 Givenchy trainers 也穿不了，赤足茫茫，倚窗偷眺，忽聞遠處隱隱有勸酒聲，是耶非耶？

病中讀老杜酒詩，益覺蔣兆和那張杜甫像屬紙板人物，不堪看，文革中郭沫若寫《李白與杜甫》，縱有千般不是，但書中特闢一章《杜甫嗜酒終生》，還是別有所見，其裁斷赫然是「杜甫的嗜酒不亞於李白……新舊研究家們的眼睛裏面有了白內障……視若無睹，一千多年來都使杜甫呈現出一個道貌岸然的樣子，是值得驚異的。」我驚異於已然十多天未有嘗過 Guinness 啦，Ireland 在 Brexit 後有否 backstop 我便不管了。

《信報 • 北狩錄》二〇一九年一月二十八至三十日

有緣是夢　有夢是緣

人家暱稱她「愛玲」，是影評界的前輩雅人，也是電影《花城》裏巴黎小劇場上的一位冷眼觀者，緣戲入夢，夢餘説夢，倩影長留在淡入淡出的文字之間。我無緣榮登影評人之錄，不是緣戲而識得伊人，卻是從前在課堂外識得雷競璇先生，方才修得雅緣結交，故我一直敬稱伊人「雷太」。不叫「愛玲」倒不是怨不親近，卻是另一叫「愛玲」的女子，即又名祖師奶奶那位，於我而言，既世故又暗黑，跟雷太的寬和仁厚渺不相涉，我不願混淆。雷太曾俏語我，謂「叫『雷太』太怪了！」我説「聊當是布萊希特的疏離效果吧！」由始至終，我一路走來，還是「雷太」前「雷太」後，雷太遂見怪不怪。

去年初雷太帶走了許多片雲彩，未辭而別，傷心傷神了雷先生，好不容易才過去了另一回春夏秋冬，雷先生斂起心神，為雷太再版了舊作《戲緣》，添了一張雷太拿「開麥拉」的菁葱照片，坊間樂見；更於篋中檢出人間未見的雷太遺稿，彙成《愛玲早年文存》一冊，嫵嫵媚媚的自印本子，只在友儕間流傳，坊間不會見，那是曹雪芹、脂硯齋、敦誠、敦敏的小圈子心事，我和小貓 Dworkin 寅恪俱有緣讀到了。

《文存》裏盡是雷太少女時代的細愫心事，或出之以詩，或出之以筆記，更有不願寄出的短箋，我初讀這些小箋，總想起吳煦斌那篇《信》，今午雨間在窗邊重檢吳小姐的書，依然亮着這樣的句子：

「你知道嗎，這裏沉默溫暖的面貌曾多次平復我委曲的心。我常常覺得這裏甚麼事情都會發生，我也會在這裏碰到和我一樣疲乏孤獨的人。」

都是少女情懷，但吳小姐是小說家言，必然早願意人前透露，可雷太早年的文章卻像是對鏡的私語，夜半無人雨霖鈴，聽到的只應是階前的淅瀝雨聲。雷先生拿定了主意刊佈於世，必曾有過一番思前想後。

我艸寫此文之前已徵得雷先生同意，I could quote whatever beautiful，但細細讀過雷太水靈靈不盈一握的早年文字，我便不願在人前斷枝折花，在七寶樓台中僅僅取出一爿半爿綺麗窗櫺，來裝飾藍夜裏的任何一彎新月。一來雷太的心事茫茫不必張揚，二來諸君也未必容易看到這部私印的《文存》，我自顧自在說遺世孤本，各位卻未能因緣入夢，經歷夢裏的幾番曲折，誠未免狠心。然而，我讀《文存》裏的片語成篇，適足以引來聯翩浮想，因浮想而掀來別人的文字，也許也能開門見詩，權作雷太心語的allegory，例如雷太那些不寄的信，處處觸及雷先生深處，隱隱然是古蒼梧（古先生恰是雷生雷太的好友）《銅蓮》裏的一首《無題》：

燈熄後
桌、椅、鏡、床、人
都消失了
我們卻以手揑黑暗
重塑
彼此的形象
再以唇
慢慢的燃燒、鍛煉
那一刻
我們都相信：
到天明時
我們便會變成
一座連體的銅像

裸露在大地上
千年萬年
接受八方的風、霜、雨、雪……

《文存》裏也有雷太寫的詩，是英詩，數目不多，也脆弱也不滿，彷彿早跟我認識的雷太縱馬分道奔馳，回頭相笑，但還是當年驚動過的花影。我唸英詩太少，只能想起也青春也悸動的 Sylvia Plath，Plath 的《Spinster》如此開端：

Now this particular girl
During a ceremonious April walk
With her latest suitor
Found herself, of a sudden, intolerably struck
By the birds' irregular babel
And the leaves' litter.
By this tumult afflicted, she

Observed her lover's gestures unbalance the air,
His gait stray uneven
Through a rank wilderness of fern and flower.
She judged petals in disarray,
The whole season, sloven.

如果二八年華的雷太是那 particular girl，因紅杏枝頭春意鬧而捣擾了湖水般的心事，漣漣漪漪，那麼那位 latest suitor 一定是雷先生了，歷千萬年。

雷太的英詩寫作於《文存》裏發了春芽，後來或許轉入了戲緣，好像未見續作，不意如今雷先生竟發得篋中詩，可見詩有詩的命。也是 Plath 的詩，詩題是 Stillborns，信命不信命：

These poems do not live: it's a sad diagnosis.
They grew their toes and fingers well enough,
Their little foreheads bulged with concentration.

If they missed out on walking about like people
It wasn't for any lack of mother-love.

Hughes當年刊印Plath的遺詩，輕輕埋怨，說過：「To my knowledge, she never scraped any of her poetic efforts.」雷先生當較Hughes情深，更能愛惜亡妻的文字，雅不願missed out雷太的半行心事，《文存》裏間有雷先生的小題小註，例如在雷太其中一首英詩前，他這樣說：

「這首英詩寫在微黃的紙上，紙的尺寸畧大於A4，內裏除了一行一行的詩句外，邊上還畫上好幾朵白花、一棵樹和一個結了孖辮的女孩……」

小貓Dworkin日夜黏我，蹲在我身邊看我寫字，玻璃眼珠兒碌碌，也看着稿紙旁邊那個結了孖辮的女孩，我信她明白我在寫的是她和寅恪的救命恩人雷太。Dworkin和寅恪那天雨中在火炭山邊的水溝中嗷嗷呼救，雷太聽到了，猛見一窩三寶，命在頃刻，便跟雷先生一起抱了回家，餵食延醫，三隻乖乖貓活過來活潑過來，便是後來的Dworkin、二妹和寅恪。雷太想起我，素知我癡頑，合該是貓人，怕我孤獨終老，便叫我過來領貓，我未嘗養過一條貓兒狗兒，卻一口答應，一切俱是解釋不了的人緣貓緣。

雷太慧黠，說不如養一雙吧，讓他們有伴，Dworkin 反斗，寅恪好靜，好！雷太雷生便留下了二妹，跟家中老貓「黑豬」為伍。安排已定，雷太正色道：「帶了貓兒回去，便要看護他們一世一生。」我沒想過雷太會要求我這個野人來個莊嚴的 vow，但我自然而然一語應諾！

差不多五年光景了，Dworkin 天天嬌嗲，寅恪一向孤傲。二妹呢？我跟雷太間中互傳貓照，相片裏的她非常嫻靜，一派愛玲！

那天傍晚，流光微茫，我上到新亞書院山上，尋着露天劇場頂端刻着新亞畢業生名字的牆，找出雷太的芳名，拍了照，那是《愛玲早年文存》裏雷太歲月。

《壹週刊 • 人間餘話》二〇一九年二月二十七日

倫敦亂亂

不相識的或不識相的多愛問：「在倫敦有何玩意？」我常打個呵欠，瞇着眼睛懶懶道：「沒有。」真的沒有喎，人在倫敦不是玩啊，是呼吸人文，吐納古今，養一口氣，點一盞燈，神乎其神的。

今早，週末，市上將有百萬人遊行，天略陰沉，風應不大，窗前垂簾卻裙褦如輕浪，彎彎又曲曲，亭亭如傘，我只顧看着看着，無賴般賴在床上，床上的一卷書是昨晚睡前沒有人給我喃喃細訴的bedtime story，那麼看着看着便睡了，燈還是今早起來才捻熄的。書是Sir Michael Caine的半部回憶錄半部影壇警世錄，叫《Blowing the Bloody Doors Off and Other Lessons in Life》，書頁間的故事，暫不相干，倒是買書由來或堪一粲。

前幾天回到學院書店裏磨蹭磨蹭，居然學術架子上一無足觀，在popular section處見有Sir Michael如此一卷，兩手不宜空空如也，挾歸。

英倫藝人多才多采，閒筆書信回憶錄，自然不缺珠珠玉玉，如Sir John Gielgud的書信集，如Sir Alec Guinness回憶錄中卷《My Name Escapes Me》，俱宜暢讀，至若

Simon Callow 寫的 Orson Welles 研究已足納入學問之林了。可是，Sir Michael 嘛，於我而言，常是叫 Alfie 的 Cockney 死飛仔一名，叼煙泡女飆車，幹的是十足的 the Italian Job，雖然晚近當上了蝙蝠夜神管家 Alfred，咬文嚼字多了（「Master Wayne, some men just want to watch the world burn!」），但還意想不到爵爺會寫出結結實實的一卷書來，尚幸從來狩書買書不必太過認真，不是隨隨便便，卻是隨意隨意。

夜了，我便在旅館附近的一爿餐廳坐下，點了菜，呷着酒，翻開 Sir Michael 的書，輕輕靈靈，大概還可看下去。抬頭，我猛見牆上懸一彩色人像，吸着菸，若有所思，是 Sir Michael 嗎？

我待侍者彎身添酒之際，忙悄聲問：「畫中人會是 Sir Michael Caine 嗎？」侍者待酒斟滿，笑道：「對啊，從前他是我們老闆。」

我「哦」的一聲輕呼，侍者續道：「這畫是他老友 David Hockney 的筆墨。」我又一聲輕呼，這兒是個甚麼宇宙？尋常晚飯也有 back stories，這兒原來叫 Langans。

趁着我的 traditional roast farm duck 還未端來，我趕緊看 Sir Michael 書，頁五五上如是說：「In the 1990s I effectively retired. Well, I didn't retire, the movies retired me. I was in my sixties, the scripts stopped coming... I settled down to owning restaurants and writing my autobiography.」幽默而沉痛，我幾乎乍見 Sir Michael 便在不遠處一張桌子上叼着煙，呷着酒，奮筆而書，回顧生平的越陌度阡，還不忘對我笑笑。

書上頁六七果然提到了 David Hockney：「（In 1967 I did）Tonite Let's All Make Love in London, a documentary about London pop culture... featuring Vanessa Redgrave, Julie Christie, David Hockney and Mick Jagger...」那是那個飛仔年代的 Who's Who，我見猶憐。

Double espresso 了，侍者遞與我一卷菜單，不，是一卷畫，「菜單也是 Hockney 畫的，先生留個念。」

Let's all make love 與否，Langans 也 sexy，London 更 sexy。翌日週末，約莫中午時分，城中通衢大道上聚了近百萬／百萬／過百萬人，喧笑奔騰，they say，「Put it to the People!」

人民說要再一遍公投。

翠珊姐姐本是 Remainer，有幸拜相，卻不幸成了 single issue prime minister，那 single issue 還要是 Leave，劇情詭異，兩三年來伊人在 Brexit 上算是鞠躬盡瘁，有功無功，宗教情懷一般入肉，近來報上已說伊人搞的是 evangelistic politics，不惜一切，誓要普渡尚未入信的眾生。Tony Blair 上週便在《Evening Standard》上長氣撰文，借用 Holy Grail 為喻，叫翠珊醒醒，Brexit 不是聖杯，不必那麼死心眼去一意孤尋。

週末百萬人百萬行，嘈到唐寧街十號，翠珊避到別墅 Chequers 去，然後召一眾叛將來（又）攤牌。人格應所餘無幾的 Boris Johnson 也借《聖經》抽水：It is time for the Prime Minister to channel the spirit of Moses in Exodus: Let my people go!

但 people may no longer want to go！都說 Brexit 中公投與議會是 direct democracy 跟 representative democracy 之別，既合作亦齟齬，解決不了便須回到當初，再讓人民自決，這一年來由《FT》、《Guardian》、《Economist》、《New Statesman》、《Telegraph》到《Evening Standard》莫不如此主張。當然，今回的 referendum 選項不能再是小學生選擇題 Remain or Leave！UCL 的 Independent Commission on Referendums 早有相關改革主張，一切似不難，難在為政能放下身段，open one's mind。

Sir Michael 最有經驗，一回他悠閒在家，門鈴響處，爵爺開門，一年輕人拿着劇本，說開戲在即，要找爵爺演出一角。「演甚麼？」「管家！」

「你條死嚫仔乜水？」

「Christopher Nolan！」

《信報 • 北狩錄》二〇一九年三月二十五至二十七日

Alone in Berlin

卻說那朝風日好，水仙花一地嫩黃，我在吃我的尋常早餐，高眉友人忽爾傳書於我，謂因故不飛柏林，不聽愛樂又不賞國家歌劇院啦，遂將票子發下來，叫我順道代勞。

真的「勞」吖，我人在倫敦，轉投柏林雖然總較我城人仔爽健一點，但還不至於縮地千里，一蹴即就，況我在這兒活得很耐煩，朝花朝拾，晚風晚掬，細軟早散落一地，不願裝束。旅館一帶是「芬芳五月天」Mayfair，不叫勞什子呵呵呵「逸瓏」，音樂從來不缺，踩三個站地車是 Covent Garden，Royal Opera House 正新裝上陣，雖然打頭陣的 Frankenstein 又真差強人意，前兩天《金融時報》的 Louise Levene 直說「After a painfully discounted run of Frankenstein...」可幸目下迎來了經典中經典的 Romeo and Juliet，金枝玉葉。從 Mayfair 往北走，穿過不輸於 V&A 的 Selfridges，我便常常流連於 Wigmore Hall，貪她的 recitals 貪她的 chamber music 貪她每週日早上起來的一杯 Sherry 酒，最近在那兒聽了一遍 Dover Quartet，散場後買了一張他們錄的 Shostakovich 弦樂四重奏第八，才三英鎊！我問掌櫃的小妮子為甚麼這樣相宜？小妮子說：「The recording is so old, back to 2003.」我不服氣，偏說：「It's much younger than me!」小妮子嫣然一笑：「You are vintage!」天呀！

另日常光顧的一間餐廳叫「神隱」，前陣子摘了星，一天領班的請我喝酒，恭喜恭喜，我笑謂「glad to be a regular here」，領班正色道：「No, you're one of us!」

我遂願一切五十年以上不會變，這些我那天早上俱沒有告訴高眉友人。

沒有告訴高眉友人，只因不必了，反正我已然決定代勞，暫捨倫敦，走馬柏林。

上一回在柏林已是十多年前的事，匆匆又匆匆，沒有過甚麼人和事。再往前一翻舊賬，卻已是九十年代初還在薄扶林念大學的日子，那些年我也在大學語文中心念念德文，一念念了兩年多，跟的老師叫 Herr Lee、Herr Wong 和 Herr Urbanskis，全都和和氣氣，大好心腸，曉得來上課的都志不在 credits，只為或這或那的因緣傾情德意志文化。入學之初，Herr Wong 問我學德文有甚麼抱負？我托出真心，詞情皆懇切：「為了兩個 H，一個是 Hegel，一個是 Habermas。」Herr Wong 笑笑：「柏林圍牆倒了，果然沒人再讀 Marx。」這一幕 flashback 差不多是二十九年前的少年十五二十時，柏林圍牆倒下於一九八九年十一月十日清晨，快三十年的日與夜。

上了一年課，那年夏天到了歐洲，時興 Let's go Europe 嘛，在未有發明「打卡」

之前人類早已有「打卡」之志，兩個月下來，西歐北歐地圖上應無一國未曾踐土，就連Liechtenstein 也特地踩單車踩過界，讓悟空到此一遊。德國自然不在話下：波恩、柏林、慕尼黑、漢堡、萊比錫，還有海德堡……媽呀，可我明明在德國只有不到一星期的光景！走馬其實看不見花，何況背上當時還佗着幾十公斤的背包，一切只恨太過唔型！

往後我絕少憶起那個夏天，同行也佗背包的幾位早已往來斷絕，我自奇怪，何來當初？

這樣我便提早退了旅館房間，臨行前回到學院再訪 Mr. Coady 在新廈的舊書店 Alpha. Mr. Coady 殷切問我何故辭別，我倒笑問他有沒有 Hans Fallada 的《Alone in Berlin》？

Mr Coady 隨即轉身到店外的一列矮書架旁，彎腰在一叢一叢的企鵝叢書中亂翻，藍的黑的橙的 Tiffany blue 的，各色一個宇宙。Hans Fallada 的《Alone in Berlin》英譯自是屬於粉藍色的 Modern Classics 世界，不太遙遠，初版還是十年前的光景，我那年月還未枯然心死，偶爾還會翻翻中歐東歐南美的翻譯文學，無忘周氏兄弟《域外小說集》的凝視，路滑霜濃的政治文學，文學政治。

《Alone in Berlin》從前翻過，灰沉灰心，更是翻譯文章，擱下了，當然不會帶在身上，怎曉得高眉友人一天會將我捎到柏林路上？

Mr Coady 回過頭來，苦笑，沒有啦，卻隨手翻出 Alfred Doblin 的《Berlin Alexanderplatz》英譯來，果然是文人書店，不會只說沒有而從此沒有下文——Christian Louboutin 斷了碼，也可試試 Balenciaga 吧——我謝過 Mr Coady，說《Alexanderplatz》未合明天路上情調，權且別過，旋轉到 Piccadilly 的 Waterstone 文學部，果有存貨，摘下。

《Alone in Berlin》的故事絕不奇情曲折，人物倒有點曖昧，納粹暴秦年代，不是「to be or not to be」的 heroic choice，主人翁當初還是誠心禮敬元首（my Fuhrer!），但一路走來，卻因眼前變故而逐漸走上那不能歸去之路，算是愚夫婦低下層，不懂抽象大道理，只有切膚之深深痛。我十年前驟看，尚感暌隔，今天已宜讀入我城政治歷史，由居權案、二十三條、政改出爾反爾，趕絕「佔領中環」，釋法 DQ、無端「一地兩檢」到移交逃犯的別開生面，情節遠較《Alone in Berlin》峰迴路轉，我城人仔沒有運，但還有眼睛，不能不變。

我在往 Cologne 的列車上重新翻開《Alone in Berlin》——噢！為甚麼是 Cologne？事關高眉友人怕我不夠盡興，在柏林前還加了一場 Grigory Sokolov 在科隆的貝多芬獨奏，還告誡我：「Sokolov 誓言不去英國！」

事緣英倫政府要求 non-EU 簽證申請人一律奉獻 fingerprints and eye prints，出生蘇聯的 Sokolov 說那是 Soviet oppression，故不齒，近十年已不踐土英倫啦！在蘇共年代，Sokolov 常有域外 concerts，但始終沒有浪漫凶險的 defection，一直由 USSR 待到 Russia。曾有記者以為他鍾情共產主義理想國，他正色道：「We are all communism's victims!」我聽了，別有會心，琴鍵上跳出一國一點五制的隔世回聲。

那夜我到了 Cologne，旅館便在音樂廳對面，推開窗子，即見 Cologne Philharmonie 的燈火通明，門前大海報亮着的是今夜的 Sokolov，也有明晚也是 Russian 的 Valery Gergiev，當然，Gergiev 似更 official 更 Russian，他好像頗能體諒普京割奪 Crimea。

時光不早，可還有時間容我吸完了一支《Romeo y Julieta No.2》（我最喜歡的不是她的味道，而是她的名字活像一首溫暖的 concerto！）才施施然進場。Sokolov 起首即彈了貝多芬《Piano sonata No 3 in C major》，我總不稱 sonata 作「奏鳴曲」，只管叫「朔拿大」，那是逾半世紀前傅雷寫信給聰兒的說法，尤是一提再提的貝多芬「悲愴朔拿大」，那是我少小時讀初版《傅雷家書》的有聲回憶。二〇一三年十月二十七日傅雷伉儷遺灰遷葬家鄉上海浦東，碑陰鐫刻云：「文革中（先生）與夫人雙雙悲愴離世。」那是跟 pathetique 的無聲和鳴了。然而，不知是我從來癡頑錯記還是今世譯名早已一統，去年我翻開最新版的《家書》，不見「朔拿大」，只見「奏鳴曲」。人老了，記憶的荒蕪卻湊興長出了朵朵嫩黃水仙花，是耶非耶？

在音樂廳裏人心最靜，我胡思亂想之間，Sokolov 便彈完了往下來的貝氏十一首小品 bagatelles. New Grove 説 bagatelle 是 a trifle, a short piece of music in light vein，彷彿細碎心事。

聽過貝氏 Bagatelles 後，沒有細碎心事，天亮了，搭上 Deutsche Bahn 德國鐵路往柏林，喝過幾杯餐酒，一脈脈往後退走的綠野青葱，到埗是黃昏。高眉友人買的票子是今夜柏林愛樂，指揮是少年早已得意得志的 Daniel Harding，奏的是 Mahler 第一。我委實很怕讀這些早慧人的傳奇，才入大學便給 Abbado 召入柏林愛樂任助理指揮，prodigy 事小，小時了了，大依然佳，那才叫我輩凡人氣餒，其實我早已氣餒，只待氣絕。

從旅館徒步走到 Berliner Philharmonie，我自要想到也斯的一部集子《在柏林走路》，差的是詩人在柏林其實是窩在一個詩酒風流的 community，而我只是個袋中挾着人家票子的孤獨旅人，alone and lonely。

《Alone in Berlin》裏的 Quangels 賢伉儷愚夫婦本來禮敬 Nazi 元首，感其火中取栗（Michael Hoffman 的譯文是 pulled the chestnuts out of the fire），遂不致餓死，但後來兒子為黨國上了歐戰戰場，死了，天崩地裂，不是覺醒，卻是憤怒。從此夫婦倆私下製作 anti Nazi postcards，廣傳閭里，然而卡上文法錯，道理亂，還絕大部份給 Gestapo 收起來，於 Nazi 暴秦真的從沒帶來一絲痛一絲癢，螞蟻不如。Quangel 先生繫獄，遇上囚友 Dr Reichhardt，其人天性豁達，笑謂：When you were at your liberty, Quangel, you had everything you wanted. You wrote your postcards...

Quangel 眉頭一皺：Yes, and then they kill us, and what good did our resistance do?

Dr Reichhardt 不假思索：Well, it will have helped us to feel that we behaved decently till the end.

因此我們願在蘋果樹下賣 A1 廣告。

Dr Reichhardt 的話其實還有下文：And much more, it will have helped people everywhere, who will be saved for the righteous few among them, as it says in the Bible.

那是《創世記》上索多瑪城的故事。

我猜不透 Reichhardt 的用意，他是欣賞 Quangel 夫婦知其不可而為之的義舉，還是有話不忍直說？《聖經》上的索多瑪城最終還不是毀於上帝的硫磺與火？罪在那兒不足十個義人。

Then the Lord rained upon Sodom... with brimstone and fire...

納粹時代，柏林的義人從不 alone，應不只十位吧，然而柏林依舊是 Nazi 暴秦之城，直至聯軍的硫磺與火。我城呢？義人當然不止此數，試看前天蘋果樹下賣了多少蘋果？

我在柏林最後一夜看的是 Staatsoper 國家歌劇院的《巴黎茶花女遺事》，從來的 melodrama，威爾第的，林紓的。

散場後，我走過歌劇院外的廣場，也是暴秦當年焚書之地，今天地上開了一個玻璃窗子，往下望，是一爿只餘書架空空的地下室，這於我是太過 trivial 的裝置藝術了，輕於鴻毛，遠不如不遠處的 Barenboim Said Academy，人文繽紛。Academy 對面旅館的酒吧好飲好坐，我坐了好幾晚，酒吧叫 Schinkel。Karl Friedrich Schinkel 是大建築師，最迷人的卻是為莫扎特《魔笛》造了個幽藍星夜 backdrop，我初見於米路士科曼的電影《Amadeus》，今天已成了柏林Old Museum禮品店出售的一款綿綿眼鏡布。

酒冷了，不贅。

《信報・北狩錄》二〇一九年四月一至三及八至十日

不甘淪落人

那天戴老師案將判未判，我在戲院買票：「唔該《同是天涯淪落人》吖！」「冇呢套戲！」賣票的小姐語畢，餘音沒有商榷的餘地……

啊，原來淪落人縱是眾數，還是少數，不應天壤同哭，更要盡快掙脫淪落人的身份，《still human》。我笑笑：「《Still Human》呢？」賣票的小姐只道：「幾位？」

《Still Human》不應只是《淪落人》的戲名英譯，更是另一種國度的開懷重新出發，一切彷佛尼采《Human, All Too Human》裏的幾許金句弔詭。今天戴老師幾位罪成，最宜捧誦尼采書第一卷第九章《Man Alone with Himself》上第一句：

「Convictions are more dangerous enemies of truth than lies.」

應當沒人會嫌我曲解尼采的 convictions：以法入罪才是真相最兇的敵人。

朵朵黃傘下曾有真相，盡見我城人仔是君子，雖説「君子可欺以方，難罔以非其道」，可是在我城憲制改良上，君子豈可為黨國特府欺以方？張開黃傘是為了保存真相，八十七枚催淚彈盡是 chemical weapons of lies。

傘終人散後，越一年，牛津大學出版社刊出了一大卷《The Oxford Handbook of Social Movements》，許是思緒未及沉澱，書中雖闢有《The Art of Social Movement》及《Visuals in Social Movements》二章，卻尚無專節述及黃傘風雨，可是精裝封面書皮卻是金鐘道上朵朵彩傘聚成的一片傘海，暴雨驕陽。

我想，這畫面曾打動過 Handbook 編輯，還有過許多人。然後呢？

* * *

然後？然後可能沒有然後……事關歷劫之餘，餘下來的許是另一款餘生，一款我們原先不情願的生存狀況。我曾略翻過《Handbook》，又真的好像不見 the Aftermath。

人生有戲，戲有人生。話說 Netflix 最新上架的一部戲叫《Silence》，說的是人類好大喜功，鑿穿了地底深深層，卻引出了深層中歷千萬年進化而成的盲眼飛翼怪獸，其形貌恰似傳說中的翼龍（pterosaur），聽風辨影，食人如草芥。主人翁一家正好有位 deaf 女兒（似曾相識吧？），一家人遂諳手語，往後說的是如何以 silence 活命，adapting to the new silent life，一切噤聲，不在話下。我們一看，自必看出此戲是前一陣子也在Netflix大紅的電影《Bird Box》的無雙變奏，只差《Bird Box》裏的Sandra Bullock一家有眼而不能視，一望身外事，即可能死於自戕（想起十年前Night Shyamalan的《The Happening》吧？），從此人人blindfolded，以不見為乾淨，乾淨才能活下去。

劫後，不看不聞不語，為了生存，自甘成了淪落人，世界成了反諷的a quiet place。

其實《Silence》分明抄自前年Emily Blunt夫婦的《A Quiet Place》，而《Bird Box》的provenance亦甚可疑，但要命的是兩隻copy kittens俱以adaptations的淪落收局，遺忘了《A Quiet Place》最後一場是Emily Blunt母女相視一笑，擬揭槍起義，奮戰群魔，然後是screen black out，end credits徐徐升起，我們從此不知戲中結局如何，只願抱着一條希望的尾巴帶回家去。

Still human也是一顆希望，雖然眼前無助。

潯陽江頭，楓葉荻花，有江州司馬，有商婦琵琶。

*　　　*　　　*

方才說過希望，便想起「絕望之為虛妄，正與希望相同」。

一九二五年元旦魯迅做了一篇叫《希望》的小文，文中引了裴多菲這兩句詩的譯文，其意從來玄之又玄，我從少年到中年也只懂中夜吟誦，未敢強作解人，惟在引文前魯迅還有幾句話，算是渺遠的叮嚀：「可慘的人生！桀驁英勇如 Petofi，也終於對了暗夜止步，回顧着茫茫的東方了。」黃傘風雨後，自然暗夜，暗夜中的「兩制」漸次只餘下一點五制，而各式 social movements 也漸如開過了的薔薇，在暗中凋零，萎了一地。

然後，我們也對暗夜止步，四顧茫茫。

我凝目四顧，傘終人散後，漸見學術專著回顧黃傘風雨，中有清水灣大學蔡永順教授前年薄薄一卷《The Occupy Movement in Hong Kong: Sustaining Decentralised Protest》。我初見書題，私心暗喜，啟卷後方悉書上探討的其實是黃傘如何撐了（sustained）那七十九天，而不是往後如何吻下來撐下去（sustaining）。書末雖有幾段述及 Movement influences，但不無空泛：Participants reflect on their political will, power and strategies of the target...

書上沒有預告特府對黃傘人仔的以法追捕，狠心撇下 the Rule of Law 而換上 the Rule by Law，祭出那些非常 archaic and patriarch 的老罪名：public nuisance、 incitement and riot……

魯迅聽了又見笑啦：「我先前總以為人是有罪……現在才知道其中的許多，是因為被人認為可惡，這才終於犯了罪。」

「淪落」是忍見章學誠所嘆：「本為麗藻篇名，轉見風華消索。」我們大概不甘淪落。

《信報 • 北狩錄》二〇一九年四月十五至十七日

春雷陣陣夏雨雪

才幾天前，未曾春逝，卻紅雨色變，亦雷亦風亦電，從前漢樂府《上邪》戲言的五款異象：「山無陵，海水為竭，冬雷陣陣，夏雨雪，天地合。」我總要將其間古人冬天的不可能故事錯記成「春雷陣陣」，遂一切可能，更是一切尋常。那夏雨雪的炎天飛霜呢？大概不遠吧，我們先有戴老師幾位罪成受罰的無可奈何，復有《逃犯條例》即將的得過且過。

那天前輩友人看過《Cold War》後，謂片末響起的巴哈《Goldberg Variations》彷彿人生種種感喟。是那逝去的，錯過的，未能挽回的，往往復復？我雖已看過電影多遍，卻未嘗留心，大概當時一心一耳還徜徉在戲中的 Polish theme song:《Dwa Serduszka》（英譯《Two Hearts》），猛未留神只隨 end credits 悠悠奏出的變奏曲。為甚麼是《Goldberg Variations》？是否戲中的《Dwa Serduszka》只願隨着故事的起伏而不斷變奏？又或是譬喻男女主角 Wiktor 和 Zula 一生中不同時地的戀人絮語，雖是不斷的離合悲歡，卻還是命運和選擇，暴秦和人心的永恆對峙？可是，另一邊廂，傳說中《Goldberg

Variations》是專治 Goldberg 先生其 patron 的中宵不寐無眠，合該是一波一波的 cheerfulness？某天當要請教邵頌雄先生了。

Zula 唱的一片癡《Dwa Serduszka》卻並不 cheerful，裏邊只有癡心人語：My mother told me/ you mustn't fall in love/with this boy; But I went for him anyway/and love him till the end...

那是《上邪》中「天地合，乃敢與君絕！」的隔世 variation 了，Zula 和 Wiktor 選擇了綿綿不絕，他們最後的一句話是「那一邊風景更好」。然後攜手離開鏡頭，鏡頭中便是風便是草便是空椅。

《信報 • 北狩錄》二〇一九年四月二十四日

Magic Might

我城江湖炙熱，我遂不敢正眼為外人道我又在倫敦風花雪。恕我薄有苦衷，蓋週前World Intellectual Property Organisation在London Olympic Stadium開心開大會，我既在薄扶林大學畧授智慧財產權，恭逢盛會，自不甘缺席，主題更是由AI to IP，自由風，自由吹。

Artificial Intelligence我們從來都懂，Alan Turing的imitation game沒有在書上讀過也在戲中看過，其實銀幕上最多AI，由《2001太空漫遊》裏的電腦HAL、《異形》的Android、《未來戰士》的Skynet到Matrix中居然做出虛擬實境的the Machine俱在此列，恕不一一，雖然偶有AI的男妓Jude Law和Her裏有聲冇畫的Scarlett Johansson為我們解饞止渴，但更多的始終是我們dystopia的夢魘心魔，連剛在Netfix出爐的一本戲《I Am Mother》也不是論盡我阿媽，而是深AI深情扮演「慈母」角色，溫柔栽培人類，我無心劇透，但我們於「自以為慈母」一類的生物死物，最近最有戒心。

幸好AI目下mighty，還是科學，尚未科幻，從前讀philosophy of mind必然牽扯到 AI，探究沒有自主沒有意識的機械學習模仿分析是否稱得上是 intelligent being？然而，沒有 personhood 沒有 self-awareness 沒有 consciousness 的 intelligence 尚叫人類心安，不必擔心它造反，不必擔心它的 human right of IP！據說，共和國是 AI 強國，大抵不假，黨人唯物，最愛沒有靈魂沒有覺醒而可供差役的一切，從 AI 到 HKSAR，莫不如是。

我城的百萬人仔鼓動起來，不甘淪落受辱 serfdom，早不是科幻。今早我翻開新鮮 Guardian，翻到第十七頁，猛見我城人仔大字廣告：Stand With Hong Kong at G20！那是動人心絃的寫實魔幻！

我城百萬人仔，心事浩茫，走在路上，黑土裏長出滿地鮮花，亦 magic 亦 mighty，我在倫敦吃飯喝酒，遇上相識的不相識的，總要攀上兩句：「哎呀！君自香港來，應知香港事。Exciting, isn't it? What's next?」我願能知明日事。

六月九日人山人海，賊吏龜縮……繼之而來的卻是十二日的卟卟卟 rubber bullets and tear gas，還有事先張揚的 riot legal retributions！明日黃花，誰能預計？然後是十六日更高的人山更深的人海，然後是黨國特府的沉臉沉默，再然後是黨國特府的巋然不動，誓不撤回，永不下台，嗡嗡躁動的怕只有一時猜不透上意的禮義廉之流。暴秦不懂仁義，但最懂得計算，計算如何永保其政權，其間或弛或張，或退或進，城府深，佈局詭，手段狠毒，三十年前的一段血史正是 living proof，汩汩延至今日明日。

林門鄭氏稍息後首度走到台前，接見的卻是幾個警察團體，高度溢美的是放彈開槍者專業克制，狠批的是少數尋釁滋事挑戰警權的區區蟻民。這一幕我看得驚心動魄，高速史上搜畫，三十年前流血後黨國稍息，逾五日，六月九，話事人鄧氏走到台前接見的正是解放軍戒嚴部隊，欣欣嘉許其為黨國殺人。那自是謀定而後動的一幕 denunciation and annunciation，denounces 的是斗膽挑戰暴秦的人仔，announces 的是黨國高層已清理異己，選好了永續政權的路線。

林門鄭氏的劇本似曾相識。

我手上正有一卷新刊的《中共十三屆四中全會六四結論文檔》，所收文件既有未之見也的密案，也有流傳已廣的文本，此中正有鄧氏六九講話，其開端處云：「我提議，大家起來，為死難的烈士們默哀！」烈士是公安武警解放軍。那是 Mighty Black Magic！

前陣子稍住於 Leicester Square 中的小旅館，趁倫敦六月，最風物宜人，晨昏路過廣場邊的賭坊，賭與賭坊俱非我的杯中物，二十年來 passing by 又 passing by，從未移步一窺究竟，但今回別有不同，見門前張揚的是真人版的 Magic Mike 騷。電影《Magic

Mike》是 Channing Tatum 的首本名戲，也是 Steven Soderbergh 執導的舞海豪情，既賞心也賞眼睛，一如 Soderbergh 太多的其他作品，從來是我飲完又添飲的那杯茶，故明知真人舞台不可能有蒙太奇的魔幻，還是買票進場。

真人騷自然沒有 Soderbergh，其實也沒有 Tatum，卻是電影智慧財產權延伸過來的 derivative，滿是諸色肌肉、閃爍汗水和在場一眾仕女（full house 裏計埋我只有三數沒有肌肉的男丁）mighty 的拆天嚎叫，卻還是一大樂也。我盯着猛男們賁起的種種肌，倒沒有邁克先生眼中心無旁騖的款款基，何況縱目還有滿場盛裝少布的玉帛仕女觀眾，容我浮想聯翩，想到千里外我城百萬人仔冒暑上街又上街，那款執着於是非善惡的苦心狠勁跟猛男們腹上的 eight packs 一樣肉比金堅，不稍動搖。

Show 完後才晚上九點，倫敦六月天的溫柔日光猶在，晚霞如練，我便走到 Piccadilly 還未打烊的 Waterstones，居然適時遇上 Michael Walzer 於五十年前的舊作新刊《Political Action: A Practical Guide to Movement Politics》，書成於 Walzer 年輕時反越戰反黑白歧視的青蔥歲月，卻新刊於一樣黑暗的 TrumpTrump 世界。Walzer 說：In moments of crisis... the democratic system offers an inviting call to the rest of us to enlist in political life!

我們沒有民主，卻又何嘗不然？此刻收筆之際，喜聞留守立法會廳上的年輕人皆能全身而退，Magic!

《信報・北狩錄》二〇一九年七月一至三日

從羅素散頁想起

倫敦 Mayfair 一爿古舊書店好心給我寄來一冊紙墨厚重的圖書目錄，題《Philosophy, Economics and Politics》，稍微調整一下座次，便成了俏生生的 PPE，牛津從來驕人的一款學位（雖然我更心儀的許是 BPhil！），養出歷代議會中無數的代議士，更有說是 the prime minister's degree——其實，叫 the aspiring prime minister's degree 似合適一點，事關近四十年來只有 David Cameron 是 PPE 出身，餘皆不然：Margaret 是 chemistry，John 不上大學，Tony 是 law 友，Gordon 不是牛津人，Miliband 兄弟俱是 PPE，但一個選不上黨魁，一個贏不了大選，May May 讀的卻是 geography。目下來勢洶洶的 Boris 念的是 classics，但自從他那夜在女友家中發難，弄得女友尖叫「Get off me!」，然後又低章迴避一切追問之後，對手 Jeremy Hunt 給看高一線，Jeremy 念的偏偏卻是 PPE 了！

當然，insider 說的往往是另一番風景，例如週前《金融時報》週末特刊刊出了也是牛記過來人的 Simon Kuper（念的好像是 history）長篇妙文 Oxford Files，委實不能錯過，裏頭引述知情人士說，班 **PPE** 友雖然不致不學無術，但精叻的只是 **PPE**-plausible bullshit 加上 supreme confidence 而已！然而，**PPE** 友每愛向前看周圍望，故多屬 Remainers：David Cameron，財相 Philip Hammond，外相 Jeremy Hunt，還有也參戰黨魁且香港出生的 Rory Stewart……

Kuper 便打趣將 Brexit 歸咎於 Boris 一類念 classics 的政客，怨他們只愛回望 EU 世代前英國的孤獨自我感覺良好，治國權柄盡歸建制精英，不必讓 the continent 分沾。我不信 Kuper 認真，竟如老懵董一般見識，一見覺醒新青年，便要怪罪通識教育了。

哎呀，幾乎忘了圖錄中那張羅素散頁……

其實念甚麼書跟做哪種人沒有因果關係吧！念 **PPE** 的不見得一定由衷熱戀 EU，念 Classics 的也不必只懂回眸宇宙逝去的光年，念免疫學的當然也不一定位位俱愛無的放矢，廢話一篇又一篇，既枉誣法律界（其實眼中釘只是大律師公會啫，事關律師公會早早噤若寒蟬！），更看扁了覺醒新青年（亦即本家健威先生禮讚的「美麗新一代」！），居然笑罵少男少女不解國情，其論徒惹識者訕笑！我自笑笑。

沒有扯遠，自然而然回到圖錄上那幾張羅素散頁。那是一九二二年羅素以 Labour candidate 身份競逐 Chelsea 一地國會議席時的選舉傳單，孤零零的三張散頁，最招眼球的一張刊着 Why Thinking People Vote Labour 幾隻大字，須知羅素生來已是王謝台前的紈絝公子，在劍大順風順水念的是數學，尋常猜度，合該是建制得不得了的 blue blood Conservative，怎生會是打着工黨旗號的流汗辛苦參選人？且當時 Chelsea 更是保守黨人的鐵票倉，羅素輸硬贏條鐵！此無他，一戰後百廢待興，Bernie（羅先生友人對他的暱稱）戰時早已費神寫了一卷《Principles of Social Reconstruction》，張揚的是「the best life that which is most built on creative impulses, and the worst that which is most inspired by love of possession」！歐戰已見世道蒼茫敗壞，故無怪 Bernie 戰後自然投身 socialist 的行列——當然，Bernie 心思複雜，自非一言能盡，為他寫政治傳記的 Alan Ryan 便說 Bernie 是位 ambivalent socialist！

Bernie 明知必敗卻依舊參選，只為宣揚 socialist 的理念，即如我城十萬百萬人烈日上街，未必位位俱以為可以改變世界，但走出來可能只是為了不默而生，要世界聽聽自己的聲音，官府聽而不聞，聞而不改，倒是意料中事耳。

《信報 • 北狩錄》二〇一九年七月八至十日

神魔關羽

許多年前我在蘋果樹下寫過一回關羽，響應響應那年由宇宙最好打的丹爺掛帥的港中合拍片《關雲長》，其實我從來奇怪，國人為甚麼偏挑了説部上的關公來崇拜，卻渾忘了正史上的 authentic account？《三國志．蜀書．關張馬黃趙傳》評關羽曰「剛而自矜……以短取敗，理數之常也」。大概死不足惜如昨天今天的林門鄭氏，當然，不同的是，關羽死了！

恕我自小也讀不通《三國演義》，寫人寫陣，總嫌幼稚，總嫌粗疏，真正輸人又輸陣，故四大奇書也好，四大小説也好，我也總將《三國演義》拿來墊底。待得有《三國演義》小人書，縱是橫山光輝的東瀛版，我也看不出好處來，畢竟在 manga 的無限宇宙裏，論縱橫捭闔，我僅取池上遼一《英雄本色》、弘兼憲史《加治隆介之議》和川口開治《沉默的艦隊》。今天，我城風波惡，論精神起義，自然而然仰慕的是《進擊的巨人》，以小人敵巨人，以高牆護雞蛋，那堆三國無雙群英嘛，只懂奉獻主子，為朝廷，爭地盤，低端！

早早約了友人，嘯聚東京，在上野國立博物館遇上三國展，進門，是大剌剌一座明製關羽銅像，胄甲鏗然，眉目深鎖，肚裏自有見不得人的心事。畢竟，悍警持槍叫陣也好，元朗白衣兇獸拎藤條木棍保家衛族也好，出門前，拜的同是關羽呵。

人拜的是神，鬼拜的是魔。

關羽是神是魔，也不由自己說了算。從來黑漢兇獸，元朗不元朗，俱是人間鬼，關羽給擺上了神枱，自是不能自已的魔。那邊廂的人間警察，其使命自是除暴安良，但誰是良誰是暴，卻是上邊蠢頭（即「上頭」）的政治決定。今天，上頭的指令分明是拎藤條、拿木棍、自稱保家衛族的才是溫良恭儉讓；那些戴頭盔、掛豬嘴、一廂情願上街希冀改變世界的 protesters 卻是十惡不赦的暴徒，須捕之誅之而後快。那麼悍警出門前，禮拜關二哥，關羽那刻是神抑是魔？

我雖於《三國演義》的故事了無好感，但其版本源流及箇中人物的真幻遞變於我卻饒有趣味，此中關羽之由人而神，甚或神而魔，更是不尋常的傳奇，故我常常追蹤，尤是海外漢學人寫的種種，如英人魏安《三國演義版本考》、韓人金文京《三國演義的世界》和俄人李福清《關公傳說與三國演義》諸書，雖各無鐵證，畢竟各有妙論，我俱無錯過。

我自非崇尚外國勢力，惜今之國人少有洞見，還不及國之古人，如趙翼在《陔餘叢考》卷三十五上早有慨嘆：「鬼神之享血食，其盛衰久暫，亦若有運數而不可意料者。凡人沒而為神，大概初歿之數百年，則靈著顯赫，久則漸替。獨關壯繆（羽諡壯繆侯）在三國、六朝、唐、宋皆未有禋祀。」運數運數，時來方能運到，在在點出了關羽的身不由己。據說，關二爺身後百年孤寂，到了北宋末始獲朝廷封爵，是為忠憲公，武安王云云，是時也，亦恰是宋、遼、金、西夏爭雄之世，或可媲美三國紛紛，故關羽忽爾隔世艷紅？

做神仙雖要睇時勢，但人有人路，仙有仙格，故黃大仙面對悍警說的還是人話：「我唔歡迎你哋！」

從來關羽在神枱上一身兼事二主，既受江湖兒女血祀，復受良民警察香火，一切略無不爽。今天，警黑同氣連枝，關二爺更爽更無難度了，呵呵。

其實，關羽象徵的是「忠義」不是「公義」。「公義」是普天之下的 universal virtue，其精微奧妙極盡處或許言人人殊，但其 minimal components 中最少含有 equality and reciprocity，即過得人時過得自己，一視同仁，然而，「忠義」卻只是團體中的 brotherhood and bonding，絕不伸延至團體外的他人。於是乎「公義」廣披四方，不因

group memebership 而有異，而「忠義」卻只是會所式的 members only！明乎此，我們自然明白關羽提供的只是 loyalty within a group，皇氣黑氣，各有各的，不相矛盾。

「忠義」的傳神英譯不會是 loyalty，只能是 scratching each other's back。兄弟同心，其利斷金！黑漢互稱「老表」，悍警自號「伙記」，還有金句「着起件制服就係自己人」，因此黑漢和悍警，最怕天外來的獨立調查，只肯自己人查自己人，又或禮讓字頭叔父阿大說了算，皆因關二爺桃園結義在先，從來不打自己人！噫！

關羽現存最早的畫像不在國內，卻在俄羅斯聖彼得堡冬宮，一九〇九年內蒙黑水城出土，據李福清考證，居然是金代金人境內所作版畫。中國社會科學院已故胡小偉曾在我城《嶺南學報》首卷中發表長文考釋，惟語多枝蔓，材料與議論也不緊湊，約可推定的是金人崇拜關羽，跟偏安一隅的宋人雅有同好焉。噢！宋金是死敵，原來關羽早早左右逢源。

史上早有 cult 片《關公大戰外星人》，看後無人敢不莞爾。今天，關羽代表的是警和黑，二爺的對手不再是外星人，倒是黃大仙和我們了。

《信報‧北狩錄》二〇一九年八月五至七日

不是飛仔的麥基

麥基死了，是 Bryan Magee，享壽八十有九，不是我們粵語片時代的飛仔麥基，畢竟這是沒有無憂飛仔的時代。

太累太惱了這時代這夏天，盡見腦殘的暴戾的冷酷的異境。這邊廂新青年熱血，那邊廂黨國特府林門鄭氏率領一眾高官悍警戮力焚城，我．城！

上世紀某年夏天寧靜，二十出頭，一派無憂，卻跟今天早已老死不相往來的朋友窮遊西歐，浪擲青春，回頭偶憶，後悔莫及。猶幸那時行囊中尚帶一卷書，那是自晨衝採來的 Bryan Magee《Men of Ideas: Some Creators of Contemporary Philosophy》，一九七八年 BBC 硬皮初版（後來有牛津輕盈 paperback），是麥基在 BBC 電視上訪問一眾哲學家的談話錄，而那張訪問名單，當年和今日，盡是 the philosopher A-listers，計有 Isaiah Berlin、Charles Taylor、Herbert Marcuse、William Barrett、Anthony Quinton、A. J. Ayer、Bernard Williams、R. M. Hare、W. V. Quine、John Searle、Noam Chomsky、Hilary Putnam、Ronald Dworkin、Iris Murdoch、Ernest

Gellner。

一望而知是完全亮麗的英美哲學界 Avengers 名單，雖然今天我或會略去 William Barrett 和 Anthony Quinton 二位，事關二位的書，語多明快，入口即溶，但似 expositions 多於 philosophizing，未必符合副題上 Creators 一字，當然，麥基可能笑笑，未必首肯，他一生編就寫就的對話錄還有《The Great Philosophers》和《Modern British Philosophy》，談笑有鴻儒，坐而論弘道，既是藍血 broadcaster，也真的將西方哲學 broadcast 得廣披四方，一定不會看扁 exposition 之大德。當年只能讀先生書，今天託 YouTube 的福，我更可在網上瞻仰當年諸君子的高清丰神風采，那不只是 illustrators，更是 Illuminators 了。

三十年前北京三聯將《Men of Ideas》翻作《思想家》，也將 Magee 巧手翻成不是飛仔的「麥基」。

窮遊西歐其間，不敢住旅館，倒常坐 sleeper 火車穿州過省，一路上，在碌架床上臥看的便是 Magee 這一卷 Men of Ideas。書後書目大長我見聞，便沿途索驥，每走進一地書店，羅馬的、柏林的、海德堡的、巴黎的、倫敦的、劍橋的、愛丁堡的，只要有賣英文書的地方，便一步一書印。兩個月下來，書目（託賴選得又精，版本又平民！）上的琳琅種種，早已收得七七八八，從此成了我的 contemporary philosophy 藏書基石，往後得花好幾年光景方才瀏覽一過，但這一段覓書旅程倒成了那一趟窮遊的唯一賞心樂事，回憶中百看不厭。

窮遊回來後，只顧看看書，辯辯論，越二年，便畢業了。

麥基年輕時在牛津念歷史，也只顧看書，也只顧辯論，更為了當上大名鼎鼎牛津辯論社 the Oxford Union 的主席（當今英相 Boris Johnson 雖然無恥，卻也曾據此寶座），死心眼多念一年 PPE，好整以暇。多年後麥基在他的回憶錄《Making the Most of It》中娓娓道來：「In fact, few things I have done in my life have mattered as much to me at the time as this（the Presidency of the Oxford Union）did.」那主席之位自是超級榮譽了。

畢業後，麥基在北歐和美國各自待了一會，雖一心一生寫書兼從政，但人還務實，便跑回英倫找工作，而且金錢掛帥，只挑最 well paid 的，結果神奇地當了 brewer，還要是 man 爆的 Guinness brewery。當年大學畢業生一般起薪是四百五十英鎊，Guinness 卻是一千二百英鎊了，麥基開心得不得了，還真心喜歡學習釀黑啤呢！

難怪 Guinness 從來是我的至愛。

麥基活了八十九歲，一生多采，年十八，遇上二戰，給拉進情報機構審問年紀大得多的疑人；戰後，牛津，先 History，後 PPE，還要是 the Oxford Union 主席；畢業，Guinness brewer，高薪高職，跟同袍不爽，Guinness 家族愛才，一力挽留，不果，離去；轉戰新興電視業，又成了 BBC 明星 presenter；一心從政，一次兩次大選不成，下回終於選上；還有一生開心交過許多優雅女友，寫過許多優雅書，哲學的，華格納的。去年八十八，刊出的回憶錄卷三是最後一卷，叫《Making the Most of It》，書題分明紀實，我真妒忌麥基的一生花樣年華。

然而，書上有兩處回憶頗使我訝異，先是三十那年，麥先生手上早有兩個牛記學位，而且「I had published my first book, and finished writing my second. I had fought my first general election.」但結論是：「I seemed to be little further ahead than when I started. And soon I would be thirty.」天呀！

四十那年更恐怖：「I woke up on that morning already depressed that I was forty. No longer a young man... I had now embarked on middle age, with nothing to look forward to after that but old age.」天呀呀！

這些又三十又四十的 existential crisis，我過完一個又一個，不是一個過去又一個，而是一個蛻變成另一個，恐怖加恐怖，蜿蜒如一條兇猛的蛇，但我的成績表何來麥基的亮麗，自然不可同日而語，但麥基的crisis卻又分明是同日之語，此心居然相同。I'm pleased！

許多許多年前，我剛拆封新郵來的麥基書，那是《Wagner and Philosophy》，一陣新香逼人，窗外是倫敦陽光如練，我趕忙按動CD player，播的正是《Tristan und Isolde》。

《信報・北狩錄》二〇一九年九月二至四日

星戰雲圖

小時候家裏沒有書也沒有音樂，初回聽到管弦樂是小四年代，香港管弦樂團蒞校演奏，那年是一九七八，奏的是新鮮出爐John Williams的大作《Star Wars》！從此Star Wars theme music不只是往後數代人的共同音樂回憶，於我更是沒有儀式的耳朵啟蒙。那年月《Star Wars》只叫《Star Wars》，許多年後才獲封聖為《Episode IV: A New Hope》！

噫！A New Hope！何其壯麗，彷彿榮光！

這兩星期一下子看了兩齣《星戰》，不必說自有萬眾一心期待的《Episode IX: The Rise of Skywalker》，好了卻大夥兒數十年來的一樁心事，一爐心香，但更難得的是HK Phil亦映亦奏的《Return of the Jedi in Concert》。HK Phil有心人，這兩年已先後映過奏過《A New Hope》和《Empire Strikes Back》，高眉友人和我俱沒錯過。這幾年我們未敢錯過的還有HK Phil歷四年光景才奏完一遍的《Richard Wagner's Ring Cycle in Concert》，年復一年的冬去春來，每年春來一月便是《指環》之約，婉婉約約，後來Naxos出了全套錄音，HK Phil更憑此榮獲《Gramophone》雜誌選為去年的Orchestra of the Year，我城人仔共沐榮光啦！那該是去年十一月吧，我城運動不息，我便難免想起故事中Siegfried青年英俊，快意屠龍，後來卻又不得不慘死在Hagen手中……雖然最後天宮Valhalla也灰飛也煙滅，火浴中隱隱然或有美麗新世界？是耶非耶？

其實，Wagner的《Ring Cycle》跟John Williams的《Star Wars》之間，有否某種芬芳暗通的款曲？莫非俱是一般浩瀚，一般冗長的epic music drama？先有music，後賦drama。沒有音樂的《指環》自然不可思議，隱去了soundtrack的《星戰》便如宇宙星塵中從沒有過Princess Leia！

我們少時看《Return of the Jedi》，無限驚艷於那一幕Princess Leia身穿金澄澄metallic bikini，危坐於Jabba the Hutt肥軀腫體之前，頸繫囚鏈，忽爾淪為that giant cruel slug的階下奴，可不旋踵Princess又猛地躍起，憑囚鏈勒斃Jabba the Hutt，重獲自由，即又穿回白淨素衣，那metallic bikini便消失在那intergalactic的永恆黑暗之中。當然，這一幕我們不會忘記也不應忘記，又許多年後，連倫敦最悶死人之地Madame Tussauds活死人蠟像館為Princess Leia立像，挑的還不是那一幕旖旎風情？人生或苦長，但我還不至於走到Madame Tussauds中嫌命長，我是從書上看回來的，那卷小書是Carrie Fisher年前寫的《The Princess Diarist: A Sort of Memoir》。Carrie Fisher即Princess Leia！公主殿下提醒我們：The main thing you notice, though, about wax Leia is that I'm almost naked！

不須提點，我們俱看得出神。我在書上看得更入神的是Carrie Fisher跟Harrison Ford的私情故事，沒有圓滿，遂有完滿，it's completed because it's unfinished！

乍聽便如華格納《諸神的黃昏》序幕裏**Brünnhilde**向齊格菲泣唱的一小段：New fears await,/dear hero,/how could I love you,/and not let you go?

我引的是John Deathridge的最新英譯，較諸昔日Margaret Armour的詩譯好解，但Margaret版有Arthur Rackham的插畫，迷死人啦，他嫵媚筆下的**Brünnhilde**沒有almost naked，最多是姣好的半裸。

《Star Wars》四十年來故事，三千光年銀河，前後上下九集，說的還是一個永恆故事：Republic vs Empire，即民主與暴秦的你死我活！美國前總統Ronald Reagan老早得其三昧，故將老共蘇聯稱之為Evil Empire！三十年前Soviet Evil Empire兵敗如山倒，人間雀躍了不只一回。星戰正傳中，最後歷劫回歸的不只是the Jedi，還有the Republic！可是正傳前世，由《The Phantom Menace》直抵《The Revenge of the Sith》，正邪勝敗又是一回逆轉，我們遂慣見二十一世紀頭二十年Post-Cold War的風風雲雲。

五年前《The Force Awakens》，帝國不叫Empire，卻換成了the First Order，暴秦不變，可更揪心的是，暴秦今世更可化名「共和國」，杜鵑啼血。

這是一段如煙的星際古羅馬史，也是我們歷歷在目的見前事，更彷彿是天人交戰的希臘悲劇，epic and tragic。

學苑中早有人將John Williams的星戰音樂繫上Richard Wagner的《指環》，多人語及的是二人作品中的leitmotif如何反覆盈耳，在我們身邊耳邊述説着同一個故事。論者多愛引用Adorno在《Composing for the Films》中對leitmotif所下的幽幽斷語：「The endowment of the dramatic events with metaphysical significance!」

《The Ring Cycle》要四個晚上方才看畢聽畢，星戰九集（不計忘了的外傳）我們也累了四十年。我很喜歡的大哲Bernard Williams愛歌劇也愛寫歌劇場刊，寫到《指環》，提到劇中的leitmotif是「the transcendence of politics」，而那politics卻是「a higher, transcendental, politics, of a peculiarly threatening kind」。

Peculiarly threatening politics！我們絕不陌生。

《信報・北狩錄》二〇二〇年一月十三至十五日

又在瘟疫蔓延時

沒有愛，只有再來的瘟疫。

按字面，這陣子被迫想到的自是 **Gabriel García Márquez** 的說部《愛在瘟疫蔓延時》，更容易牽來達明一派當年的同名怨曲，畢竟我城倦對瘟疫，人間幽怨：

「獨舞疲倦／倦看蒼生也倦／懼怕中葬身無情深淵／
獨舞淩亂／亂叫吼心更亂／在哪天這地靜聽天怨」

可是，更應想起的怕是 **García Márquez** 的另一部中篇《Chronicle of a Death Foretold》，可不是嗎？血色清晨，Santiago Nasar 一心期待大主教光臨小村，**García Márquez** 如此開篇：「On the day they were going to kill him, Santiago Nasar got up at five thirty in the morning to wait for the boat the bishop was coming on.」

西西在《看小說》上教過我們，不必在意小說家寫了甚麼，而更應究心於他們怎麼寫。

García Márquez 這裏沒有懸宕，老早給我們預告了命案即將發生，我們成就了全知觀點，死者卻是懵然不知的待宰羔羊，García Márquez 往後叫我們推敲的倒是：為甚麼 Santiago 偏不知道？我們一頁一頁看下去，原來 Bayardo 剛娶過美麗的 Angela，卻驀地將新娘怒遣回家。噢！新娘不是處子，經手人是 Santiago！新娘一對雙生哥哥紅了眼，拿了刀，走進市上，見人便說要手刃 Santiago，許多人聽到了，Santiago 卻沒有：「No one even wondered whether Santiago had been warned, because it seemed impossible to all that he hadn't.」

對吖，我們都奇怪，為甚麼前些時，瘟疫早已臨門，林門鄭氏的特府卻竟好像沒事人兒？

《信報‧北狩錄》二〇二〇年一月二十九日